AF498105

Ida Boy-Ed

Annas Ehe

e-artnow 2018

Elisabeth Bürstenbinder
Die Alpenfee

Walter Scott
Die Braut von Lammermoor (Basierend auf wahren Begebenheiten)

Ludwig Tieck
Vittoria Accorombona (Historischer Roman)

Nataly von Eschstruth
Der Stern des Glücks: Historischer Liebesroman

Alexander von Ungern-Sternberg
Liselotte (Historischer Roman)

Ida Boy-Ed

Annas Ehe

e-artnow, 2018
Kontakt: info@e-artnow.org
ISBN 978-80-273-1137-8

Die beiden Gräfinnen v. Geyer schmückten sich zur Hochzeit ihres Bruders. Da die Räumlichkeiten im Vaterhause der Braut nur beschränkter Art waren, hatten die beiden Damen sich mit einem gemeinsamen Schlafzimmer begnügen müssen, an welches ein Raum stieß, den sie als »Salon« betrachten konnten. Die Gräfin Renate hatte nicht so viel guten Willen und stellte fest, daß diese Einrichtung, bestehend aus ein paar grünen Plüschstühlen, einem graubunten Sofa, einem Bücherschrank von Mahagoni, einem Schreibtisch von weißlackiertem Holz und einem Sofatisch, der braungebeizte Beine hatte, aus dem ganzen Haus erst für diese Gelegenheit zusammengesucht sein müsse.

Ihre um ein Jahr ältere Schwester aber, die Gräfin Herdeke, meinte, daß diese zusammengesammelte Einrichtung ein wahres Glück sei, sie zöge Renatens Kritik auf sich, die somit von irgend einem andern Gegenstand abgelenkt werde.

»Ach,« sagte Renate, »hier gäbe es so viel zu kritisieren, daß es gar nicht das Anfangen lohnt.«

Sie kramte aus ihrem Koffer die Kleinigkeiten heraus, die ihre lilaseidene Toilette vollständig machen sollten, und legte sich Spitzentaschentuch, Handschuhe, Fächer und Schmuck zurecht. Ein Stück tat sie neben das andre, in pedantischer Ordnung, als sollte hier auf dem Sofatisch eine Ausstellung dieser Gegenstände stattfinden. Die Sonnenstrahlen, die im breiten Bündel zum Fenster hereinkamen, trafen einige Steine der Kette von Brillanten. Renate schob auch noch die große Brosche in das Sonnenlicht. Das Gefunkel machte ihr Vergnügen.

Die Gräfin Herdeke, die vor dem Spiegel saß und sich ihr graues Haar mit großer Sorgfalt ordnete, legte sich jetzt ein wenig zurück, damit ihre Stimme nach nebenan in den Salon dringe, und bemerkte: »Du wirst wieder zu spät fertig werden.«

Alsbald kam Renate, ihre lilaseidene Kleiderpracht über dem Arm, ins Schlafzimmer. »Es wäre nicht meine Schuld. Hier kann man sich nicht zu zweit frisieren und ankleiden. Der Spiegel im Salon hängt so verrückt, daß man nicht davor sitzen kann. Na – überhaupt!«

Herdeke stand auf und machte der Schwester Platz. Mittelgroß, rasch von Bewegungen, sehr elegant und von einer gewissen fröhlichen Selbstsicherheit, wie sie war, genoß sie das Gefühl, eine stattliche, beliebte alte Dame zu sein.

»Was denn: na – überhaupt? Wir wußten vorher, daß wir in ein Landhaus kämen, das wenig auf Gäste eingerichtet ist. Man muß sich auch mal behelfen können. Freilich: Kunst ist abhängig, sie braucht Ausdrucksmittel. Das spürst du nicht zum ersten Male,« sagte sie heiter und warf sich ihr graues Atlaskleid über.

»Gott – werde bloß nicht lehrhaft,« warnte Renate, »wir haben alle unsre Angriffsflächen.«

»Eben deshalb hätt' ich an deiner Stelle vermieden, mir noch mühevoll welche dazu anzuschaffen. Sogar Linstow guckte gestern abend deine dunkle Haarpracht an, als dächte er: Gestorben!«

»Ach dieser Linstow!« sagte Renate verächtlich und mühte sich vor dem Spiegel an ihrem gefärbten Haar ärgerlich und unbeholfen ab. Ohne Jungfer fertig zu werden, war ihr fast unmöglich.

Früher hatte Renate keinen Mut zum Jungsein gehabt, nun hatte sie keinen zum Altsein. Mit dieser umständlichen und unehrlichen Lebensauffassung der Schwester auf einen verträglichen Fuß zu kommen, hatte Herdeke längst aufgegeben.

Ihr kleiner Krieg gehörte aber zu ihrem Dasein. Ohne den wäre es ihnen für den Alltag zu langweilig gewesen.

Von ihrem »großen« Bruder hatten sie zu wenig, obgleich sie seinem Hause als Repräsentantinnen vorstanden.

Würden sie sich eines Tages derselben Meinung über eine Sache oder Person gefunden haben, so hätte sie das mit Angst und Mißtrauen erfüllt. Diese Sache oder diese Person wäre ihnen dann entschieden zu mächtig gewesen. Und darin waren sie sich gleich: sie liebten es, sich als die Überlegenen zu fühlen. Dafür waren sie Geyers und des bedeutenden Grafen Burchard nicht minder bedeutende Schwestern. Renate hielt zwar nur sich und nicht Herdeke für bedeutend, während Herdeke ihrer Schwester doch immer einen scharfen Verstand zugab, dessen Vorzüge nur durch eine verbitterte Art aufgehoben wurden.

Gräfin Herdeke hatte ihr Kleid nun geschlossen und trat hinter die sitzende Schwester, um sich über ihren Kopf weg zu spiegeln und in die Spitzen ihrer Taille einen großen Brillantanhänger zu befestigen. »Daß dir der alte Linstow nicht gefiele, dacht' ich mir. Ich finde ihn gutmütig,« sagte sie dabei.

»Er hat was Hilfloses,« sprach Renate mit Entschiedenheit, »er ist vollkommen unsicher uns gegenüber. Warum sollte er es uns gegenüber sein, wenn er es nicht überhaupt dem Leben gegenüber ist?«

»Er ist Annas Vater, er wird heute Burchards Schwiegervater und somit unser Verwandter. Außerdem sind wir seine Gäste. Ich halte es für unpassend, daß du dich über ihn mokierst.«

»Wen soll man denn scharf kritisieren, wenn nicht die Verwandten? Besonders die angeheirateten! Die sind die nächsten dazu,« sagte Renate.

Herdeke lächelte ihr Spiegelbild an. Sie fand sich gut aussehend heute. Das Kleid stand ihr vortrefflich. Ihr feines, wohlwollendes Gesicht mit den klugen, lebhaften Augen darin konnte auch keine hübschere Krönung und Umrahmung haben als das graue Haar, darauf wie ein Krönlein eine Rosette von echten Spitzen saß, aus der eine Aigrette mit blitzenden Steinen ragte.

Nun trat sie hinweg, ging ans Fenster und sprach wie vor sich hin: »Arme Anna!«

Renate, für die es auch berechnet gewesen, fuhr förmlich auf. »Das soll heißen?...«

»Das soll heißen, daß mir Anna im voraus leid tut, wenn du auf dem Standpunkt stehst. Du willst wohl in Burchards Ehe die Schwiegermutter ersetzen? Sollte mich wundern, wenn das kluge Mädchen, die Anna, nicht bei unserm Anblick gedacht hätte: diese beiden altjüngferlichen Schwägerinnen werden schlimmer sein als eine Schwiegermutter, sie sind nämlich gleich zwei Schwiegermüttern.«

Dabei sah sie angelegentlich hinaus auf den im Sonnenschein liegenden, hoch von Schnee bedeckten Hof. Denn es war die Zeit, daß bald die Gutsnachbarn und Hochzeitsgäste angefahren kommen mußten.

Renate, die hinter ihr, vor dem Spiegel stand, antwortete gereizt: »Ich komme Anna mit allem Wohlwollen entgegen, das ich der Braut und der Gattin meines einzigen Bruders schulde. Ich unterdrücke auch jede Kritik, die man sonst wohl ausüben kann, wenn man sieht, daß ein schönes, kluges und schließlich auch nicht ganz armes Mädchen von zwanzig Jahren einen Mann von achtundfünfzig nimmt...«

»Dieser Mann ist aber Burchard Geyer,« sprach Herdeke stolz dazwischen.

»Einerlei.«

»Nicht einerlei. Hast du selbst nicht in deiner Jugend Partie auf Partie ausgeschlagen, weil dir die Männer zu unbedeutend waren? Na – leider ist dann nach all der Wählerei der Heros nicht gekommen ... Das war dein persönliches Pech. Vielleicht hat Anna...«

»Bringe mich doch nicht von dem ab, was ich sagen wollte: ich wollte also sagen, daß ich alle Kritik unterdrücke, aber offene Augen haben werde.«

»Wieso?«

»Dumme Frage,« sagte Renate, indem sie mit der Brennschere ihre Stirnlocken bearbeitete, »wenn eine junge Frau einen älteren, sehr beschäftigten Mann heiratet, versteht es sich von selbst, in welcher Richtung man die Augen offen zu halten hat.«

Nun wandte die Gräfin Herdeke sich rasch um, und ihr Ton, der bis dahin immer ein wenig spöttisch gewesen, wie er meist der Schwester gegenüber war, nahm den Klang ernster Entrüstung an. »Du denkst – du denkst auch nur von fern – – du hältst es für möglich, daß die Gräfin Burchard Geyer gleich andern jungen Frauen sich eines Tages auf die Unverstandene hinausspielen und sich tröstend den Hof von einem jungen Freund machen lassen könnte?«

»Das denke ich allerdings.«

»Du bist verrückt.«

»Und du wirst etwas – drastisch in deinen Ausdrücken.«

In diesem Augenblick erscholl draußen ein helles Geklingel und gleich darauf ein jubelndes Hurra.

Gräfin Herdeke wendete sich dem Fenster zu, und auch Renate, im Frisiermantel, die Brennschere, die gerade eine Haarsträhne umzwickt hatte, in der hocherhobenen Rechten, nahm Stellung hinter der durchsichtigen Mullgardine. »Das scheinen ja etwas geräuschvolle Hochzeitsgäste,« meinte sie.

»Wahrscheinlich die Webers von Pallau, von denen Anna schon gestern abend sprach,« sagte Gräfin Herdeke und sah interessiert hinab.

Der große Hof glich einem blütenweißen länglichen Viereck. Nur an der einen Seite zogen sich Wirtschaftsgebäude hin, gegenüber diesen begrenzte ihn das Staket des Obst- und Gemüsegartens. Vom Tor, vorbei an den Gebäuden bis zur Haustür, an der Front des Hauses entlang und am Staket hin bis wieder zum Tor, war ein breiter Weg ausgeschaufelt und niedergefahren. Der Sonnenschein gleißte auf den festen Spuren der Schlittenkufen und Wagenräder.

Über das Tor hinaus, das breit geöffnet stand, sah man in ein endloses flaches Gelände. Das mußten im Sommer lauter Felder sein, und keine Baumzeile, kein Knick, kein Waldstreifen gab der Landschaft Mannigfaltigkeit, dem Auge einen Ruhepunkt.

Diese einförmige, im Sonnenlicht grellweiße Fläche, von dem Brillantgefunkel von Millionen Reflexen übersät, tat dem Blick geradezu weh.

Unten auf dem Hof, vor den Wirtschaftsgebäuden hielt nun der Schlitten, der eben mit Geklingel und dem Hurra seiner Insassen vor das Haus gefahren war. Diese Vier, die Herdeke noch gerade hatte beobachten können, waren schon ausgestiegen, und man hörte unten auch Lärm von Stimmen und Schritten. Der Lärm näherte sich, kam treppan, zog über den Korridor an der Tür der beiden Damen vorbei und schien am Ende des Flurs zu verhallen. Aber gleich danach fuhr Gräfin Renate mit Ostentation zusammen, um sich selbst zu beweisen, wie sehr das kräftige Türenschlagen nebenan sie erschreckt hatte. Dann hörte man zwei Männerstimmen, eine rauhe, alte, und eine junge, sonore. Die unterhielten sich erstaunlich laut und unbekümmert.

Man hörte einzelne Worte. »Anna« – »der olle Linstow« – »ach was« – »riesig riskiert« – »meinswegen immerzu« – »Donat« – »kein Rückgrat«.

»Mein Gott,« sagte Renate, »wollen wir klingeln? Der Waldemar müßte diesen Herren nebenan melden, daß hier zwei Damen wohnen, die unfreiwillig zum Lauschen gezwungen werden.«

»Leider verstehen wir ja nichts,« sprach Herdeke mit unterdrücktem Lachen, »zu schade, – nicht wahr? Von den Freunden und Nachbarn könnten wir sonst ja die besten Kommentare erhalten.«

»Großes Lumen, der Burchard Geyer,« hörte man jetzt deutlich von nebenan.

»Na, siehst du wohl!« bemerkte Herdeke befriedigt.

»Diese Leute brüllen förmlich.«

»Da kommen mehr!« rief Herdeke, denn es klang wie ein silbernes Geläut, hell und zierlich im Ton, durch die klare Winterluft.

Ein eleganter Schlitten, schwarzblank lackiert, mit einem gelbbraun und weiß gesteckten Guanako als Decke, flog in rascher Fahrt heran. Herdeke konnte kaum feststellen, daß drei Personen darin saßen, und wußte nicht einmal, waren es drei Herren oder versteckte sich in der einen dicken Pelzhülle eine Dame. Die drei Pelzbaretts waren fast gleich gewesen.

»Natürlich muß eine Dame dabei gewesen sein. Außer den Pallaus werden doch nur die Hammerriffs erwartet, der ältere mit seiner Frau,« rechnete Gräfin Herdeke sich aus.

»Du hast ein wahrhaft kindliches Vergnügen an diesem Halbdutzend ländlicher Hochzeitsgäste.«

»Spaß! Als ob mich die Gäste nicht interessieren sollten, die zu meines Burchard Hochzeit kommen! Seit mehr als dreißig Jahren hab' ich auf den Tag gewartet.«

»Aber wir haben ihn uns einst anders gedacht. So als das pomphafteste Ereignis von der Welt. Nicht auf so 'ner kleinen Klitsche, unter der Zeugenschaft von einer Handvoll Landjunker,« bemerkte Renate, die nun endlich mit ihrem Kopf fertig geworden. Sie betrachtete, unzufrieden mit dem Hergestellten, ihre künstliche Frisur und ihr gepudertes Gesicht mit den rosig getönten Wangen.

»Mir ist das egal, das Drum und Dran. Ich halt' es immer mit jenem Küster, der beim Abend-
mahl eine rote Weste an hatte und begütigend sagte: Wenn's Herz man schwarz ist. Für den
vorliegenden Fall variiert: wenn's Herz nur warm ist. Und mir scheint, Anna ist was Extras, und
sie schwärmt für Burchard, wie er für sie. Und wie geschmackvoll sie das gerade nur erraten lassen! Ich bin entzückt von dem Takt beider. Man ahnt, es ist Liebeswahl. Aber man wird durch
den Altersunterschied in keiner Weise verletzt. Einfach: großer Stil! Darin paßt sie zu ihm.«

Renate zuckte die Achseln. Sie wußte es ja, ihre Schwester würde auch im siebenten Jahrzehnt
ihres Lebens diese Gewohnheit, sich voreilig zu begeistern, nicht ablegen. Aber im Augenblick
fand Renate keine Zeit, allem zu widersprechen, sie war zu stark mit ihrem Putz beschäftigt
und konnte nicht damit zustande kommen, ihr Kleid zu schließen. »So hilf mir doch!« sagte
sie endlich ärgerlich. »Ich komme sonst wirklich zu spät!«

»Das Kleid ist natürlich zu eng,« erwiderte Herdeke. »Ich habe dir schon hundertmal gesagt,
daß man mit sechzig Jahren keine Taille mehr zu haben braucht.«

»Wenn die Natur sie mir aber ließ!«

»Dann versteckt man sie. – So – uch – uch...«

Mehr als nötig tat Herdeke, als strenge sie sich an, das Kleid zuzumachen.

Und endlich war denn auch Renate fertig.

In ihrer Jugend sollten die beiden Gräfinnen Geyer sich sehr ähnlich gesehen haben; zum
Verwechseln würde es gewesen sein, wenn nicht eben die steife Würde Renaten und die fröhliche Ungezwungenheit Herdeken ihr besonderes Gepräge gegeben hätten. Jetzt sah man von
dieser Ähnlichkeit nur noch etwa im Profil die gleiche, leise gebogene Linie der edlen Geyerschen Nase. Sonst hatte das Leben die Züge der beiden Damen sehr verändert. Keineswegs
allein durch eine Reihenfolge wuchtiger Schicksalsschläge – denn Renate hatte nichts erlebt –,
sondern vor allem durch die leisen Entwicklungen ihres Innern.

Sie schritten nun zusammen treppab.

Auf dem kahlen Korridor war es frostig, die weißgekalkten Wände schienen förmlich Eis-
luft auszuhauchen. Aber Gräfin Herdeke bemerkte nichts davon. Sie war nun ganz erfüllt von
dem Gedanken an die wichtige Stunde, die bevorstand. Rührung stieg in ihr auf. Auch ein
wenig Angst.

Sie würde es Renaten niemals zugegeben haben, aber im tiefsten Grunde ihres Herzens war
ihr die Ehe, die der Bruder einging, auch nicht geheuer. Sie witterte eine Geschichte, irgend
einen abenteuerlichen, vielleicht auch nur einen kapriziösen Grund, um dessentwillen sich die
junge Anna zu dieser Heirat entschloß. Und das ging ihr gegen das Gefühl. Sie liebte ihren
Bruder mit einseitigem Fanatismus. Wenn er schon heiratete, so sollte seine Erwählte ihn aus
den reinsten Gründen nehmen.

Aber sie sprang auch ganz willkürlich hin und her mit ihren Gedanken. Indem sie bei Anna
nach einem Geheimnis ausspähte, nicht an Annas bedingungslose Liebe für den Achtundfünf-
zigjährigen glauben konnte, dachte sie gleich darauf voll schwesterlichen Stolzes, daß sich jedes
Weib, auch das schönste und jüngste, in Burchard verlieben müßte.

Ihr Herz klopfte, als sollte sie bei den bevorstehenden Ereignissen nicht nur Zuschauerin,
sondern eine handelnde Person sein.

In Renatens Kopf drängten sich Einfälle, Befürchtungen, Betrachtungen aller Art bunt
durcheinander. Wenn nur Herdeke sich nicht hinreißen ließe, zu gerührt und zu vergnügt
zu werden. Beides war zu fürchten.

»Ich bitte dich,« flüsterte sie, »sei zurückhaltend. In unsern Kreisen kennt man dich und
deinen sogenannten Humor. Hier könnte man dich für ein Original halten, und das ist so das
Unweiblichste, was ich mir denken kann.«

»Unweiblich? Du bist zum Schreien! Ich dank' dem Himmel, daß ich weder weiblich, noch
männlich mehr wirken kann, sondern bloß rein menschlich. Weißt du: das ist die köstliche
Freiheit des Alters,« antwortete Gräfin Herdeke laut.

Aber nun mußten sie ihren kleinen amüsanten Streitteufel, der sie immer umsprang und
aus ihnen beiden die letzten geheimsten Gedanken herauszulocken verstand – nun mußten sie

ihn einsperren. Vor der neuen Familie und deren Freundessippe konnte er sich nicht gleich produzieren. Das sahen beide Schwestern ein. –

Unten der Hausflur war mit Tannengirlanden bekränzt.

Die Trauung sollte im Hause stattfinden. Neuhagen, das kleine Gut von Herrn von Linstow, war dem Kirchdorf Pallau eingepfarrt. Dahin hätte man anderthalb Stunden auf einer öden Chaussee durch reizloses Land fahren müssen. Das scheuten alle Beteiligten. Dabei ging nur Zeit verloren, und viel Stimmung konnte das auch nicht geben. Der Standesbeamte des Kirchspiels war der ältere Herr Weber von Pallau. Er hatte sich bereit erklärt, die bürgerliche Verbindung des Brautpaares unmittelbar vor der Trauung im Hause der Braut zu vollziehen.

Somit brauchte man drei Festräume. In dem Wohnzimmer sollte der standesamtliche Akt vor sich gehen. Im Salon die Trauung. Diese örtliche Trennung beider Handlungen war das einzige, was bis jetzt hier Renatens heimlichen Beifall gefunden hatte. Nach der Trauung sollte im großen Eßzimmer das Essen für fünfzehn Personen stattfinden.

Die Türen zu diesen Räumen mündeten auf den viereckigen Flur. Ebenso die Tür von Herrn von Linstows Arbeitszimmer.

Dort wußte Herdeke jetzt das Brautpaar. Ihr Auge feuchtete sich schon, als sie nur auf die Tür sah.

In Renate war die Neugier auf das, was man finden würde, sehr lebhaft. Sie vergaß darüber beinahe den Bruder. Mißfällig bemerkte sie zunächst, daß es auf dem Flur sehr stimmungslos ländlich nach Festbraten roch.

Waldemar, der Diener, dem man unschwer ansah, daß er im Lauf gewöhnlicher Tage auch im Garten und auf dem Felde mit tätig sein mußte, und der offenbar für die Gelegenheit nicht einmal eine neue Livree bekommen hatte, riß nun vor den beiden Damen, die ihm unaussprechlich imponierten, die Tür auf.

Gräfin Herdeke hatte den Vortritt. Sie war die Älteste. Es würde für Renate unerträglich gewesen sein, die Schwester sich vorangehen zu sehen, wenn ihr nicht dabei die angenehme Stellung als »die jüngste Gräfin Geyer« zugefallen wäre. In ihrer Empfindung wurde in solchen Augenblicken der Altersunterschied immer ein ganz bedeutender.

Im Zimmer war es blendend hell. Ein geradezu pöbelhaftes Licht, dachte Renate. Denn ihre Erscheinung war durchaus auf Abendbeleuchtung oder Schatten berechnet. Nun mußte sie danach trachten, immer möglichst die grelle Wintersonne und die beiden großen Fenster, mit dem Blick auf den schneeweißen Hof, im Rücken zu haben.

Es konnte nichts Alltäglicheres geben als dies Zimmer. Die Möbel darin und ihre Stellung an den Wänden, die Bilder auf der sehr geblümten Tapete, zeugten von einer vollkommenen Gleichgültigkeit oder einer ebenso völligen Geschmacklosigkeit. Das hatte Gräfin Herdeke schon gestern abend festgestellt.

Nun war sie voll Spannung auf die Menschen. Indem sie versuchte, sich mit diesen recht bekannt zu machen, konnte sie doch vielleicht einige Aufschlüsse über Annas Leben gewinnen.

Sie war hier ja wie auf der Wacht. Sie wußte noch so wenig von ihres Bruders Braut. Das junge Wesen hatte für sie etwas Rätselvolles. Vielleicht fiel aus der Art ihrer Freunde, ihrer Umgebung, ein wenig Licht auf ihre eigene Art. Deshalb beschloß sie, jede der anwesenden Personen genau zu beobachten.

Daß es lauter Leute von besonderem Gepräge waren, übersah sie sofort. Als Herr von Linstow ihr alle vorgestellt hatte, fing sie mit jeder Persönlichkeit in ihrer lebhaften und entgegenkommenden Weise ein kleines Gespräch an, um es vorerst rasch wieder abzubrechen. Mit der Gewandtheit der großen Dame und der Heiterkeit einer Lebensfreudigen brachte sie es wahrhaftig fertig, binnen einer halben Stunde Frau Weber von Pallau, Ursula Weber v. Pallau, die Baronin v. Hammerriff und die Pastorin Lüdike zu bezaubern.

Bei dieser letzteren war es ein völliges Siegen nur durch Blick und Lächeln, denn die arme Pastorin war fast ganz taub. Mit ängstlich wachsamem Auge hing sie an den Lippen der zu ihr Sprechenden; sie genierte sich, fortwährend ihr Hörrohr zu benutzen, das sie in ihren Händen hielt und das beinahe die Form eines Blasinstruments hatte. Die Glacéhandschuhe der Pastorin waren zu groß und gaben mit ihren Fältchen der Hand etwas greisenhaft Zerknittertes. Das paßte zu dem Gesichtchen, das einen unwillkürlich an einen Bratapfel erinnerte, so verschrumpft war es. Die Staatshaube der Pastorin von schwarzen Spitzen und lilaweiß gestreiftem Band stammte sicher von der Modistin des Dorfes, die vielleicht auch vor Jahren das schwarzseidene Kleid angefertigt hatte, dessen Putz in ein paar Epaulettes von Passementrie bestand. Herdeke fand das alte Frauchen in seiner zaghaften Würde fast ergreifend. Sie hatte nun einmal den Blick für Menschen, wie sie gern von sich sagte, und sah auch sofort, daß die Baronin Hammerriff aus einer ganz andern Lebenszone kam. Die beiden Brüder lebten auf ihrem väterlichen Gut halb und halb in Verbannung. Ihr Dasein war ihnen sozusagen auf halbe Ration gesetzt. Sie hatten jahrelang das Drei- und Vierfache verbraucht. Nun mußten sie sich finanziell und körperlich etwas ausruhen. Was die Baronin, die Gattin von Fred, dem Älteren, anbetraf, so besaß sie etwas Gemeinsames mit dem Mädchen aus der Fremde: man wußte nicht, woher sie kam. Sie sollte eine Österreicherin sein, aus den Kronländern. Sie sprach aber ein Deutsch, das Dialektkundige auf Berlin N. taxierten. Jedenfalls stand auf ihren Visitenkarten: Nadine Freifrau v. Hammerriff geborene v. Brankayi. Vielleicht war sie das Kind einst vornehmer, dann heruntergekommener Ungarn, die das Schicksal nach Berlin verschlagen hatte. Denn darin waren alle einig: schließlich konnte Hammerriff doch nicht dulden, daß seine Gattin sich auf ihren Visitenkarten und bei ihren Briefunterschriften einen Adel anmaßte, der ihr nicht zukam. Auf so etwas hatte das Heroldsamt in Berlin ein allzu scharfes Auge.

Schön aber war Nadine Hammerriff; bleich, mit feurigen Augen und schwarzem Haar. Elegant war sie auch. Herdeke stellte aber bei sich fest, daß es ein vorigjähriges Kleid war, aus viel Spitzen und Chiffon und Schmelzstickerei; viel zu ballmäßig für die ländliche Hochzeit. Und dann betrug sich diese Baronin so seltsam vorsichtig, wie eine, die sich nicht ganz sicher fühlt und sich daher beständig selbst bewacht.

Desto sicherer und zwangloser gaben sich die Webers v. Pallau – die »geräuschvolle Familie«.

Also diese beiden Prachtkerle waren es gewesen, die sich nebenan so unerhört laut unterhielten!

Der ältere Herr, dem sein Frack ein bißchen zu eng war, ging etwas zerstreut im Hintergrund des Zimmers auf und ab und wühlte in seinem gelbblonden, wallenden Bart.

Er mußte hier gleich den Würdigen spielen. Das war doch etwas genierlicher als daheim in seinem Amtszimmer. Da lag schon das große Buch bereit, das Standesamtsregister, in das sich Graf Geyer und Anna v. Linstow als dann Verbundene einschreiben sollten. Ein paar angemessene Worte mußten noch vorher gesprochen sein. Das war so leicht, wenn's galt, einen Willem Schulz zu ermahnen, daß er seine erwählte Trine Böbs gut behandeln solle und sich vor dem verdammten Saufen in Acht nehmen möge. Aber wähle mal einer die passenden Worte, wenn ein Burchard Graf Geyer die schöne, junge Anna heiratet! Er, der bedeutendste Redner seiner Partei im Reichstag, und ein Großgrundbesitzer, der ihn, den alten Wolf Weber v. Pallau, ungefähr dreimal in die Tasche steckte. Ermahn' mal einer so'n überlegenen Mann, der vielleicht gar zwei, drei Jahr älter ist als man selbst – die Situation soll mal einer deixeln, ohne sich lächerlich zu machen! Der junge Wolf Weber v. Pallau glich seinem Vater, daß es beinahe komisch war. Ebenso groß und so breit und dabei sehr gut gewachsen. Eben solchen großen blonden Bart, nur besser gepflegt, wie es seiner stattlichen Jugend zukam. Eben solche grade Nase und solche großen Blauaugen, aus denen Temperament und Fröhlichkeit blitzten. Die gleiche schneeweiße Stirn, die von der Mütze vor den Einflüssen von Wind und Sonnenbrand geschützt blieb, während das übrige Gesicht vom Wetter bräunlich getönt war.

Herdeke wie Renate dachten bei dem Anblick dieses jungen Helden das gleiche: war dieser nicht wie vorbestimmt für Anna? Warum hatten die beiden sich nicht gefunden? War es denkbar, daß dieser junge Mensch der schönen Anna gegenüber gleichgültig geblieben war? Noch dazu bei der Nachbarschaft hier auf dem Lande, wo schon die Gelegenheit und der Mangel an Auswahl einen Jugendroman zwischen beiden hätte zeitigen müssen? Gab es geheimnisvolle Hindernisse, die ihn und sie verhinderten, zueinander zu kommen? Hatte er Anna geliebt? Oder sie ihn?

So grübelten und phantasierten die beiden alten Schwestern. Aber als Herdeke die leuchtende Männerschönheit des jungen Wolf länger beobachtete, kam sie zu einem beruhigenden Schluß. Der sah nicht nach unglücklicher Liebe aus und nicht nach Rätseln und nach Tragik. Der hatte etwas ebenso Durchsichtiges wie sein Vater. Und man konnte ihm eher zutrauen, daß er sich eine Braut mit Gewalt und Lachen entführte, als daß er leidvoll und schweigend zusähe, wie sie einem andern angetraut wurde.

Gottlob! dachte Gräfin Herdeke.

Diese Pallaus hatten so etwas Reinliches; auch der Mutter und Tochter strahlten Güte, Offenheit und Anständigkeit aus den Augen. Beide Damen waren etwas reichlich derb von Erscheinung, das ließ sich nicht leugnen. Die Mutter trug ein höchst wohlhabendes Kleid von dicker rot und schwarz geflammter Seide. Aber es hatte weder Schleppe, noch Spitzenschmuck und einen Schnitt wie ein Hauskleid. Brosche und Uhrkette, beides sehr in die Augen fallend, putzten die Taille wohl nach Meinung der Frau v. Pallau genug. Fräulein Ursula war in Himbeerrot, was zu ihren sehr roten Backen recht ungünstig stand. Im braunen, ungemein glatten Haar trug sie einige künstliche Blumen.

Mit dem letzten der im Zimmer Anwesenden, mit dem jüngeren Baron Hammerriff, war Herdeke gleich fertig: ein Lebemannstyp. Bloß ein tadelloser Frack, eine unerhört gut geschnittene Weste mit was drin, was sich für'n vornehmen Mann hält. Gott, wie jämmerlich!

Daß Anna an diesen Egon Hammerriff niemals als an eine für sie mögliche Partie gedacht haben konnte, verstand sich.

Wenn das nun die beiden einzigen Heiratsfähigen der Gegend waren – dieser Baron Egon und der junge Wolf? Dann hatte freilich Anna keine Auswahl gehabt. Und wenn sie gern heiraten wollte, mußte sie wohl die glänzende Gelegenheit ergreifen, die sich so unverhofft bot – – –

Die Uhr an der Wand schlug Zwölf. Alle Anwesenden verstummten.

Aber es verstrichen Minuten, und das Brautpaar kam nicht.

»Na, Linstow,« flüsterte Herdeke, »wo bleiben sie denn?«

Herr v. Linstow sagte: »Ja, ja.«

Er sah aus wie jemand, der sehr gesammelt an etwas Fernliegendes denkt und deshalb nicht genau den Sinn der Anrede versteht. Er war mehr als mittelgroß, ziemlich dick und hatte eine Glatze. Seine Züge, von Natur nicht unedel, waren etwas aufgeschwemmt.

Herdeke sah ihn mit etwas ungeduldigem Mitleid an. Hatte sie, seit ihrer Anwesenheit im Hause, wohl schon eine vernünftige Antwort von ihm bekommen?

Es kam ihr immer vor, als ob seine Gedanken wären wie ein Pferd im Trott, das man nicht aufhalten durfte, weil es nicht die Kraft besessen hätte, von neuem anzuziehen. Wenn sie einmal in Bewegung gesetzt waren, mußten sie in der eingeschlagenen Richtung bleiben, um sich nicht zu verwirren.

Mit dem Mann zusammenzuleben mußte eine ständige Geduldsprobe für die Seinen bedeuten.

Die Frau war vor zwei Jahren gestorben. Der Sohn schien nach dem Vater zu arten. Anna hatte es vielleicht, nachdem sie mutterlos geworden war, zwischen den beiden geistesträgen Männern nicht mehr ausgehalten.

Flieht sie von hier, weil sie das Leben sucht? dachte Herdeke plötzlich.

In diesem Augenblick tat sich die Tür vom Flur her auf, und gefolgt von den beiden Zeugen, dem älteren Hammerriff und Annas Bruder Donat, schritt das Brautpaar über die Schwelle.

Burchard Graf Geyer war ein großer Mann, imposant schon durch die Haltung, die er sich zu geben wußte, schlank und mit den regelmäßigen, vornehmen Zügen der Familie. Seine Augen waren dunkel. Sie blickten auch jetzt klar und geradeaus.

Graf Burchard hatte graues Haar; in noch völlig ungelichteter Fülle lag es wellig über der hohen Stirn. Der Schnurrbart bewahrte noch seine dunkle Farbe und gab durch diesen Gegensatz dem Gesicht etwas Kühnes und Jugendliches.

Anna v. Linstow blieb, obgleich sie eine schlanke, hohe Erscheinung war und immer als »groß« gegolten hatte, doch um mehr als einen halben Kopf unter der Größe ihres Verlobten.

Sie sah erregt aus. Man bemerkte es an der außerordentlichen Blässe ihres Gesichtes und an dem fieberhaften Glanz ihrer blauen Augen. In diesem weißen Gesicht fielen die blutroten, sehr schön gezeichneten Lippen merkwürdig auf.

Sie hat einen unheimlichen Mund, dachte Renate, so brennend, so üppig und doch so fest geschlossen.

Im übrigen fand Gräfin Renate die Erscheinung der Braut »stilvoll«. Der sehr einfache Schnitt des weißseidenen Kleides, der gediegene Stoff, die mächtige Schleppe zeigten einen sicheren Takt, Würde mit Pomp für die Gelegenheit passend zu vereinen. Auch gefiel es Renaten, daß der Schleier zwar das ganze blonde Haar und die ganze Gestalt in großen Falten umgab, aber das Gesicht frei ließ.

Gräfin Herdeke sah zunächst nur ihren Bruder, empfand nur seine Gegenwart. Sie lebte sein ganzes, stolzes Leben in diesem Augenblick nach. Und ihr erregtes Herz fragte: ist dies seines Lebens Krönung? bedeutet es sein Unglück?

Seit sie jene bitteren Leiden ihres einzigen, mit einer harten Entsagung endenden Liebesromans durchgekämpft und dann überwunden hatte, war der Bruder ihr Lebensinhalt geworden. Ihre Neigung ging weit hinaus über die Grenzen auch der hingebenden Schwesternliebe. Sie liebte in ihm ihren Vater, ihre Mutter weiter, er bedeutete für sie den Begriff »Familie«, zu welchem ihre Schwester Renate nur ein ganz nebensächliches Anhängsel bildete. Jeden Ehrgeiz, den sie sonst etwa für sich und einen Gatten gehabt haben würde, hegte sie nun für den Bruder.

Als er jung war, wählte sie unaufhörlich für ihn unter den Töchtern des hohen Adels die schönsten und reichsten und vermählte ihn in ihrer Phantasie. Wenn er einmal ein ernstes Interesse für diese oder jene junge Dame zu zeigen begann, förderte Herdeke die Sache gleich so übereifrig, daß entweder ihr Bruder oder die junge Dame den Geschmack daran verlor.

Sie war auch des Bruders Parteigenossin und fühlte »freikonservativ« bis in ihre letzten Gedanken hinein. Wenn eine Frau sich um Politik bekümmert, tut sie es gleich mit Leidenschaft. Herdeke zog aus der Lektüre erregter Reichstagsdebatten einen Genuß wie aus dem Besuch eines spannenden Dramas. Sie war auch des Bruders Kompagnon. Während Renate ihr hübsches Vermögen in preußischen Konsols angelegt und es nach und nach ganz aus dem Grundbesitz ihres Bruders herausgezogen hatte, wies Herdeke den Gedanken, sich auszahlen zu lassen, immer mit Entrüstung von sich. Sie genoß jeden wirtschaftlichen Erfolg mit Triumph. Kurzum, von allem, was das Leben nur heranspülen konnte an den Strand der Gegenwart, sollten die besten Güter, die glänzendsten gerade zu Burchards Füßen herankommen.

Und diesen heißbewunderten Bruder, dessen Dasein sie in solchem Liebeseifer nachlebte, den sah sie sich nun an ein Mädchen hingeben, von dessen Namen sogar sie alle vor einem Vierteljahr noch keine Ahnung gehabt hatten.

Die Tochter eines leidlich begüterten Landedelmannes, ein junges Ding von zwanzig Jahren, war nun schließlich diejenige geworden, welche sich diese viel ersehnte Stellung errang. Sie wurde Gräfin Geyer.

Herdeke fühlte sich von Erschütterung überwältigt. Tränen traten in ihre Augen, sie faltete die Hände und sah das Paar an.

Ihre Schwester Renate sah die Tränen und das Händefalten und dachte: Natürlich!

Tränen und Andacht hatte man sich doch bis zur kirchlichen Trauung aufzusparen. Hier waren sie mindestens geschmacklos.

Herdeke aber wartete nicht erst den Anblick des priesterlichen Ornates ab, um zu beten, sondern sie flehte mit kindlicher Inbrunst: Lieber Gott – weshalb Anna ihn auch heiratet, ob aus Liebe oder aus einem kalten, äußerlichen Grund – laß es gut enden! Denke an alle Leiden, die mir beschieden waren, und daß es mir nicht vergönnt wurde, mit meinem armen Bolko zusammenzukommen. Laß dafür Burchard sehr glücklich werden!

Das Brautpaar hatte sich dem Tisch genähert, hinter dem nun Herr Wolf Weber v. Pallau mit rotem Gesicht und gänzlich auseinandergesträubtem Bart stand.

Baron Fred Hammerriff, um eine Kleinigkeit frischer und weniger vornehm aussehend als sein Bruder, stand in einer Haltung voll undurchdringlichen Ernstes hinter dem Grafen Geyer. Die Sonne schien Herrn Fred gerade aufs Haupt und ließ die Sorgfalt erkennen, mit welcher die dunkelblonden Haare über die beginnende Lichtung oben auf dem Wirbel verteilt waren.

Hinter Anna stand ihr einziger Bruder Donat, ein überlanger blonder Mensch von weichlichem Ausdruck.

Alle Anwesenden waren voll Erwartung, wie Herr Weber v. Pallau sich aus der Affäre ziehen würde. Er tat es überraschend kurz und sachlich. Er beschränkte sich auf alles Vorgeschriebene. Dann unterschrieben das Paar und die Zeugen, und er füllte den Trauschein aus, um ihn mit einer etwas zu tiefen Verbeugung dem Grafen Burchard zu überreichen.

Nun war die bürgerliche Zeremonie zu Ende. Man verabredet, daß sich keinerlei Gratulation daran schließen, sondern daß das Paar und die Gäste sich gleich im Zuge nach nebenan begeben sollten, wo schon Pastor Lüdeke vor einem improvisierten Altar der Neuvermählten harrte.

Waldemar öffnete nun auch breit die Flügeltüren zur »besten Stube«, und zugleich ertönte von drinnen zur Klavierbegleitung ein plärrender Gesang. Ein Dutzend Schuljungen aus Pallau, in Sonntagskleidern, mit Notenblättern in verfrorenen Fäusten, standen in einer Ecke zusammengedrängt und sangen eifervoll und falsch, während der Küster am Klavier rechts vor der Wand, heftig mit dem Kopf nickend, seiner Schar den Takt angab.

Geradeaus vor einem weißumkleideten Altar, den Blumen und brennende Kerzen zierten, stand Pastor Lüdeke mit gefalteten Händen und wartete in einer Haltung voll beschaulicher Ruhe der Neuvermählten. Er machte keine Redensarten, gedachte mit einem guten Wort der verstorbenen Frau v. Linstow, und vor allen Dingen: er machte es kurz.

Dann kam das große Glückwünschen, das die Gestalt eines drangvollen Durcheinanders annahm. – Herr v. Linstow ließ sich von seinem imposanten Schwiegersohn umarmen und dachte geängstigt, daß er einige passende Worte sagen müsse, die er aber nicht fand. Dann küßte er seine Tochter, ward von Rührung plötzlich übermannt und wischte sich Tränen ab.

Herdeke und Renate umarmten und küßten das Paar. Auch die Pastorin und Frau v. Pallau umarmten Anna. Ursche v. Pallau aber hing lange laut schluchzend an Annas Hals.

Dieser Jammer ihrer Tochter rührte wieder Frau v. Pallau; weinend sagte sie: »Ja, sie sind doch zusammen aufgewachsen, und sie waren doch so befreundet! Und nun reißt das Leben sie auseinander.«

»Werd' und mach' glücklich, Anna!« sprach der junge Wolf v. Pallau, indem er ihr fest die Hand schüttelte, »und laß uns die Alten bleiben. Jugendfreundschaft! Dein Mann muß begreifen – das bindet.« »Sie werden in meinem Hause stets ein willkommener Gast sein; ich hoffe, daß Anna sich Fräulein Ursula und Sie recht bald einlädt,« sagte Graf Burchard verbindlich.

Dann setzte man sich zu Tisch. Rechts vom Paar der Pastor mit Gräfin Renate, links Gräfin Herdeke mit Herrn v. Linstow. Wenn es Herdeken auch einen Augenblick ärgerlich war, nicht neben ihrem Bruder zu sitzen, so begriff sie doch schnell den Vorteil, der darin lag, Herrn Weber v. Pallau, den Vater, an ihrer rechten Seite zu haben. Er war so mitteilsam und harmlos. Er sprach, ohne daß man mit vorsichtigen Fragen an ihn heranzuschleichen brauchte. Vielleicht kannte und beherrschte er auch gar kein andres Thema als seinen Beruf und den lieben Nächsten.

Es wurde schnell recht laut bei Tisch. Das leidlich lange Zimmer war gerade von der Hochzeitstafel gut ausgefüllt, auf der mehr und kostbareres altes Silber zu sehen war, als Herdeke erwartet hatte. Den köstlichen Blumenschmuck des Tisches hatten Herdeke und Renate aus Berlin schicken lassen.

Für die Familie Weber v. Pallau war es selbstverständlich, daß man sich auf einer Hochzeit amüsieren müsse. Sie sorgte denn auch in erster Linie für den fröhlichen Stimmenlärm. Wolf Sohn machte gewissermaßen der Baronin Hammerriff den Hof. Aber Herdeke beobachtete, daß diese ihrem Schwager Egon seltsam duldende und kokette Blicke zuwarf, als wollte sie sagen: Ich halte dies gezwungen aus, viel lieber säße ich bei dir.

Frau v. Pallau schrie der Pastorin eine Mitteilung über ihre Leuteköchin ins Ohr. Ursche hänselte ihren Tischnachbar Donat und wollte sich totlachen, weil er ihre Späße nicht immer gleich verstand.

Der Pastor ließ das Brautpaar leben. Sein Toast war eine wenig veränderte zweite Auflage seiner Traurede. Dann widmete er sich mit völliger Hingabe dem guten Essen.

Was für eine Hochzeit! Was für eine Hochzeit! dachte Renate und sah von der Seite ihren Bruder an.

Aber er saß unbefangen, freundlich, bemerkte scheinbar gar nichts Außergewöhnliches und sprach fast immer halblaut, in ritterlicher Haltung, gütig, doch nicht geschmacklos zärtlich mit seiner jungen Frau. Und Anna lächelte, freudig, aber doch mit einer gewissen Gelassenheit. Sie schien ihre Erregung besiegt zu haben. Sicher und stolz saß sie da, so schön wie noch nie.

»Donnerwetter,« sagte Herr Wolf v. Pallau Vater zu Herdeke, »so 'ne schöne Braut sieht man selten. Und was das Beste ist: glücklich sieht sie aus. Na, ich gönne ihr das. Meine arme Freundin, die Linstow, und meine Alte hatten sich ja immer ausgedacht, daß aus dem Wolf und der Anna ein Paar werden sollte. Das ist nu anders gekommen. Der Bengel hätt' sich ja auch nicht von fern an sie 'rangetraut. In der Jugendfreundschaft kann man gut Kamerad zusammen sein – das ist wieder was andres als heiraten. Und als Mann hätte er ja woll auch gar nicht zu ihr gepaßt ... Sie trinken ja nichts, Komtesse. Zu dem Rotspon können Sie dreist Vertrauen fassen ... ich hab' unsern Freund Linstow bei der Wahl beraten.«

»Danke,« sprach Herdeke und ließ sich ihr Glas füllen. »Aber warum hätten denn Ihr Herr Sohn und Anna nicht zusammen gepaßt?«

»Ach Gott,« meinte er fast entschuldigend, »wissen Sie – er ist ja mein Einziger und mein Stammhalter – er ist ein aufrechter Kerl, fleißig, tüchtig – klingt wunderbar, wenn 'n Vater so was sagt: ich acht' ihn, wie sonst keinen andern jungen Mann. Aber die Anna hat von klein an immer gesprochen, daß sie bloß einen ganz bedeutenden Mann nimmt, so einen, vor dem andre Männer sich als zweite Garnitur vorkommen. Na un so 'n Mann ist ja woll mein Junge nicht. Und dann auch: erstmal haben sie als Kinder sich schon mit all ihren Unarten gekannt; zweitens haben sie's immer gehört, daß sie mal Braut und Bräutigam werden sollten – und da war's ja von vornherein verpfuscht. Kein Reiz der Neuheit – keine Überraschungen. Wo soll da die Liebe herkommen! Und wo Anna was Extras ist und was Extras will.«

Also vielleicht in einer Anwandlung von Mädchenromantik hat sie meinen Bruder genommen, dachte Herdeke und sah die junge Frau an. Eines war gewiß, ihre Erscheinung und ihre ganze Art ließen sie als ein Wesen erkennen, das recht wenig zu ihrer ganzen Umgebung gepaßt haben mochte. Vielleicht war Anna ihrer Mutter nachgeraten. Die Frage ließ sich ohne Indiskretion tun.

Als Herr Wolf sein Rotweinglas wieder einmal in behaglich genußvollem Zuge langsam geleert hatte, fragte Herdeke: »Wie Sie begreifen werden, wollte ich Anna gestern und heut' morgen nicht noch unnötig weich machen durch Fragen nach ihrer Mutter, aber ich möchte wohl wissen, ob Anna ihrer Mutter sehr glich, und woran die Frau so früh starb.«

»Die ist an ihrem Mann eingegangen,« raunte Herr v. Pallau, während er sich so nah zu Herdeken herabneigte, daß die ganze Tafelrunde merken konnte, er sage etwas Vertrauliches; »das heißt: auf deutsch gesprochen. Auf medizinisch gesagt, hat sie 'ne Lungenentzündung gehabt. Aber da war kein Wille und keine Kraft zum Besserwerden. Aufgezehrt durch das stille, tägliche Elend. Sie kennen ihn ja erst seit gestern. Aber so viel Blick hat ja woll 'n jeder, das zu sehen: hat kein Rückgrat, der Linstow. Alte Familie. Es gibt solche, die degenerieren, weil sie zu toll drauflos leben. Es gibt andre, die versumpfen, weil sie gar nicht leben. Haben sich nie betätigt, die Linstows. Nicht in der Politik, nicht in der Landwirtschaft, nicht beim Militär. So hingewurzelt – moralisch eingeschlafen. Und der Donat artet nach ihm. Schade!«

»Also Anna glich ihrer Mutter?«

»Nicht so justament. Von Ansehen – ja. Aber sie hat nicht so die Ergebung zum Stillhalten wie die Mutter. Die arme Frau v. Linstow konnte nichts durchsetzen: alle ihre Wünsche, alle ihre Pläne zerbrachen an der Geistesträgheit von ihm. Wissen Sie, solche Männer sind schlimmer als Wüteriche und Tyrannen. Ist, als wenn Sie über'n Moor gehen sollen: sacken 'rein! Über Fels kann man klettern, durch'n Dornendickicht kann man sich schlagen, aber über Schlammgrund kommt man nicht weg. Zuletzt gab die Frau es auf, sie ließ alles gehen, wie es wollte. Und Anna, seit sie erwachsen ist, hat gar nicht erst versucht, einzugreifen. Ich hab's immer zu meiner Alten gesagt: Die Anna ist zu klug, die fängt so'n nutzlosen Kampf nicht erst an und denkt: Ich geh' ja doch bald aus dem Haus. Und das hab' ich auch immer gesagt: Sie macht mal 'ne aparte Heirat.«

Herdeke hörte all diese Vertraulichkeiten mit Herzklopfen an, während sie ein lächelndes Gesicht machte, als plauderte ihr Nachbar über konventionelle Dinge mit ihr. Nun glaubte sie zu wissen, aus welchem Grunde Anna die Hand Burchards so ohne Besinnen angenommen hatte: sie hatte an ihrer Mutter die stille Tragik gesehen, die darin liegt, wenn das Leben einer edlen, begabten Frau an der Unfähigkeit des Mannes zerbricht. Sie suchte für sich ein andres Los. Sie suchte vor allen Dingen einen Mann, zu dem sie emporblicken konnte. Das war gewiß kein unedler Grund zur Heirat. Aber es war keiner, der im Herzen wurzelte.

So hatte Burchard sich vielleicht noch alles erst zu erobern, was er schon zu besitzen glaubte. Konnte ihm das glücken? Konnte er nicht an dieser Aufgabe scheitern, trotz aller seiner Vorzüge?

»Eine frohe Jugend scheint die arme Anna nicht gehabt zu haben,« sagte Herdeke noch.

»So so, la la,« antwortete Herr Wolf. »Kinder, die auf dem Lande aufwachsen, haben immer Freude, auch wenns im Elternhaus nur trübselig hergeht. Und Anna war ja viel bei uns. Fast alle Tage. Wir sind fidele Leute, kann ich Ihnen sagen. Und wir flennen nicht gleich, wenn mal 'ne schlechte Ernte kommt. Das nächste oder übernächste Jahr gibt's 'ne bessere. Der alte Pflüger da oben, der den Acker der Menschheit fort und fort umkrempelt mit seiner ewigen Pflugschar, der sorgt schon dafür, daß alles wieder nach oben kommt, was mal 'runtergewühlt war. Nicht wahr?«

»Gewiß, gewiß,« bestätigte Herdeke und fügte aus voller Überzeugung hinzu: »Welches Glück für Anna, daß sie Ihr Haus hatte! Möchte diese schöne Freundschaft weiterbestehen!«

»Wir sind einfache Leute,« wehrte Herr v. Pallau ab, »wer weiß, ob wir der Gräfin Geyer noch in ihre Kreise passen. Sie kommt ja nu in die große Welt. Was meine Ursche freilich anlangt – die läßt nich locker, die schwärmt zu heiß für Anna. Die wird sie wohl bald mal besuchen wollen. Und der Bengel, der Wolf, hält natürlich auch was von ihr ... Gott, wenn man zusammen Birnen gestohlen hat! Wissen Sie, ich hatt' im Kalthaus 'ne neue feine Sorte. Trug zum ersten Male sechs Birnen. War bei Todesstrafe jedermann verboten, daran zu gehen. Und eines Tages sind alle sechse futsch. Der Gärtner wollte den Jungen und die beiden Mädels zusammen aus dem Kalthaus haben kommen sehen. Nu, ich die Gören vors Forum gekriegt. Lügen ist nich bei meinem Wolf. Also sagt er: ›Ja, ich habe die Birnen gegessen. Aber ich allein.‹ Diese letzte Aussage rechnete er nicht als Lüge, sondern als Ritterpflicht, wie er später gestand. Ja, das war eine Geschichte.«

Und in aufwallender Rührung sagte er nach einer kleinen Pause: »Von den Birnen muß ich doch der Anna künftig alle Jahr ein Körbchen senden – ich hab' nämlich nun zwei große Bäume von der Sorte ...«

Unterdes war das Mahl bis zum Dessert vorgerückt. Herr v. Pallau wies den aufwartenden Lohndiener an, dem Fräulein im himbeerroten Kleid die Schale mit Schokoladen und Konfitüren noch einmal anzubieten und am besten die Schale vor das Fräulein hinzustellen. »Wie ich Ursche kenne, steckt sie sich was davon ein,« sagte er vergnügt.

Die Baronin Hammerriff ließ über den Tisch hin ihren Schwager an einem Knallbonbon ziehen, der durchaus nicht zerreißen und knallen wollte.

Die Pastorin fragte, wann das Paar abreise, und Frau v. Pallau rief in das Hörrohr hinein, daß es wohl bald Zeit für Anna werde, sich umzuziehen; der Zug gehe um Sechs, und sie hätten doch fast Fünfviertelstunden im Schlitten bis zur Kreisstadt.

Da kam Waldemar mit einem Teebrett voll Depeschen. Das Postamt in der Kreisstadt hatte vom Grafen Geyer den Hinweis erhalten, es möge soviel einlaufende Glückwunschdepeschen wie möglich sich ansammeln lassen und diese dann auf einmal senden.

»Vorlesen!« rief Frau v. Pallau. Ursche und die Baronin Hammerriff klatschten zustimmend in die Hände.

»Was für eine Menge Depeschen,« sprach Herr v. Linstow und hatte Unruhe, daß man ihm, dem Brautvater, die Arbeit, sie vorzulesen, zumuten könnte. Wolf, der Sohn, dem die Ungeduld schon in allen Fingern saß, nahm sich, einfach an der Baronin Nadine vorüberreichend, das ganze Teebrett mit den Depeschen.

Er las in ernstem, respektvollem Ton, jedesmal sich besonders zu dem Grafen Burchard wendend, die Glückwünsche, die aus dem Kreise von dessen Parteigenossen, Gutsnachbarn oder entfernten Verwandten kamen.

Handelte es sich aber um Depeschen, die aus dem Kreise der Gegend stammten, von Freunden der hier versammelten Familien, trug Wolf sie mit komischem Pathos vor, und die Tischgesellschaft lachte und klatschte dazu Beifall. Namentlich Ursche und Donat wollten vor Vergnügen »sterben«.

Auch Graf Burchard lächelte. »Trotz der schönen und fast reifen Männlichkeit seiner Erscheinung hat der junge Pallau noch etwas von einem großen Jungen,« sagte er zu Anna gewendet.

»Ja,« antwortete sie bestätigend, »er ist mit seinen fünfundzwanzig Jahren noch so kindlich. Noch nicht aufgewacht. Aber das liegt in der Familie. Das haben die Pallaus so an sich. Vielleicht bleibt er so und wird wie sein Vater.«

»Du liebst die Familie.«

»O natürlich sehr,« sagte Anna. Aber es klang so nebensächlich. Es war kein Herzenston in der Antwort.

Das nahm den Grafen Burchard wunder. Er hatte geglaubt, daß ein junges Wesen wie Anna sehr eng mit ihrer Umgebung verwachsen sein müsse.

Aber nun lenkte Wolf wieder alle Aufmerksamkeit auf sich. Er räusperte sich sehr bedeutungsvoll. Dann sah er Nadine Hammerriff an. Darauf Ursula und Anna und hielt eine Depesche breit geöffnet und straff zwischen seinen beiden Händen.

»Von wem? Von wem?« schrie Ursche.

»Raten!«

»Können wir nicht,« sagte die Baronin.

»Raten!« befahl er noch einmal.

Da wußte Ursche es. Sie wurde dunkelrot, und ihre Stimme klang etwas unsicher, als sie nun jubelnd rief: »Von den Leutnants?«

Er nickte.

Die Baronin lächelte interessiert. Aller Augen hingen an Wolf.

Renate hatte bei jeder einzigen Depesche, die vorgelesen wurde, stets ihre junge Schwägerin beobachtet. Ob Anna geschmeichelt lächelte, wenn große Namen zu Gehör kamen – das wollte sie feststellen; oder ob Anna irgendwelche besondere Rührung und Freude verriet, wenn Bekannte aus der Gegend ihr Grüße schickten.

Aber diese junge Frau blieb immer gleich gelassen und lächelte zu allen Depeschen dasselbe konventionelle Lächeln. Jetzt aber – Renate sah es genau – jetzt veränderte sie ihre Farbe. Ihre Nasenflügel bebten. Ihr Blick schien dunkler, leuchtender und doch härter zu werden. Er hing an Wolf – in fieberischer Spannung, wie es Renaten schien. Was heißt das? dachte diese.

Nun las Wolf:

»In dankbarer Erinnerung an die schönen Manövertage gestatten sich die Unterzeichneten der Gräfin Burchard Geyer die verehrungsvollsten Glückwünsche darzubringen, sowie den Familien Linstow, Hammerriff und Weber v. Pallau die herzlichsten Festgrüße zu senden. Bülow, Ribeck, Lassen, Prags, Runau, Normann.«

Die Baronin, Frau v. Pallau, Ursula und Herr v. Pallau klatschten in die Hände.

»Was denn? Hör ich recht?« fragte die Gräfin Renate ihren Tischnachbar, den Pastor, »Normann? Unser Stephan Normann? War der hier in Quartier?«

»Auf Pallau, mit vier Kameraden. Hier lag nur 'ne halbe Kompanie mit Herrn v. Lassen und Baron Prags. Pallaus hatten vier Herren und den Major. Hammerriffs auch 'n paar Leutnants.

Na, das waren vergnügte acht Tage. Und Leutnant Normann schoß den Vogel ab bei den Damen – das merkte man so 'raus,« erzählte Pastor Lüdeke.

Renate wandte sich zu ihrem Bruder und störte ihn in einem Gespräch mit seiner Frau: »Die kennen hier Stephan. Hast du das nicht gewußt? So was interessiert einen doch.«

»Eben sprech' ich mit Anna davon. Mir fällt es nun wieder ein, daß Stephan in seinem Glückwunschschreiben erwähnte, er sei hier herum in Quartier gewesen und habe die Ehre gehabt, Anna v. Linstow damals vorgestellt zu werden.«

»Das wäre doch stark,« sagte Renate, zu schnellem und scharfen Tadel bereit, »wenn der Junge seine ganze Anteilnahme heut in dem Sammeltelegramm ausdrückte.«

»Wart es doch ab!«

Inzwischen las Wolf weiter. Ein halbes Dutzend Depeschen wurde angehört ohne Zeichen von Interesse. Ursula und die Baronin unterhielten sich flüsternd darüber, weshalb gerade diese sechs Offiziere ein Telegramm zusammen abgelassen hätten, und kamen zu dem Schluß, daß ein Frühschoppen sie wohl zufällig vereint hatte.

Dann räusperte Wolf sich nochmals sehr künstlich und stark und sah wieder seine Schwester neckend an, ehe er las:

»Graf und Gräfin Geyer. Tausend gute Wünsche sendet Stephan Normann.«

»Kurz und bündig,« bemerkte Graf Burchard lächelnd.

»Gott – so 'ne Art Verlegenheit!« meinte Herr v. Pallau; »geht mir auch so, bin immer rein wie auf den Mund geschlagen, wenn ich gratulieren oder kondolieren soll.«

Renate sah zu Anna hin. Sie wurde wieder rot – kein Zweifel. Was will das sagen? dachte Renate.

»Aus der Sensation, die der Name Normann hier am Tische macht, schließe ich, daß unser Junge hier gewissermaßen eine Rolle gespielt hat im letzten Manöver,« sagte Herdeke Herrn v. Pallau.

»Unleugbar! Die Hammerriff schmachtete … na, ihr Mann ist ja woll weiter nich eifersüchtig! Und meine Ursche war direkt in ihn verknallt, ist es vielleicht noch. Schadet nichts – so 'n kleines Strohfeuer muß mal sein. Kam mir sogar vor, als ob die Anna ihn gern sähe – war natürlich ein Irrtum. Was aber den Normann betraf – der blieb merkwürdig kühl. Gott – meine Ursche ist ja keine Beauté. Aber wenn die Nadine Hammerriff Augen macht! … Und denn so in 'm Manöver, wo man doch als Leutnant gewissermaßen das Recht hat, alle Blumen am Wege zu pflücken, die einen anlachen…«

Die Gräfin Herdeke seufzte.

Sie hatte ja eine Ahnung, welche Gründe Stephan Normann gleichgültig gegen alle Frauen und Mädchen machte … Und ihr Seufzer war um so schwerer, weil sie sich bewußt sein mußte, daß ihre eigene Gutmütigkeit den jungen Mann mit jener zusammengeführt hatte, deren schöne Augen ihm dann offenbar gefährlich geworden. Aber schließlich hatte Stephan doch Verstand! Er konnte doch niemals im Ernst einen Plan fassen, dessen Ausführung seine ganze Laufbahn vernichten mußte!

Herr v. Pallau wollte nun genau wissen, durch welche Familienverzweigung der Oberleutnant Normann mit den Geyers verwandt sei.

»Das ist eine ganz einfache Geschichte,« begann Herdeke, »unsre Cousine Stephanie, die Letzte eines Nebenzweiges der Geyer, heiratete einen Künstler. Man bauschte damals den guten Musiklehrer Normann zu einem Genie auf. Nichts leichter, als einem Menschen den Glauben beizubringen, er sei eins. Da hat er denn Stephanies kleines Vermögen verkomponiert. Wenn eine Normannsche Oper an irgend einer Provinzbühne aufgeführt ward, sagte ich immer: ich hör' die Goldstücke förmlich rollen. Das war wenigstens die wahre Musik dabei. Und sie verklang fabelhaft rasch. Als die beiden starben – ich sag' Ihnen, wie aufs Stichwort starben sie – als ob sie was bei ihren vielen Berührungen mit dem Theater gelernt hätten – da war für ihren armen Jungen nichts mehr da. Wir wußten nur durchs Hörensagen von ihm. Aber Burchard reiste hin, brachte ihn ins Kadettenhaus und hat auch weiter für ihn so quasi den Vater gespielt – bis auf den heutigen Tag.«

Herr v. Pallau hörte mit unverhohlenem Interesse zu. Wenn der Oberleutnant Normann auch nicht im geringsten auf Ursulas offenkundige Schwärmerei reagiert hatte ... man konnte immerhin nicht wissen ... und so standen sich die Webers v. Pallau denn doch, daß die einzige Tochter sich einen armen Leutnant wählen durfte, wenn sie ihn ernsthaft liebte. –

Um den Tisch war nun große Unruhe. Jeder sah ein, daß es Zeit sei für Anna, sich umzukleiden, aber Herr v. Linstow dachte nicht daran, die Tafel aufzuheben. Herdeke sagte es ihm zweimal.

»Meinen Sie? Schon?«

Da standen sie denn endlich auf. Man begab sich in die Wohnzimmer, und das junge Paar verschwand.

Aber auch Donat v. Linstow schlich sich hinaus. Er hatte für den Moment der Abreise seiner Schwester eine Überraschung ausgedacht. Einige Böllerschüsse sollten losknallen. Das dachte er sich sehr lustig und standesgemäß. Hein, der alte Pferdeknecht, hatte die kleine Kanone instand gebracht. Wohl an die zwanzig Jahr hatte sie hinten im Scheunenwinkel ein verstaubtes, verrostetes Dasein geführt. Donat hatte sein Vorhaben niemand anvertraut, nicht einmal Ursche. Die hätte sonst gleich gesagt: Ach, das laß nur Wolf und mich machen, du bist zu tappsig zu so was. Er wollte ihr zeigen, daß er gar nicht so tappsig sei.

Niemand vermißte ihn übrigens. Alle waren von dem vielen guten Essen und den starken Weinen in einer sehr lebensseligen Stimmung.

Herr v. Pallau saß breitbeinig und weit zurückgelehnt auf dem Sofa und hatte den Arm um die Taille der neben ihm auf der Sofakante sitzenden guten alten Pastorin gelegt, die beinahe unternehmend lächelte und sagte: »Nun kommt Ursche an die Reihe.«

»So Gott will,« sprach Herr Wolf, zwischen Behagen und beginnender Rührung schwankend, »wenn sie einen leiden mag – sie soll ihn haben, auch wenn er arm ist – wenn er sonst 'n ehrenhafter Kerl is – aus Liebe soll meine Ursche heiraten ... aus Liebe ...«

»Wie?« fragte die Pastorin und erhob ihr Hörrohr.

»Aus Liebe!« schrie Herr Wolf hinein und legte noch die Hände an seinen Mund, um den Schall zu verstärken.

Die Gräfin Herdeke suchte ihren Bruder auf. Er hatte das Zimmer neben dem »Salon« seiner Schwestern bewohnt.

Sie fand ihn reisefertig, im Begriff, sein Gepäck zu schließen.

Nun trat sie an ihn heran und streichelte ihm den Arm.

»Burchard,« sagte sie leise.

»Nun?«

»Burchard, ich will sie lieb haben, deine Anna. Sag' ihr das.«

Graf Burchard klopfte seiner alten Schwester liebevoll die Wange.

»Dank' dir, Herdeke. Ja, sei gut zu ihr. Sie wird auch nur Gutes bringen,« sagte er in starker Zuversicht. »Anna ist ein wertvolles Menschenkind.«

Auf Burchards Bitte ging Herdeke nun, um zu sehen, ob Anna inzwischen mit der Hilfe von Ursula fertig geworden sei.

»Du Glückspilz,« sagte Ursche, als sie Anna den Kranz und den Schleier abnahm, »du kommst nun nach Paris.«

»Für vierzehn Tage.«

»Doch fein – ich möcht' auch mal hin.«

Dann schwiegen sie ein Weilchen, ganz gegen Ursulas Gewohnheit. Aber heut' war ihr der Kopf zu gedankenschwer.

»Ob ich wohl auch mal so weit komme?« sagte sie plötzlich mit einem schweren Seufzer.

»Heiraten kannst du alle Tage. Donat bleibt dir immer. Und es wäre sein Glück,« antwortete Anna, indem sie sich das graue Reisekleid überwarf.

Das wußte Ursche ja. Sie hatte es auch nie anders gedacht. Heiraten muß man. Und kein Mann auf weiter Flur für sie außer Donat. Der Egon Hammerriff war ihr greulich und sie ihm auch zu ländlich, das spürte sie wohl.

Aber seit der Leutnant Normann hier gewesen war, wußte sie erst, wie der Mann aussehen sollte, den sie gern haben mochte.

»Anna,« sagte Ursche und blickte etwas verlegen vor sich hin, »ladest du mich mal ein?«

»Soviel, so oft du willst. Nach Berlin, wenn wir da wohnen, oder nach Sommerhagen im Frühling und nach Ostrau im Herbst. Du kannst dich nur immer anmelden.«

»Anmelden – das sagt sich so! Lad' mich lieber ein ... wenn ... wenn ihr zum Beispiel sonst noch jungen Besuch habt.«

Anna verstand, aber sie ging nicht darauf ein.

»Fürchtest du, dich allein mit mir und dem Grafen Burchard zu langweilen?« fragte sie lächelnd.

Ursche steckte ihr gerade mit einer goldenen Nadel hinten den Gürtel an dem Kleiderrock fest.

»Vor deinem Mann komme ich mir so nixig und so bäurisch vor.«

»Unsinn! Er ist so gütig, wie er bedeutend ist.«

»Ja – o Gott – so 'n Mann! Du paßt aber für so was, Anna. Und du hast es ja immer gesagt, hier versumpfen wolltest du nicht. Du wolltest ein großartiges Leben ... wenn's auch nicht eins voll Glück sei. Weißt noch, wie wir Byron lasen? Da zitiertest du wohl ein halbes Jahr lang immer: ›Besser im Sturm vom Felsen genommen, als so langsam im Nebel verkommen.‹«

»Ach, da waren wir törichte Backfische,« sagte Anna abwehrend.

»Eigentlich kann man rein fatalistisch werden,« hob Ursula wieder an, während sie gewandt und umsichtig nun Annas Handtasche packte, »wenn man bedenkt, wie ihr zueinander gekommen seid, du und dein Mann. Er hat doch gewiß tausendmal Gelegenheit gehabt, sich zu verlieben. Und so 'ne große Partie, wie er ist – dem mögen sie schön nachgelaufen sein! Aber er hat sich nie entschließen können. Und da besucht er im November Herrn v. Kranow – weißt wohl noch? Wie oft schalt Herr v. Kranow, daß sein Jugendfreund ihm alle und alle Einladungen zur Jagd ablehne, und daß es ein Kunststück sei, den Grafen Geyer mal zu erwischen. Na, endlich zur Silberhochzeit der Kranows kommt er und lernt dich kennen, und sieht dich am nächsten Tag auf dem Diner von Hammerriffs wieder, wohin Kranows ihn mitschleppten. Ich merkte gleich, daß er sich bloß deinetwegen hatte mitnehmen lassen. Es war, als wenn es so hätte sein sollen – als wenn ihm eine innere Stimme geradezu befohlen hätte: Warte mit heiraten – die, die du haben sollst, bewahrt das Schicksal dir noch auf.«

»Nun, vielleicht bewahrt dir das Schicksal auch noch ein besonderes Glück auf,« tröstete Anna.

»Hoffen wir!« seufzte Ursula ehrlich, »aber braune Augen müßt' er haben.«

Sie hätte zu gern in dieser letzten Abschiedsstunde ihr Herz erleichtert und sich offen zur Freundin ausgesprochen. Anna ging ebensowenig jetzt auf die deutlichsten Anspielungen ein, wie sie es in den verflossenen Monaten getan hatte. Es war geradezu, als ob sie mit Ursula nicht von deren heißen Schwärmerei für Stephan Normann sprechen wollte. Ursche schloß daraus, daß ihre kluge Anna diese Schwärmerei für ganz aussichtslos hielt. Das war entsetzlich niederdrückend!

Aber wer wußte, wie nun noch alles kommen konnte, wo Anna sich mit einem Verwandten Normanns verheiratet hatte!

Jetzt klopfte es, und die Gräfin Herdeke trat herein.

»Fertig?« fragte sie. »Und unser Fräulein Ursula hat noch ein letztes Viertelstündchen mit der Jugendfreundin verplaudert ...«

Hier fing Ursche plötzlich an zu weinen, gerade so jammervoll wie nach der Trauung.

»Liebes Kind,« tröstete Herdeke gütig, »Sie besuchen Anna so bald als möglich – sagen wir gleich: im Frühling auf Sommerhagen ... mit Ihrem Bruder, nicht wahr? Unsern Neffen Stephan Normann, den Sie ja auch kennen, laden wir dann auch ein ... nicht wahr?«

Ursche weinte fort. Ihr Herz war zu voll. Aber sie küßte glücklich und dankbar die Hand der alten Dame.

Herdeke bemerkte wohl, daß Anna nicht im mindesten gerührt war durch den bevorstehenden Abschied. Sie verstand auch nicht, was dieser seltsame, erstaunte, fast finstere Blick bedeuten sollte, mit dem Anna sie ansah, als sie von den Einladungen sprach. Sah die junge Frau darin vielleicht einen Eingriff in ihre Rechte? Fing es nun an, daß man jeden Schritt und jedes Wort erwägen mußte, um sich in aller Harmlosigkeit nicht etwa über die Grenzen eines andern Gebietes zu begeben?

Anna aber hatte nicht von fern daran gedacht, daß es fortan wohl ihr zukäme, die Gäste nach Sommerhagen zu laden. Sie nahm sich zusammen.

»Ja, Ursche – also abgemacht – im Frühling kommt ihr, Wolf und du,« sprach sie.

Draußen auf dem Korridor wurde es sehr laut. Da ging Herr v. Pallau, klappte in die Hände und rief: »Hallo – hallo ... eilen – eilen! Höchste Post! Der Schlitten ist vorgefahren.«

Anna war auch fertig, sie befestigte sich schon den grauen Filzhut mit dem weißgrauen Federgesteck auf dem blonden Haar.

Draußen wartete Graf Burchard auf sie. Ein stolzes, glückliches Lächeln flog über sein Gesicht. Anna sah so schön aus in dem einfachen Anzug. Und sie lächelte auch – freudig und stolz. Er gab ihr den Arm, und im Schreiten preßte er ihn leise an sich.

Unten war auf dem Flur die ganze Gesellschaft versammelt. Herr und Frau v. Pallau und die Pastorin in Rührung. Nadine Hammerriff voll Neid und Neugier, Herr v. Linstow bedrückt. Wolf hatte Herzklopfen. Es tat ihm nun doch überraschend leid, daß Anna fortging, obgleich er in den letzten Jahren manchmal die Empfindung gehabt hatte, sie dünke sich was Besseres als Ursche und er und habe einen heimlichen kleinen Hochmut gegen sie beide.

Die Haustür stand weit geöffnet. Die herbe Kälte strömte herein. Der ganze hochviereckige Ausschnitt in der Mauer, den die offene Haustür gab, zeigte ein blendendes Bild.

Die letzte Nachmittagssonne schien über das weiße Gelände und den verschneiten Hof. Vor der Schwelle hielt der Schlitten. Die Pferde standen etwas unruhig, über ihre Kruppen breitete sich ein weißes, blaugesäumtes Tuch und ging über ihre Schwänze hernieder gleich einer Schleppe, um unten an den Schlittenkufen zu enden. Das silberne Schlittengeläut ließ bei jeder Bewegung der Pferde leise, perlende, fröhlich helle Töne erzittern.

Und wie Anna so von einem Arm in den andern wanderte, fühlte sie angenehm die Kälte, die von draußen kam. Die Glöckchen klangen fein und silbern und lockten.

Wie schön, daß sie nun im Schlitten durch den weiß glänzenden Tag dahinfliegen konnte – hinein in die Zukunft.

Wie diese auch sein würde, sie war das Leben!

Graf Burchard dankte noch dem Pastor verbindlich für die schöne Traurede; dann, nachdem er sich von allen Anwesenden verabschiedet und auch Herdeke und Renate umarmt hatte, trat er noch einmal auf Annas Vater zu. Er glaubte ihm das heilige Versprechen geben zu müssen, daß er Anna so glücklich zu machen hoffe, als es nur irgend in Menschenkräften stehe.

Anna aber trat schon hinaus. Sie hätte am liebsten die Arme ausgebreitet und gerufen: Welt – ich komme!

Der Kutscher hatte noch nicht seinen Reitsitz hinter dem Schlitten eingenommen. Er stand mit den Zügeln in der Hand neben dem Fahrzeug und zog nun den Hut.

Ursche, die sich immer dicht an Annas Seite hielt und unentwegt Abschiedstränen in ihr zusammengeknülltes Taschentuch vergoß, half ihrer Freundin in den Schlitten. Gerade schüttelte, mit ihm auf der Schwelle des Hauses stehend, Graf Burchard Herrn v. Linstow zum letzten Male die Hand.

In diesem Augenblick erschütterte ein fürchterlicher Knall die Luft. Zugleich gellte ein Schrei...

Die vor Schreck rasenden Pferde jagten davon; der völlig überraschte Kutscher konnte sie an den Zügeln nicht halten – er wurde zu Boden geworfen und einige Augenblicke durch den Schnee geschleift – dann ließ er aus Mangel an Geistesgegenwart oder vielleicht halb betäubt die Zügel fahren.

Am Staketzaun entlang galoppierten die Pferde ... Der Schlitten, den sie hinter sich herzogen, wurde hin und her geschleudert.

Anna saß darin und klammerte sich mit besonnener Kraft an die Rücklehne.

»Anna!« schrie Graf Burchard. Mit der verzweifelten Angst um das junge Weib stürzte er geradeaus vorwärts – blind vorwärts – er wußte nicht, daß die weiße Decke, die den langen Hof jetzt so hoch zuschüttete, inmitten desselben eine kleine künstliche Anlage, einen Teich mit einem Rand von Tuffsteinen, verbarg.

Aber mit dem Blick und der Körpergewandtheit eines Tigers setzte Wolf in großen Sprüngen rechts den Weg hinab, vorbei an dem unseligen Donat, der im Gesicht blutend neben der geplatzten kleinen Kanone stand.

Wenn die Pferde zum Tor hinaus jagten!...

Aber sie rasten den großen eiförmigen Weg auf dem Hof herum...

Jetzt schleuderte der Schlitten gegen einen Prellstein...

Die Pferde bäumten sich, und vor Angst schäumend, wild, springend, kamen sie näher. – Wolf stand wie ein Bild aus Granit – sekundenlang ... gerade im Weg, den die Tiere nahmen.

Er packte das Handpferd mit eisernem Griff an der Trense, und er bezwang es ... seine ganze junge Kraft war in seinen Fäusten.

Und da war auch schon sein Vater neben ihm und griff zu...

Die zitternden Tiere standen.

Drüben in der Mitte der weiß verschneiten Fläche arbeitete Graf Burchard sich aus den ihm unbekannt gewesenen Hindernissen heraus und kam nun durch den Schnee. Aber ehe er zur Stelle sein konnte, war Wolf schon am Schlitten.

Er hob Anna heraus. Sie war nicht bewußtlos. Aber ihr Angesicht war wie das einer Toten. Und von ihrer Stirn herab rieselte ein dünner Quell roten Blutes.

Sie sah mit großen Augen in das Gesicht des Mannes, der sie trug. Er hatte es über sie geneigt. Und es stand darin eine leidenschaftliche Sorge, ein heißes Mitleid.

Er hielt das junge Weib fest, sehr fest an sich gedrückt.

»Anna!« rief Graf Burchard. Nun war er neben ihr und faßte nach ihrer Hand.

»Laß, Wolf – laß ... ich kann gehen,« murmelte sie.

Ihr Gatte nahm sie aus den Armen des andern und half ihr, denn sie wollte stehen ... Von seinem Arm umschlungen, schwankend, kam sie vorwärts – es wurde ihr jetzt doch ein wenig schwarz vor Augen.

Aber sie wollte aufrecht bleiben.

»Der dumme Junge,« schrie Ursche weinend, als sie der Freundin nun entgegenstürzte, »die dumme Schießerei!«

Auch die andern Damen kamen der jungen Frau mit Klagen und Hilfsbereitschaft entgegen. Man geleitete Anna ins Haus, wieder hinauf in ihr Zimmer. Und sie hatte noch so viel Beherrschung, ihrem Gatten anmutig und tröstlich zuzulächeln und zu flüstern: »Es ist nichts ... wir reisen eben morgen...«

Unten auf dem Hof, von dem sich gerade alles Sonnenlicht zurückzog und wo nun eine bleichblaue Beleuchtung sich frostig über den Schnee legte, schimpfte Herr v. Pallau kräftig mit aller Welt herum. Mit Donat wegen des törichten Einfalls, mit Pulver und dem alten Ding von Kanönchen sich abzugeben; mit Hein, daß er dabei Hilfe geleistet; mit dem Kutscher, daß er keine Geistesgegenwart gehabt und überhaupt kein ganzer Kerl sei.

Wolf saß auf einem Prellstein und guckte in die kalte, fahl werdende Welt hinaus. Er dachte eigentlich nichts. Ihm war so seltsam zumute. Nachträglich zitterten ihm die Knie.

Da kam Graf Burchard gegangen.

»Ich danke Ihnen, lieber junger Freund. Sie haben augenscheinlich Anna das Leben gerettet.« Und er drückte ihm warm die Hand.

»O nein – nicht mehr draus machen, als es war!« sagte Wolf, immer noch staunend und so seltsam verwirrt, wie ihm im Leben noch nie zumute gewesen war; »aber so sonderbar ist das, erst in solchem Augenblick merkt man recht, was man von jemand hält. Wenn uns Anna verunglückt wäre!«

Und er ließ seine Faust auf seine Knie fallen und starrte kopfschüttelnd vor sich hin.

»Wenn Anna verunglückt wäre!« wiederholte er.

Und dann nach einer Pause: »Man hätte ja wohl nicht mehr weiter leben mögen. Sie ist mir doch g'rad' wie Ursche...«

So endete die Hochzeit des Grafen Burchard mit Anna.

Der Tag, an dem Anna es so eilig gehabt hatte, ihrer Heimat zu entrinnen, und doch noch einmal blutend zurückgebracht worden war über die Schwelle ihres Vaterhauses, dieser Tag lag nun schon zwei Monate hinter ihr.

Mit einer sehr erstaunlichen Sicherheit hatte sie sich in ihr neues Leben gefunden. Zwar kam es der Gräfin Herdeke vor, als wäre diese äußere Sicherheit eigentlich nur ein abwartendes Beobachten. Weder Menschen noch Dinge raubten der jungen Frau jemals die stolze Haltung, das verbindliche Lächeln.

Es war zuweilen leer, dies Lächeln. Das sah Herdeke wohl. Aber sie fand es klug, daß Anna ein gelegentliches Nichtverstehen oder gar Gelangweiltsein doch hinter einer konventionellen Verbindlichkeit verbarg.

Sie wird Burchard niemals kompromittieren, sagte Herdeke sich bald. – Und das war immerhin viel für einen Mann in seiner Stellung.

Glücklich schien er auch, sehr glücklich.

Herdeke wollte aber nicht indiskret sein, und intimere Beobachtungen nach dieser Richtung hin lagen ihr fern. Sie verwies solche auch Renaten und ging auf keinerlei bezügliche Gespräche ein. Denn Renate hatte eine wirklich wenig zarte Art, Fragen und Bemerkungen zu machen.

»Findest du nicht, daß ihr Verhältnis zueinander einen zu abgeklärten Eindruck macht?« – »Sie streiten nie. Ich fände es natürlicher, wenn sie einmal stritten. Charaktere müssen sich doch aneinander abschleifen.« – »Ich finde, daß Burchard zärtlicher gegen sie ist, als sie gegen ihn.« – »Ich finde, sie nimmt den Luxus hin, als sei sie von jeher daran gewöhnt gewesen.« – »Ich finde, das deutet auf einen Mangel an Wärme und Dankbarkeit.«

»Wenn Burchard ahnte, wie viel du ›findest‹, würde er eine Indiskretion gegen seine junge Frau darin erblicken, uns mit ihr unter demselben Dach leben zu lassen,« sprach einmal Herdeke unwillig.

»Mein Gott – wie überzart! Sie ist doch nun unser Familienmitglied. Die Gattin des Oberhauptes –«

»Da ginge es uns nur an, wenn sie etwa diese Stellung nicht auszufüllen vermöchte und dem Namen Geyer keine Ehre machte. Und ich denke denn doch ... An Großartigkeit und Würde fehlt es ihr nicht, trotz der Jugend.«

Renate zuckte nur die Achseln.

Die beiden alten Komtessen hatten früher einige Zimmer des zweiten Stockwerkes innegehabt. Das Geyersche Palais in der Alsenstraße war keineswegs ein großer Prunkbau mit unübersehbaren weitläufigen Räumen. Graf Burchard hatte es gekauft und vor einigen Jahren für seine Bedürfnisse als Junggeselle umbauen lassen. Und wenn auch sein Junggesellenleben große und bequeme Formen gehabt hatte, eine glänzende, repräsentative Geselligkeit war von ihm in Berlin nicht gepflegt worden. Er beschränkte sich darauf, jede Woche einmal ein Herrendiner mit einem Dutzend Tischgenossen zu geben.

Hierzu genügten die fünf großen Räume des ersten Stockwerks überreichlich.

Oben empfingen Herdeke und Renate ihre Freunde und Freundinnen zum Tee, zuweilen gaben sie auch ein Frühstück. Das war alles.

Die große Gastlichkeit entfalteten die Geyers auf ihren Gütern, wo keine parlamentarischen Geschäfte den Hausherrn in Anspruch nahmen.

Eine angenehme kleine Parterrewohnung im Palais war bisher an einen dem Grafen Burchard befreundeten, unverheirateten Legationsrat vermietet gewesen. Diese hatten nun die beiden alten Komtessen bezogen, als Graf Burchard Anfang Februar auch den zweiten Stock für sich beanspruchen mußte.

Renate konnte sich nicht in den Wechsel finden, und behauptete, ungebührlich beengt zu sein, weil sie ein Zimmer weniger hatten. Sie trug das Anna nach, denn die war die Ursache dieser ungünstigen Veränderung. Herdeke lobte den neuen Zustand jeden Tag; die gute Lisbeth Landsehr hatte es nun bequemer und kam öfter, und der liebe alte General selbst freute sich auch, daß ihm die Treppen erspart blieben. Da Landsehrs Herdekes Freunde waren, so sprach Renate ärgerlich: »Sie kommen einfach viel zu oft jetzt. Das ist der Erfolg.«

Der Zuschnitt im Hause Geyer war so, daß die junge Frau sich im Grunde genommen gar nicht von den alten Schwägerinnen belästigt fühlen konnte. Man sah sich nur bei Tisch, oder wenn Burchard und Anna besonders baten, die Damen möchten ihnen eine Abendstunde schenken. Oft forderte Anna ihre Schwägerin Herdeke auf, mit ihr in ein Konzert oder in das Theater zu fahren. Graf Burchard hatte selten Zeit dazu, wünschte aber ausdrücklich, daß Anna auf diesen Gebieten alles kennenlerne, wonach sie Lust habe.

Daß die junge Frau gar nicht daran dachte, in ihren Einladungen zu wechseln, sondern ganz wie selbstverständlich immer nur Herdeke bat, erbitterte Renate noch mehr gegen die Schwägerin.

Das hatte Anna längst gemerkt. Es machte ihr ein wenig Spaß. Zwar, es war nur die im Grunde genommen ihr so ganz gleichgültige Renate – aber es reizte Anna doch, diese um ihretwillen in einer ständigen kleinen Gemütsbewegung zu wissen. –

Nun war es der erste April. Anna saß oben am Fenster. Nicht in den Prunkräumen des ersten Stocks. Oben, neben ihren Schlaf- und Ankleidezimmern, lagen nach vorn zwei Räume, in denen sie ihr erstes Frühstück nahmen, und wo Anna sich ihr eigentliches Wohnzimmer eingerichtet hatte.

Es stürmte draußen. Ein weicher West brauste durch die Luft. Man sah aber nichts von der gewaltigen Arbeit des Sturmes. Die Straßen waren trocken, sauber, hellgrau. Der eine oder andre Mensch hielt seinen Hut fest; dem flatterte der Havelock nach rückwärts; jenem, der mit dem Wind ging, schlug er fest gegen die Kniebeugen und Ellbogen.

Ein Sturm, den man aus Anzeichen erraten mußte.

Anna dachte an daheim. Da rauschte es gewiß durch die Lüfte und die kahlen Wipfel im Park schlugen knallend, knirschend aneinander. Auf den braunschwarzen Koppeln zitterte die grünrötliche junge Wintersaat, und zwischen den Feldern, in den schmalen Entwässerungsgräben lag noch schmutzig der letzte Schnee. Und über der kahlen Weite stand noch weiter, noch unendlicher der hellblaue Himmel, an dem die Wolken in rasender Eile hinsegelten.

Das hatte Anna immer gern beobachtet oder vielmehr gern gehört; denn ihr Auge war nicht sehr empfänglich, und wenn etwas zu ihr sprechen sollte, mußte es schon laute Töne haben. Der Sturm war ihr wie ein Mensch, der den Willen und die Kraft hat, alles um sich in Bewegung zu setzen.

Herrische Macht haben und sie zu fühlen – das war ihr von jeher als etwas Begehrenswertes vorgekommen. Aber sie hatte nur unklare Vorstellungen davon gehabt, wie man sich solch Begehren erfüllen könne. Kindische Prinzessinnenträume hatten sie einst stark beschäftigt.

Aber seit sie größer geworden war und klüger, sagte sie sich: Nur erst in die Welt hinaus – dann muß man sehen, wie es ist! Als Graf Burchard ihr begegnete, besann sie sich keinen Augenblick, seine Hand anzunehmen. Er war der erste Mann, der ihr so sehr imponierte, daß sie voll Bewunderung zu ihm emporsah.

Und in ihrem Herzen war noch eine tief verborgene Bitterkeit. Einer, der ihr zwar nicht imponiert hatte wie Graf Burchard, der ihr aber anziehend erschienen war wie zuvor noch kein Mensch, einer war ganz achtlos an ihr vorübergegangen.

Welche qualvollen Zweifel hatten sie damals gemartert! Zweifel an ihrer Schönheit und dem Wert und Reiz ihrer ganzen Persönlichkeit. Wenn es möglich war, daß ein Mann sie so ganz gleichgültig übersah ... Und noch dazu ein Mann in bescheidener Stellung – ein Mann, dem sie mit Blick und Lächeln leise, leise entgegengekommen war ...

Wie sättigte es dann ihr Selbstgefühl mit Beruhigung, als der reife bedeutende Mann um sie warb – einer der Ersten des Landes! – Und seine Reife, seine Bedeutendheit brauchte sie nicht zu drücken. Denn er liebte sie ja. Und Anna hatte es so oft gelesen und gehört, daß eine junge Frau mit einem älteren Manne alles anfangen könne, was sie wolle.

Noch keinen Augenblick hatte sie seither etwas andres empfunden, als ein fast vollkommenes Glücksgefühl. Die Liebe ihres Gatten, seine ritterliche Zärtlichkeit, die immer geschmackvoll blieb, tat ihr wohl und erhob sie gleichsam auf einen Thron. Da saß sie nun in Erwartung und beobachtete alles und alle. Es schien ja, als sähe es in der Welt unbewegter, einförmiger, langweiliger aus, als Anna sich gedacht hatte. Aber gewiß schien es nur so. Man war in diesen ersten beiden Monaten natürlich viel für sich gewesen. Erst vierzehn Tage in Paris. Dann seit sechs Wochen hier in Berlin, wo Graf Burchard sich gleich sehr eifrig seinen parlamentarischen Geschäften widmete und von einer besonderen Geselligkeit noch keine Rede war. Bei Hof sollte Anna auch erst im nächsten Winter vorgestellt werden.

Einmal hatte sie den Reichstag besucht, als Graf Burchard eine Rede zum Forstgesetz hielt, das gerade verhandelt wurde. Er sagte ihr zwar, daß sie bei dieser Gelegenheit keine »große« Rede von ihm hören werde, aber es freute ihn doch, daß sie den Schauplatz seiner parlamentarischen Tätigkeit kennenlernen wollte.

Mit ihrem Erfolg konnte sie zufrieden sein: die Aufmerksamkeit des ganzen Hauses wandte sich der schönen Frau zu, die in einer köstlichen Pariser Toilette und einem großartigen Hut da auf der Tribüne saß und tat, als bemerkte sie nichts von den auf sie gerichteten, bewaffneten und unbewaffneten Blicken.

Bei ihrem Besuch im Herrenhause war es ähnlich gewesen. Burchard hatte ihr damals im Foyer auch viele Herren vorgestellt.

Aber das war kein Gesellschaftstreiben. Wie sollte sie da schon Gelegenheit gehabt haben, in ihrem Kreise Intriguen zu beobachten, heimliche Romane zu wittern, von feurigen Kavalieren aus ehrfürchtiger Ferne heiß angebetet zu werden! Das kam nun noch alles. Ganz gewiß! Wenn die »große Welt« ein harmloses Kaffeekränzchen wäre, wie konnte es denn geschehen, daß zuweilen durch die Gesellschaft eine Art zitternde Erschütterung ging, die man sogar bis draußen aufs Land hinaus noch spürte? Woher denn dies Geflüster von zerbrochenen Existenzen? Dies verlegene Verstummen bei diesem oder jenem Namen?

Und was hatte Nadine Hammerriff nicht alles gewußt und der ungläubig mit offenem Mund hörenden Ursche und der unbeweglich lauschenden Anna erzählt? Ehescheidungs-, Entführungs- und Duellgeschichten dutzendweise!

Anna hatte dann jedesmal, besonders um Nadine Hammerriff moralisch niederzudrücken, gesagt, daß solche Geschichten außerhalb ihres Kreises und Interesses lägen. Aber sie sagte es stets erst nach den Erzählungen und vergaß von keiner ein Wort.

Nächsten Winter werde ich die Welt sehen – nächsten Winter, dachte sie voll Zuversicht und schaute auf die saubere Straße hinab und auf die Menschen, die gegen den Wind kämpften oder von ihm geschoben wurden. –

Auf dem Tischchen vor dem Kamin war heute alles zu einem Tee vorbereitet. Es war ein modernes Tischchen mit allerlei Etagen und Brettchen, die an ganz unmotivierten Stellen herausragten. Renate hatte es geschenkt und schwärmte dafür, weil einfach alles, was man zum Fünfuhrtee brauchte, zierlich und abwechslungsvoll darauf angeordnet werden konnte. Herdeke haßte solche Gestelle, die sie an einen Buchbinderladen mahnten, und zog einen soliden Sofatisch vor, alt und altmodisch, wie sie nun einmal sei.

Die beiden alten Damen sollten jetzt kommen. Es gab allerlei wegen der bevorstehenden Übersiedelung nach Sommerhagen zu besprechen. Besonders auch, wer dahin zu Ostern, das dies Jahr sehr spät fiel, eingeladen werden sollte. Anna wußte ja im voraus: Wolf und Ursula Weber v. Pallau mußten zu oberst auf der Liste stehen. Burchard und seine Schwestern bildeten sich zweifellos ein, es werde für die junge Frau eine Riesenfreude sein, die Jugendgenossen bei sich zu sehen. Und ihr lag so gar nichts daran! Aber das konnte sie nicht sagen. Man würde es nicht verstanden haben. Anna begriff es ja selbst nicht recht – aber sie mochte gar nicht an ihre Jugend erinnert sein. Sie hatte sich dieser Jugend ja nicht zu schämen. In geordneten Verhältnissen, in alter guter Familie war sie erwachsen. Die intimen Einzelheiten der Öde ihres Vaterhauses brachten wohl seelische Leiden mit sich. Aber von denen wußten nur die Nächsten.

Dies seltsame Begehren, ein ganz neues Leben als ganz neuer Mensch zu führen, war gerade noch so stark in ihr wie am Hochzeitstag. – Wer kritisiert uns schärfer als die, die uns jung kannten? Wir ändern uns und wachsen in neue Formen hinein. Jene Kritik der Jugendgenossen ändert sich nicht. Sie ist nicht entwicklungs- und wandlungsfähig. Sie nagelt den Menschen immer auf seine Aussprüche, Fehler, Unvollkommenheiten der Jugend fest.

Anna schloß jetzt ihre Gedankenreihe ab. Denn der Diener meldete die beiden Komtessen.

Anna machte selbst den Tee und bediente die Damen. So dauerte es noch einige Minuten, bis man in Ruhe zu dritt um das Tischchen vor dem Kamin saß.

Ein riesengroßer Holzklotz verschwälte darin. An seinem schwarzkohligen Leibe entlang lief zuweilen ein feuriger Funkenbrand und verlosch. Der Rest von Glut war nicht stark genug, das klobige Holzstück zu lichterlohen Flammen zu entzünden, sie konnten nicht entbrennen, aber auch nicht ganz ersterben. Manchmal zuckte ein gelbes Zünglein unter dem schwarzen Klotz heraus.

Herdeke war sich bewußt, daß die zu besprechenden Fragen mit großem Takt zu behandeln seien. Die junge Frau war nun doch einmal die Herrin. Sie hatte zu befehlen. Sie durfte nie denken, daß ihr die alten Schwägerinnen ins Regiment pfuschen wollten.

Aber Anna suchte wirklich nicht den Reiz ihrer Stellung darin, eifersüchtig auf ihre Hausfrauenrechte zu pochen.

»Ich weiß ja gar nicht Bescheid. Ich bin noch nicht auf Sommerhagen gewesen. Haltet es nur, wie es immer gehalten worden ist. Und wenn ich Einladungen unterschreiben muß – legt sie mir nur vor. Aber lieber ist es mir, Burchard tut es selbst,« erklärte sie.

»Diesmal sind aber auch deine Verwandten und Freunde zu berücksichtigen, und zwar in erster Reihe sollte dein Vater ...«

Mit einer Handbewegung unterbrach Anna die älteste Schwägerin. »Papa kann einmal kommen, wenn wir allein sind.«

»Und dein Bruder?«

»Ich werde an Donat schreiben, ob er Ostern kommen will.«

»Und natürlich Wolf und Ursche Weber v. Pallau. Burchard hat mich besonders daran erinnert,« sagte Herdeke, »er hat sie sehr gern und ist Wolf ja auch noch innig dankbar.«

»Ihr tut Wolf keinen Gefallen, wenn ihr ihn mit der Gloriole meines Lebensretters umgebt.«

»Nun, das geschieht ja auch nicht. Es soll ja nicht übertrieben werden. Vielleicht hätten sich die Pferde von selbst matt gelaufen, oder du hättest herausspringen können. Immerhin riskierte er viel, als er sich so entschlossen den Füchsen in den Weg stellte.«

»Gut, also Wolf und Ursche. Sie werden mit Jubelgeschrei anrücken.«

»Ja, eine herzerquickend naive Familie,« schaltete Renate ein, aber in einem Ton, der ihr einen scharfen Blick von Herdeke eintrug. Anna ging darüber hin.

»Und dann?« fragte sie.

Herdeke nannte zwei Familien, die mit den Geyers verschwägert waren, und erläuterte jede. Sie schloß: »Das wären alle.«

»Und Stephan?« fragte Renate.

»Gott, ja Stephan – das ist so eine Frage!« sprach Herdeke zögernd.

War Anna darauf vorbereitet, daß der Name fallen würde? Oder hab ich mich damals getäuscht? Sie zuckt nicht mit der Wimper. Übrigens hat sie das Licht im Rücken, dachte Renate.

Laut sagte sie: »Warum ist das denn auf einmal so eine Frage geworden? Er war doch sonst immer da?«

Was bedeutet dies? dachte Anna. Sie saß sehr aufrecht und starrte hinab in die Kaminöffnung und auf den Holzklotz, der nicht brennen konnte und nicht erlöschen wollte. Sie hielt ihr Hände unbeweglich im Schoß gefaltet. Sie waren eiskalt.

Herdeke wollte ihre geheimen Gründe, aus denen sie Stephan Normann nicht eingeladen zu sehen wünschte, nicht preisgeben. Vor Anna – ja, wenn es sich einmal so machen sollte, daß man unter vier Augen darauf vertraulich zu sprechen kam. Vor Renate – nie; denn das hieße, dem lieben Jungen, für den Herdeke eine ausgesprochene Schwäche hatte, das Leben sauer machen. Zögernd sprach sie: »Freilich – wenn man hoffen könnte, daß der Junge sich in Ursula v. Pallau verliebte – oder wenigstens einsähe, was für 'ne famose Frau das für ihn gäbe ... Und ihr hab' ich's so halb und halb zugesagt ...«

»Wenn du ›halb und halb‹ was zusagst, so heißt es auf deutsch, daß du es taktloserweise heilig versprochen hast –«

»Renate!«

»Herdeke!«

»Ja, liebe Renate, du mußt auch Herdeke nicht immer so reizen,« sagte Anna.

Renate stand auf und warf den Kopf zurück.

»Das ist stark! Eine junge Dame, die meine Tochter sein könnte, gestattet sich, mir Lehren zu geben.«

»Das wollte ich mir nicht erlauben,« sprach Anna.

»Genug. Ich liebe keinen Streit.«

Und sie ging mit rauschender Schleppe und hoheitsvoll erhobenem Haupt hinaus, ihre lang-gestielte Lorgnette in der Hand haltend, als sei sie ein Zepter.

»Mein Gott,« sagte Anna bestürzt.

»Beruhige dich nur,« sagte Herdeke lachend; »unter dem Vorgeben, daß sie keinen Streit liebe, ficht Renate sich durchs Leben. Menschen und Völker, die viel von ihrer Friedensliebe reden – die haben meist die schärfsten Waffen. Kannst du dir merken, wenn du willst.«

Es war Anna aber doch sehr unangenehm.

Und zu ihrem eigenen grenzenlosen Erstaunen bemerkte sie, daß sie sich ein wenig vor ihrem Gatten ängstigte wegen dieses Vorfalls.

»Wenn Burchard nun glaubt, ich sei kleinlich und zänkisch gewesen?! Es wäre zu beschämend für mich,« sprach sie.

Und dann mußte sie lachen – ein wenig nervös und unfrei ...

»Nein – es sieht ja beinahe aus, als hätt' ich Angst vor Burchard,« rief sie.

»Angst nicht. Aber gottlob! offenbar den Respekt, den er wie von selbst herausfordert. Wer möchte sich deshalb schämen!« sagte Herdeke und umarmte die junge Frau. »Aber du hast ja keine Schuld, und Burchard kennt Renate.«

Sie setzte sich wieder, nahm ihre Tasse und malte lachend aus, wie Renate nun hinter den Vorhängen laure, bis Burchard angefahren komme, um ihn dann sogleich für einen Augenblick in ihr Zimmer zu bitten, wo sie ihm vorlamentieren werde, daß seine junge Frau sich unter Herdekens Einfluß habe hinreißen lassen, ihr weise Lehren zu erteilen, und wie Burchard dann seelenruhig antworten werde, sie solle nur ein Brausepulver nehmen.

Nachdem sie dies alles herausgesprudelt und in der Nachahmung von Renatens Majestät nicht sparsam gewesen war, fiel ihr wieder Stephan Normann ein. Von dem war man ja ganz abgekommen.

»Du hast im Hochsommer damals Stephan Normann intim kennen gelernt ...«

»Intim?« unterbrach Anna sie, »ich bin ihm einigemal und sehr förmlich begegnet.«

»Na – zu meinen Zeiten wurden wir mit den Leutnants intim befreundet, wenn sie acht Tage bei uns in Quartier waren. Acht Manövertage – ist mehr, als ein Dutzend Jahre auf Bällen und Diners sich treffen. Gott – Landsehr und ich sprechen noch manchmal davon, wie er damals auf Sommerhagen in Quartier lag! Und verliebt waren wir ineinander! Einfach rasend. Natürlich – es war nur so 'ne Sommerliebe, mit Lachen ohne Tränen. Und in einer Woche überwunden. Aber die heutige Jugend hat eben zu viel Selbstbeobachtung und Zügel. Was aber kein Tadel sein soll ...Ja, aber um nicht immer und immer wieder von Stephan abzukommen: du hast ihn und Ursche doch genug zusammen gesehen, um beurteilen zu können...«

»Bei Ursche ist das auch nur so 'ne Sommerliebe gewesen,« sprach Anna kalt.

»Nein, da irrst du nun. Ihr Vater deutete an ...ihre eigenen Tränen ...kurz und gut: wenn's was würde, wär's mir lieb. Stephan sollte heiraten. Und Ursche ist aus allerbester Familie – und dann ist Ursche, was man so nennt: ein guter Kerl. Ehrlich, beste Seele, gewiß famose Hausfrau, und Mitgift auf der Höhe der Weber v. Pallau. Annehmbar – mehr sogar: erwünscht in jeder Beziehung.«

Nun hatte Herdeke sich so hineingesteigert in den Plan und die Möglichkeit seiner Erfüllung, daß sie alle ihre geheimen Bedenken gegen Stephans Anwesenheit auf Sommerhagen als grundlos ansah, und nun schloß: »Also wir laden Stephan ein und spielen ein bißchen Vorsehung, damit er und Ursula sozusagen immer wieder sich nebeneinander finden.«

Mit einer seltsamen, fast harten Entschiedenheit sprach aber die junge Frau jetzt schroff: »Dazu leihe ich meine Hand nicht. Mag Herr Leutnant Normann eingeladen werden. Gut. Aber Ursche ist die letzte, die für ihn paßt. Sie ist nicht hübsch und nicht graziös genug, und er kann ganz andre Ansprüche machen. Ich werde nichts dazu tun, ihm meine Freundin anzuhängen.«

Wie feindselig sie spricht, dachte Herdeke und stand vor einem Rätsel. So ein bißchen Ehestiften unter zwei lieben Menschen, die sehr vernünftig zueinander passen würden – das war doch immer vergnüglich und hier besonders dankenswert. Annas Schlußworte gaben ihr dann die Idee, daß die junge Frau vielleicht aus Feingefühl nicht eingreifen wollte, weil sich's eben um ihre nächste Freundin handelte. Das verstand Herdeke schon. Und sie beschloß, ihrerseits desto umsichtiger Vorsehung zu spielen.

Einen Tag nach diesem Gespräch reisten die beiden alten Damen schon ab. Graf Burchard hatte sie darum gebeten. Es war das erstemal, daß Anna den Stammsitz der Familie betreten würde. Er wünschte deshalb festliche Vorbereitungen, die nicht etwa dem Inspektor oder gar der Dienerschaft überlassen bleiben sollten. –

Und abermals einige Tage später, an dem Freitag vor Palmsonntag, fuhr Graf Burchard Geyer mit seiner jungen Frau in frühester Morgenstunde zum Bahnhof.

Sie mußten den Schnellzug nach Stralsund nehmen und dachten von dort ohne Aufenthalt ihre Reise nach Sommerhagen fortzusetzen. Die Geyers waren ein Rügensches Geschlecht, und ihr Stammsitz lag im Nordosten der Insel. Graf Burchard pflegte den Frühling und Sommer dort zu verleben und begab sich erst zum Herbst nach Ostrau, dem Gut, welches den natürlichen Mittelpunkt der Geyerschen Besitzungen in der Neumark und Vorpommern bildete.

Es war eine herbe Feuchtigkeit in der Luft. Sie schien vom Straßendamm aufzusteigen, der, dunkel und naß vom nächtlichen Regen, sich zwischen den hellen Mauern der Häuserfronten hinzog. Und am Ende jeder Straßenzeile stand bläulicher Dunst und verschleierte das Stückchen Ausschnitt vom Stadtbild, das da sonst sichtbar gewesen wäre. Anna fror, und diese frühe Abreisestunde war ihr schrecklich. Sie hatte sich fest vorgenommen gehabt, ihrem Gatten klar zu machen, daß ihr diese Reise eine Last sei, und ihn zu bestimmen, zwei Tage daran zu wenden.

Nun saß sie im Wagen und war ärgerlich über sich selbst. Es war nicht zu glauben: sie hatte einfach ihren Wunsch nicht laut werden lassen mögen. Graf Burchard hatte ihr den Reiseplan so bestimmt, so heiter, so liebevoll mitgeteilt. Ihr Verstand sagte ihr ja auch, daß es so richtig sei.

Und ganz unerklärlicherweise fehlte ihr die Courage, ihre Laune zu äußern. Er hatte so eine Art ...man würde sich geniert haben, nur seinen erstaunten Blick auf sich zu fühlen.

Nun, dachte Anna, in Kleinigkeiten sich schweigend fügen, ist auch gewiß klug.

Es war Mittagszeit, als sie auf der großen Dampffähre saßen, die von Stralsund nach Rügen hinüberging.

Mimi, die Jungfer, Campell, des Grafen Kammerdiener, reisten mit der Herrschaft. Sie hatten all das Handgepäck zwischen sich und plauderten, in sicherer Hörweite von ihrer Herrschaft, leise miteinander. Werner war erst seit zwei Monaten in Geyerschen Diensten und noch nicht mit auf Sommerhagen gewesen, dessen Reize und Schrecken ihm seine Dienstkollegen nun beschrieben.

»Es ist halbe Verbannung,« sagte Campell, »man ist von jedem gebildeten Verkehr abgeschnitten.«

»Das ist nicht wahr. Wir haben Besuch in Hülle und Fülle.«

»Wir! Das heißt die Herrschaft. Und das heißt Arbeit. In Berlin kann man sich in seinen Mußestunden doch als Mensch fühlen ...auf Sommerhagen ist man immer ›Dienerschaft‹.«

»Ja, als Sportsmann und nobler Lord kann man sich da freilich nicht aufspielen. Und die kleinen Damen vom Zirkusballett muß man da auch entbehren,« sagte Mimi anzüglich; »in den Dörfern der Gegend weiß man eben, wer wir sind.«

Über des Kammerdieners glattrasiertes Britengesicht mit den großen, hellen, kalten Augen ging ein hochmütiger Zug. »Man hat nicht nötig, sich als Lord auszugeben, wenn man das Aussehen und die Allüren eines Gentleman besitzt,« sprach er stolz.

»Den Jang und die Haltung von unserm Jrafen kriegen Se doch nich 'raus,« spottete Mimi.

»Und Sie nicht die Manier von der Gräfin, einen so von oben her anzugucken.«

»Dazu wäre Fräulein Mimi ja auch zu zierlich,« meinte Werner, auf dessen ebenfalls rasiertem Gesicht man die dunklen Schatten der Bartveranlagung sah.

»Gott,« sagte Mimi und blickte etwas kokett mit ihren wasserblauen Augen in die braunen Werners, »Sie nehmen mich immer so nett in Schutz; dafür lob' ich Sie auch bei der Gnädigen, wenn Gelegenheit ist, bis über die Puppen.«

»Tun Sie doch nicht, als hätten Sie Gelegenheit. Die Gräfin spricht mit unsereinem nur, was sein muß. Und dabei...«

»Nun, Campell? Und dabei?« fragte Mimi scharf.

»Man tut, als sei man von Geburt eine königliche Prinzessin, und dabei weiß alle Welt, daß bei ihr zu Haus nicht viel los war. Keine standesgemäße Lebensführung und auch kein imponierendes Vermögen. Und wenn ich bedenke, daß wir die Prinzessin v. Bergenwalde hätten haben können! Eine Reichsunmittelbare!«

»Die häßlich und alte Jungfer war,« sagte Mimi, »während meine Gräfin die schönste Frau der Welt ist! Und welch ein Paar! – guckt mal bloß 'rüber!«

»Ob sie ihm wohl treu bleibt?« fragte Werner.

»Die?« rief Mimi begeistert, »die ist so stolz und unnahbar, wie sie schön ist!«

»Na, na, na,« machte Campell; »die Hauptsache ist, er wird so klug sein und aufpassen und zu verhüten wissen, daß sie zu jungen Kavalieren hinüberschielt.«

»Und dabei denk' ich, es werden mehrere junge Herren bei uns erwartet,« sagte Werner.

»Bloß zwei. Die zählen nicht. Der eine ist, wie ich so aus den Gesprächen bei Tisch erriet, brüderlicher Jugendfreund der Gräfin und hat ihr so halb und halb das Leben gerettet. Der andre ist ja aber unser Leutnant Normann.«

»Warum zählt denn der nicht?« fragte Werner.

»Unser Herr ist sein Pflegevater. Der Leutnant Normann hängt pekuniär vom Grafen ab. Das wäre freilich kein Hindernis ...im Gegenteil! Aber was andres: der Leutnant hat 'ne Liebe! 'ne ganz dramatische!«

»Unsinn!« sagte Mimi.

»Wahr ist es doch,« sagte Campell. »Ich hab' ihn selbst mal gesehen – im Walde mit der Sophie Schüler – und ich glaube, unsre Komteß Herdeke ist auch dahinter gekommen. Na, unser Graf würde schöne Augen machen, wenn er das wüßte! Dieses Fräulein Schüler ist die Tochter von einem Arzt, der sich aus der Welt zurückgezogen hat, weil irgend was auf seinem Namen sitzt. Jedenfalls lebt der Mann einsam und pauvre. Wenn der Leutnant da ernsthaft ans Heiraten denkt ...oje, das kann was geben.«

»Da würde unser Herr ihn wohl enterben,« meinte Werner.

»Leutnant Normann hat nichts vom Grafen zu erben,« belehrte Campell seinen Kollegen, »stammt von einer Geyer, welche die letzte einer Nebenlinie war. Was der Graf tut, ist freies Geschenk. Und so weit würde ja wohl die Großmut nicht gehen, daß er dem Leutnant noch ein Kommißvermögen in die Tasche steckte, wenn der ein armes Mädchen ohne Familie heiraten wollte!«

Während die Dienerschaft so die Angelegenheiten und Lebensverhältnisse ihrer Herrschaft durchsprach, ging die Dampferfähre in schwer keuchender Fahrt weiter und weiter.

Rückwärts stand, vor dem blassen, klaren Frühlingshimmel, das rotbraune, altertümliche Stadtbild von Stralsund. Die vielkantigen Kirchtürme mit ihren gotischen Dächern erhoben sich würdig und väterlich aus dem unruhigen Gehocke der Häuser. Sie sahen darüber hin und auf den breiten Meeresarm hinaus, der sich blank, dunkel, in großschuppiger Bewegung zwischen Stadt und Insel drängte. Sie hatten schon die Schwedenzeit gesehen. Jahrhunderte und Leben gingen an ihnen vorbei, als wären sie nichts. Was da unten herum zu ihren Füßen auch wechselte und sich änderte: sie, die Kirchen, blieben. Und ihr Nachbar, das Meer, blieb.

»Sieh zurück,« bat Graf Burchard seine junge Frau, »ich sage es nicht aus einseitigem Heimatgefühl, aber wenig landschaftliche Bilder in Deutschland kommen diesem gleich.«

Anna hatte ein wunderbares Gefühl dafür, wenn eine zustimmende Antwort von ihr erwartet wurde. Und so sagte sie denn auch jetzt: »Sehr schön, wirklich sehr schön.«

Und sie blieb so sitzen, daß ihr Gesicht dem Bilde zugewandt war, das nun langsam ferner rückte und kleiner ward und dadurch nur noch an Reiz gewann, weil die Ganzheit des Eindrucks nicht mehr durch diese und jene moderne Einzelheit des Vordergrundes gestört ward.

»Sehr schön,« sagte sie noch einmal und hielt vielleicht auch das flüchtige Wohlgefallen, welches ihr das Küstenbild eine Sekunde lang gewährte, für einen »Eindruck«.

»Ich hoffe,« sprach Graf Burchard, »daß du dich von unserm Besitz in deinen Erwartungen nicht enttäuscht findest.«

»Es ist dein Stammsitz, du bist dort geboren, du liebst den Platz. Dies genügt, ihn mir wichtig zu machen,« sagte Anna mit liebenswürdigem Lächeln.

Er drückte ihr dankbar die Hand.

Sie hatte nicht gelogen. Es erregte wirklich ihr großes Interesse. Dort auf Sommerhagen waren alle Familienbilder der Geyers, dort redeten alle Wände, das ganze Schloß Familiengeschichte. Und während Anna mit ihrer Phantasie immer erwartend herumschweifte und von all den Erlebnissen träumte, die ihr das Leben in der großen Stadt bringen sollte, fühlte sie sich doch zugleich ganz und gar als eine Geyer. Ihr ging es, wie es Fürstentöchtern gehen mag, die mit der Heirat ihr Vaterland wechseln und dann mit allen ihren Gesinnungen, ja sogar mit ihrer Sprache in das neue Lager überlaufen müssen, aber dennoch tief im geheimen ihr eigentlichstes Wesen unveränderlich bewahren.

Es galt nun noch, für den Grafen Burchard und seine junge Frau, eine Fahrt von anderthalb Stunden im Eisenbahnzuge zu machen. An der Station Sagard auf Jasmund, dem nordöstlichen Fetzen des vielzerrissenen Rügen, erwarteten die Wagen sie; ein Landauer die Herrschaft, ein Break die Dienerschaft und das Gepäck. Die Sonne schien klar und bleich. Es war keine rechte Kraft in ihren Strahlen, weil der frische östliche Wind sie kühlte.

Über Bodensenkungen hinab, hinauf an steigendem Gelände ging wechselvoll die Fahrstraße. Ebereschenbäume standen zuweilen an ihrem Rain. Die fahlgrünlichen Knospen der Blatthüllen an ihrem Gezweig waren zum Zerspringen geschwellt. Ihre Kronen schienen vom ewig streichenden Wind zurechtgeformt, und viele von ihnen glichen schlecht gebundenen Reiserbesen, die auseinanderzufallen drohten.

Und vom hohen, gebuckelten Land der Insel sah man hinab auf das links und fern in der Tiefe schimmernde metallische Blau des Boddens.

»Von Sommerhagen aus, das auf einem der höchsten Punkte von Jasmund liegt, wirst du beides sehen: den Bodden und das offene Meer,« erzählte Graf Burchard.

Anna aber dachte schon an die Empfangsfeierlichkeiten; denn sie nahm an, daß ihr Gatte diesen Einzug nicht klanglos vorübergehen lassen werde.

Wenn nur niemand auf die unglückliche Idee mit Böllerschüssen kam. In diesem Punkt war Anna nervös geworden. Obschon sie damals nach zwei Tagen reisefähig gewesen und keinen Schaden davongetragen hatte, außer einer kleinen Stirnnarbe, die sich vom Haar verstecken ließ, mochte sie nicht an jenen Vorfall an ihrem Hochzeitstag erinnert sein.

Nun führte der Weg durch einen Wald. Es war ein Buchenwald, und in seiner Tiefe war ein warmer rötlicher Farbenschimmer von den schwellenden Knospen. Hie und da im Unterholz leuchtete grünes Gesprenkel – da hatte irgend ein Buschwerk voreilig schon Blättchen entfaltet, oder das kletternde und hängende Gaisblatt zeigte sein junges Laub. Moos und Rasen aber hatten schon leuchtende grüne Töne voll saftigen Glanzes, wo die Sonne ihre Lichtflecken hinwarf.

Die Straße stieg wieder mehr. Graf Burchard und Anna waren beide still.

Er hielt, innerlich bewegter, als er sich gestatten wollte zu zeigen, die Hand der jungen Frau. Er fühlte es in diesem Augenblick so klar: sein Glück, seine Hoffnung, die Zukunft seines Hauses saß an seiner Seite – verkörpert gleichsam in dieser schönen jungen Frau.

Er bildete sich nicht ein, sie schon ganz zu kennen. Sie war verschlossener, als er gewähnt hatte. Sie verstand zu sprechen, ohne sich mitzuteilen. Aber jeder Zug, den er bis jetzt hatte beobachten können, schien ihm vornehm, beherrscht, weiblich gewesen zu sein.

Er war zu lange dem Verkehr mit jungen Frauen und Mädchen entwachsen und hatte seit Jahren keine Erfahrungen mehr in dieser Richtung gesammelt. Bei seinen verheirateten Freunden sah er Ehen, die schon aus allen Gärungsperioden sich in den Zustand reinen Glücks oder stiller Resignation hinübergekämpft hatten.

So fiel es ihm niemals auf, daß Anna sich nicht eigensinnig, unverträglich, launisch zeigte. Daß sie gar nichts von den gelegentlichen Torheiten des noch werdenden Charakters an den Tag legte, nahm er vielmehr als ein Zeichen ihrer harmonischen Veranlagung.

Von ihrer geistigen Regsamkeit durfte er befriedigt sein. Sie zeigte durch Fragen über politische Persönlichkeiten und Verhältnisse eine zielbewußte Lernbegier. Sie war offenbar bestrebt, seine Tätigkeit zu begreifen und noch viel mehr: das Leben der Gegenwart zu verstehen. Aber Graf Burchard fragte sich manchmal, ob sie rechte tiefe Wärme habe.

Er empfand, daß es in ihrem Wesen letzte und geheime Dinge gab, zu deren Erkenntnis er noch nicht vorgedrungen war.

Vielleicht war das, was er für Kühle hielt, nur der Zwang, den das Leben mit den drei um so vieles älteren Menschen unwillkürlich ausübte.

Deshalb freute Graf Burchard sich, daß Anna bald ihre Jugendgenossen, sowie ihren Bruder und seinen Neffen Stephan um sich haben werde.

Im Verkehr mit der Jugend würde sie sich freier entfalten. Und was an ihrem Wesen noch kühl und geheimnisvoll schien, würde sich enthüllen – hoffentlich und vielleicht nur als eine unbewußt vorgenommene Maske, die sie der neuen und so würdigen Stellung schuldig zu sein geglaubt.

Nun zeigte sich das Dorf Niepmerow. Kurz vor den ersten Häusern bog ein Fahrweg rechts ab. Über den rötlichen, braunen Wipfeln der knospenden Buchen hin erhob sich die weißgraue Krönung eines Turmes. Sein Mauerzackenrand stand in säuberlich regelmäßigen Ausschnitten vor dem blauen Himmel.

»Nun fährst du in dein Königreich ein,« sagte Graf Burchard scherzend.

Zehn Schritt voraus überbog eine Ehrenpforte den Weg. Sie war von Tannengirlanden umwunden. Neben ihren beiden Pfeilern standen Pfannen auf niederen, dreifußartigen, mit Tannengrün verkleideten Untergestellen. Trotzdem es lichter Tag war, brannten Pechfeuer in diesen, alten Opferschalen nicht unähnlichen Pfannen. Der Wind jagte die Rauchsäulen seitwärts und zerfaserte sie dann. Das war stimmungsvoll und malerisch.

Neben der Ehrenpforte stand auch eine Handvoll Männer: Ackerknechte und Tagelöhner.

Und als der Wagen nun im Schritt unter dem grünen Bogen hinfuhr, während Graf Burchard den Hut lüftete und Anna sich lächelnd verneigte, um auf die »Hurras« zu antworten, knallte plötzlich ein Schuß, dann noch einer und noch einer.

Der Kutscher war darauf vorbereitet gewesen; von seinem hohen Sitz ersah er auch den Moment, wo die zwei Männer, die weiter zurück am Waldsaum standen, die kleinen Böller abschießen wollten.

Er hatte eine feste Faust, und die beiden Rappen zuckten kaum.

Dennoch aber stieß Anna einen Schrei aus.

Und im Weiterfahren sagte sie heftig: »Das ist eine üble Vorbedeutung.«

»Aber Anna!«

»Ja, seit meinem Hochzeitstage bin ich abergläubisch.«

»Ich bitte dich, Anna! Das war ein Unfall, hervorgerufen durch Donats Ungeschick. Dieser Unfall hat nicht die geringsten Folgen gehabt...

»Das können wir noch nicht übersehen. Wer weiß das! Unheil schleicht im Finstern. Und nun wieder diese Schießerei!«

Graf Burchard sah ihre ernstliche Verstimmung. Er selbst war aus seiner Heiterkeit und schönen Gemütsbewegung gerissen.

So sollten sie in Sommerhagen einfahren?

»Komm, Anna, laß uns die letzten hundert Schritte gehen.«

»Mit Freuden,« sagte sie.

Der Weg zog sich am Waldessaum hin. Graf Burchard führte Anna an seinem Arm und erklärte ihr, daß das Schloß mit den es umgebenden Anlagen sich auf einem halbinselähnlichen Platz erhebe, der sich in den Wald hinein erstreckte. Daher sehe man das Gebäude erst, sobald man an diesem Platze hinschreite. Anna sah eifrig voraus, um womöglich durch den Wald hindurch Mauern schimmern zu sehen. Aber die dicken weißgrauen Buchenstämme standen in ihrem Hinter- und Durcheinander als noch undurchdringliche Schranke davor. Vorn, zwischen ihnen, bewegte sich eine Gestalt. Diese kam näher. Der schmale Pfad, auf dem sie zu schreiten schien, mündete auf den Weg am Waldsaum.

»Eine junge Dame,« sagte Anna.

Da das gräfliche Paar und die Dame einander entgegenkamen, indem jedes seinen Weg verfolgte, konnte Anna sich die einsame Spaziergängerin ansehen und tat es mit großem Interesse, weil Burchard ihr zugeflüstert hatte: »Sieh sie dir an, ich sag’ dir nachher, wer es ist.«

Die junge Dame war schlank und mittelgroß. Sie trug ein einfaches dunkelblaues Blusenkleid und ein schwarzes Matrosenhütchen von Stroh. Trotz der Kühle des Apriltages hatte sie keine Jacke an. In ihrer Hand hielt sie einen großen Strauß von Osterblumen und Primeln. Ihr Gesicht war länglich, zart von Schnitt, fast bleich von Farbe. Dunkelblaue, etwas schwermütige Augen standen darin. Das dunkelblonde Haar schien sehr reich zu sein.

Graf Burchard grüßte. Die junge Dame erwiderte den Gruß und errötete sehr tief.

»Eine wunderschöne Person,« flüsterte Anna, »aber wie seltsam, so zu erröten! Und vor dir! Was bedeutet das?«

»Das bedeutet nicht etwa,« sprach Graf Burchard, »daß Fräulein Sophie Schüler sich in irgend einer Weise vor mir oder vor sonst jemand speziell zu genieren brauchte. Der Vater von Fräulein Schüler ist aber ein Mann in unfreier Lebenslage, ein Mensch, der gleichsam in unsicherer Beleuchtung vor den Augen seiner Mitmenschen dasteht, und obenein mit sich zerfallen. Und ich glaube, daher kommt dem braven, schönen Kinde immer das Erröten. Vielleicht geniert sie sich vor aller Welt.«

»Ah,« sagte Anna interessiert, »ein Roman? Konflikte? Eine Schuld?«

»Schuld oder Unglück,« sagte ihr Gatte ernst, »das ist wohl bei den meisten tragischen Verwicklungen im Menschenleben die tiefe Frage. Oft ist sie nicht zu beantworten. Ja, ich möchte sagen, fast nie ganz klar. Denn wer kann in alle seelischen Untergründe blicken, wer die Einflüsse von Veranlagungen ermessen! Das sind keine greifbaren Dinge. Wie oft geht ein Mensch neben dem andern her, glaubt ihn genau zu kennen und ahnt doch nicht, wie viel geheime Instinkte zum Frevelhaften in ihm schlummern.«

Anna fühlte sich durch diese Worte seltsam berührt. Sie verwirrten sie, machten sie fast verlegen. In Gedankenschnelle huschte die Frage durch ihr Hirn, ob das, was sie alles manchmal denke und zusammenphantasiere, auch am Ende etwas »Frevelhaftes« sei. Ihr Herz klopfte. Wenn Burchard diese ihre Träumereien ahnte – erkannte – tadelnd scharf verurteilte? Nur das nicht – nein, nie! Die Vorstellung, daß dieser Mann sie gering schätzen könne, war ihr unerträglich.

»Was ist denn mit dem Vater des Fräuleins?« fragte sie.

»Es ist eine erschütternde Geschichte. Eine Berufstragödie, wenn du so willst,« sagte er, »Doktor Schüler hat, während er in einer kleinen märkischen Stadt seine Praxis ausübte, vor einigen Jahren einem kranken Kinde eine Dosis Opium verordnet. Das Kind starb, und es erhob sich an seiner Leiche die Streitfrage, ob es am Opium oder an seinen Brechdurchfällen gestorben sei. Die Eltern klagten. Eine ungeheure Fülle von sachverständigen Urteilen wurde für und wider abgegeben. Doktor Schüler wurde verurteilt, legte Revision ein und ward abermals verurteilt. Aber eine Gruppe von Ärzten, unter denen Kapazitäten ersten Ranges waren, reichten für ihn ein Gnadengesuch ein, weil sie dabei blieben: die Dosis Opium habe keine Schuld an dem Tode des Kindes. Dem Gnadengesuch wurde Folge gegeben. Doktor Schüler blieb straffrei. Aber was half es! Das Leben des Mannes war zerbrochen. Er zog sich hierher zurück. Er kennt fast nur ein Gespräch, einen Gedanken: den Tod jenes Kindes. Hab' ich es getötet, starb es an seiner Krankheit? Diese Frage verfolgt ihn Tag und Nacht; denn durch alle jene Sachverständigen ward er irre an sich. Und da er zuweilen den Ruf ausstößt: ich bin doch ein Mörder! kannst du dir denken, daß sich selbst, hier eine Art Kluft zwischen ihm und den andern Menschen bildete. Welch eine bittere Jugend seine einzige Tochter hat, magst du dir vorstellen.«

»Aber greifst du da nicht ein? Deiner Autorität sollte es doch gelingen, dem Mann wieder eine klare Stellung zu geben.«

»Das könnte er nur aus sich selbst heraus. Wem es an innerer Klarheit und Festigkeit fehlt, den kann man hinstellen, wohin man will, er wird sich nicht behaupten. Der Tochter hat sich indessen Herdeke ein wenig angenommen und sie zuweilen zu uns gebeten.«

Nun war man vor dem Schloß angekommen, und die Schicksale fremder Menschen versanken als gleichgültig hinter diesem bedeutungsvollen Moment.

»Meiner Väter Heim. Hoffentlich dereinst das meiner Kinder,« sprach Graf Burchard bewegt.

Anna stand auf seinen Arm gelehnt und sah sich das stolze Bild an.

Von der bräunlichen Wand des noch unbelaubten Buchenwaldes im weiten Halbrund umgeben, lag der Platz da, in dessen Mitte sich das Stammschloß der Geyers erhob.

Es war ein Feudalbau, in großen sehr einfachen Linien, von grauweißem Gemäuer. Der sechseckige Turm, dessen Krönung von Mauerzacken schon vorher über die Buchenwipfel hin zu sehen gewesen, stand inmitten der Fassade. Er trat mit zwei Kanten aus ihr hervor und erhob sich dann aus der Linie des flachen Daches frei und stolz noch zu stattlicher Höhe. Auch das flache Dach umgab die Reihe der gleichmäßigen Mauerzacken, über den hohen Parterrefenstern glänzten noch die Fenster von zwei Stockwerken schwarzblank aus der Mauer. Die Sonne schien gerade auf das Schloß, und auf allen Glasscheiben brannten strahlensprühende Reflexlichter.

Am Portal führte eine Anfahrt vorbei, die sich, leise steigend, ein wenig über der Fläche der vorderen Anlagen erhob. Eine niedere Futtermauer stützte die Steigung und Senkung dieser Anfahrt. Und an dieser Mauer prangte ein bunter Blumenflor, der im Sommer dort immer blühte, heute aber, der einziehenden Herrin zu Ehren, von Topfpflanzen gestellt war. Um das Portal zog sich eine Girlande.

Es war geöffnet. Auf der Schwelle warteten die beiden alten Schwestern des Grafen.

»Zu Fuß?« rief Herdeke, »wie viel traulicher!«

»In solchen Momenten wahrt man die Form,« sprach Renate tadelnd.

Graf Burchard aber führte seine junge Frau langsam auf die Schwelle zu. Herdeke kam ihnen entgegen und umarmte sie beide mit Freudentränen.

»Möchte euer Leben hier Glück und Frieden sein!« wünschte sie heißen Tones.

Frieden? dachte Anna, lebt man das Leben, wenn man den hat? Wir hatten ihn, daheim, bei Vater. Mutter ist darin verkommen. Glück? Vielleicht ist Glück Bewegung. Vielleicht gibt es auch gar kein eigentliches Glück.

Unter diesen Gedanken schritt sie über die Schwelle, stumm, fast der Anwesenden vergessend.

Und Graf Burchard, enttäuscht und erstaunt, daß sein Weib in diesem Augenblick weder ein Wort, noch eine Träne hatte, sah in ihren Augen jenen harten, dunklen Glanz, der ihn zuweilen mehr ängstigte, als er sich gestehen mochte.

Denn gerade diese Blicke, die sich so seltsam leuchtend in unbestimmte Fernen zu richten schienen, gaben ihm tausend Rätsel auf.

Richtig kamen sie mit Freudengeschrei an. Wenigstens Ursula. Und Donat, der immer eine Art innerer Verpflichtung fühlte, nachzumachen, was sie tat, schwenkte gleichfalls mit einem »Hurra« den Hut. Graf Burchard hatte die jungen Reisenden selbst von der Station geholt. Er wollte seiner Frau damit eine Aufmerksamkeit erweisen; kamen doch ihr Bruder und ihre Jugendgenossen zum ersten Male zu ihr zum Besuch. Anna wartete auf sie in der großen Halle. Nun hing Ursche an ihrem Hals und küßte sie heftig.

Und Wolf stand dabei, ganz entfärbt und beinahe verlegen. Er wußte gar nicht, wie ihm ward. Wieder ebensolches Herzklopfen bekam er wie damals, als er Anna blutend aus dem Schlitten hob. Man gehörte doch eben sehr eng zusammen, wenn man so miteinander aufgewachsen war. – –

Früher hatte er immer geglaubt, Jugendfreundschaft, das sei nur so ein phlegmatisches Gewohnheitsgefühl. Daß man sich so bis zur Fassungslosigkeit, so unsinnig freuen könne, wenn man eine Jugendfreundin wiedersieht, das hätte er gar nicht für möglich gehalten. Er mußte sich alle Mühe geben, daß ihm keine Tränen in die Augen stiegen.

Denn bei aller unsinnigen Freude empfand er doch zugleich einen sonderbaren Schmerz. Er begriff, nun da er Anna wiedersah, warum die letzten zwei Monate daheim so schrecklich öde und langweilig gewesen waren.

Aber das ist ja alles ganz natürlich, dachte er, indem er Ruhe zu gewinnen suchte, bis zum Tage, wo Anna heiratete, haben wir eben alle vier zusammengehört, sie und Ursche und Donat und ich.

Endlich ließen Ursche und Donat die junge Frau los, und Wolf kam dazu, ihr die Hand zu drücken.

Da sah er sie erst so recht an.

»Gott – Anna,« brachte er heraus, »du hast dich ja fabelhaft verändert.«

»Das macht nur die Haartracht. Die hab' ich so, damit die kleine Narbe oberhalb der Schläfe versteckt wird,« sagte sie lächelnd.

»Und ich finde, diese Botticelli-Scheitel stehen unserer Anna großartig,« meinte Graf Burchard, »sie passen zu ihrer stilvollen Schönheit.«

»Haar so – oder Haar so – das kann es nicht sein – dafür hab' ich gar keinen Blick,« sprach Wolf immer noch staunend, »ach, Anna – du kommst mir mit einem Male wie eine große, fremde Dame vor.«

»Und du kannst es hoffentlich nachträglich deshalb gar nicht fassen, daß du mich mal geprügelt hast, weil Ursche und ich dein Eichkätzchen ausgelassen hatten,« sagte sie fröhlich.

Und wirklich, es kam Wolf unglaublich vor, daß er dieser schönen, hoheitsvollen Frau einmal derbe und dreist eine Ohrfeige gegeben haben sollte.

»Hier ist es aber schön!« rief Donat.

»Feudal!« schrie Ursche. »Nicht, Donat? – das ist was anderes, als unsre Halle auf Pallau mit Vaters Prunknummern von hundert Jagden. Bloß Geweihe und Gehörne und ausgestopfte Vögel. Hier ist Kunst!«

»Es freut mich, daß es Ihnen gefällt,« sprach Graf Burchard, dem das Herz warm und fröhlich ward mit diesen ehrlichen guten jungen Menschen.

Die Nachmittagssonne kam durch die beiden großen bunten Fenster herein, die rechts und links vom Portal standen. So war der gewaltige Raum, im Bereich des Lichtstromes, von rötlichen und lila und grünen leuchtenden Flecken wie überstreut, was die Wärme und den Glanz des Eindrucks noch erhöhte.

An der Hauptwand links befand sich ein Kamin, so groß und tief, daß man Stühle in ihn hätte hineinstellen können, und sein Sims war zu hoch, als daß sich jemand daran hätte stützen können. Es brannte ein helles Holzfeuer in seinem Grunde. Über dem Sims erhob sich ein großes Gemälde, so breit, wie der Kamin und bis zum Plafond hinaufreichend. Es stellte das Schloß in seiner älteren Bauform dar, wie es von einer Schar von schwedischen Seeräubern beraubt wurde. Diese beiden monumentalen Gegenstände, Kamin und Gemälde, bildeten eine Art Ruhepunkt für das Auge. Im übrigen waren die Wände von Bildern, ausländischen Waffen, alten bunten Stoffen farbig und mannigfaltig bedeckt. Von der holzgetäfelten Decke hing ein enormer Kirchenleuchter herab. Vor dem Kamin, inmitten des Raumes, und vor beiden Fenstern befanden sich die bequemsten Sitzgelegenheiten. Tiefe Lehnsessel und gepolsterte Bänke, die mit ihren hohen Wänden an Kirchenstühle erinnerten, standen da.

»Wenn du zu langweilig wirst, kannst du vor dem rechten Fenster sitzen, und ich sitze vor dem linken,« sagte Ursula.

»Ursche, du hast versprochen, mich hier anständig zu behandeln,« ermahnte Donat.

»Dies reut mich. Glauben Sie mir, Graf, Donat muß noch lange schlecht behandelt werden. Dann kann noch was aus ihm werden.«

»Ich bin immer mehr für Erziehung durch Liebe und Milde – wenn denn überhaupt unser Donat der Erziehung noch bedürfte, was ich zu bezweifeln mir gestatte,« bemerkte Graf Burchard lächelnd.

»Hörst du,« sprach Donat und richtete seine lange, dünne, vornüberhängende Gestalt stolzer auf.

»Ich höre,« sagte Ursula, »und ich nehme gern Lehren an. Mit Liebe – das ist nich. Aber mit Milde: wollen wir mal versuchen.«

Dann wurden die jungen Gäste die Treppe hinaufgeleitet. Das Treppenhaus lag hinter der Halle; man gelangte durch eine mächtige Flügeltür hinein. Der Lärm der hellen jugendlichen Stimmen verhallte nach oben. Mimi begleitete Fräulein Weber v. Pallau in ihr Zimmer, Werner führte Herrn v. Linstow und Herrn Weber v. Pallau in die beiden für sie bestimmten, nebeneinander liegenden Räume.

Unten in der Halle aber saß Anna und dachte darüber nach, wie seltsam Wolf sich benommen hatte. Er, der immer etwas von einem lachenden Kraftmenschen an sich gehabt hatte, er war fast scheu gewesen. Und sehr erregt. Machte ihre Frauenwürde ihn verlegen? Benahm ihn die Pracht der Umgebung, in der er sie fand?

Aber die Pallaus waren doch von einer großartigen Unbefangenheit, sie regten sich ja nicht einmal um Seine Königliche Hoheit den Prinzen Gustav auf, wenn der sich zur Fuchsjagd nach Pallau einlud. Was hatte dieses so sonderbar veränderte Wesen Wolfs zu bedeuten?

Graf Burchard, der die Gäste bis ins Treppenhaus begleitet hatte, kam zurück.

»Die bringen Leben ins Haus,« sprach er wohlgefällig.

»Ist Ursula dir nicht zu derbe?« fragte Anna.

»Aber gar nicht. Man muß jedem das Recht seiner Art zugestehen, wenn es eine gesunde Art ist.«

»Das ist sie. Und Donat kann von Glück sagen, wenn er sie zur Frau bekommt,« sagte Anna, indem sie ein Modeblatt nahm, das auf dem Tisch neben ihr lag.

»Donat und Ursche? Aber sie würde ihn total unter dem Pantoffel haben.«

»Das wäre eben sein Glück. Er ist beanlagt wie unser Vater. Und Vater hatte eine weiche, unselbständige Frau, die einen Herrscher, einen Halt gebraucht hätte. Das konnte er nicht sein,« sprach Anna; »Ursche wird seinen Ehrgeiz anstacheln und wird ihn immer in Bewegung halten.«

Graf Burchard sah seine junge Frau in wachsendem Erstaunen an.

»Das alles hast du beobachtet – du, so jung...«

»Ich habe zu Hause viel Zeit gehabt zu denken und zu beobachten.«

»Armes Kind...«

»Arm? –« Sie erhob das Haupt und sah ihn fragend an.

»Ja. Kinder müssen blind sein, ihren Eltern gegenüber. Können sie es nicht, verlieren Kinderseelen die Jugend.«

Anna zuckte die Achseln.

Nach einer kleinen Pause begann Graf Burchard wieder: »Aber soviel Herdeke mir andeutete, denkt Ursche an ganz jemand anders als an deinen Bruder.«

»Das ist totaler Unsinn,« sprach Anna und legte mit zitternder Hand das Modejournal auf den Tisch zurück. »Das wird Ursche sich schon ausreden lassen. Das muß sie überwinden. Sie soll Donat heiraten.«

Graf Burchard hörte aus diesen hastig hervorgestoßenen Worten nur die einseitige Schwesterliebe, die dem Bruder die für ihn glückverheißende Partie nicht entgehen lassen wollte. Aber auch das erschreckte ihn.

»Anna,« sprach er in liebevollem Ernst, »welches Recht hättest du wohl, mit dem Herzen und dem Leben eines guten Menschenkindes so nach deinen Zwecken zu experimentieren? Ist das eine Neigung zur Herrschsucht, zum Egoismus? Über dergleichen Feinde in ihrem Innern wird meine Anna wachen und sie nicht groß werden lassen.«

Er hatte sich erhoben und war zu ihr getreten; denn sie stand auf, erglüht, bebend – von seinem milden Tadel wie von einem Peitschenhieb getroffen.

Er legte ihr blondes Haupt an seine Brust und hielt sie still.

Eine Seele, die man getadelt hat, hat man in Aufruhr versetzt. Sie bedarf der Stille, um sich zu sammeln. Sie bedarf der keuschen Schonung, um über die Beschämung hinwegzukommen. Sonst wird der Tadel nicht zur Saat des Guten, sondern zu der des bösen Trotzes.

So dachte Graf Burchard, als er das junge Weib an seiner Brust hielt. Bei aller tiefen, heißen Liebe, wie sie mit so schmerzlicher Gewalt nur ein ganz gereifter Mensch empfinden kann, blieb er allzeit klar seiner Pflicht eingedenk, dies junge Wesen, das sich ihm anvertraut hatte, leiten und führen zu müssen. Die Leidenschaft hatte keinen Toren aus ihm gemacht.

Und Anna dankte ihm dies zarte Schweigen. Sie hätte nichts zu sagen gewußt, kein einziges, armes Wort. In ihr war ein ganzes Chaos von durcheinanderwirbelnden Empfindungen. Sie fühlte die Macht dieses Mannes. Sie begriff, wie hoch er über ihr stand. Sie wollte seine Liebe und seine Achtung. Zugleich aber wollte sie auch ihr geheimes Denken und Handeln sich frei bewahren.

Ihr Begriff von der Ehe war auch in diesem Augenblick noch ein ganz äußerlicher. Daß sie ihr die Pflicht auferlege, zu diesem Mann emporzuwachsen, erfaßte sie nicht.

An dem selben Tage wie die Pallaus und Donat kamen noch der Baron und die Baronin Greti Wenderoth als Gäste auf Sommerhagen an. Sie war eine Cousine der Geyers und hatte das verwandtschaftliche Verhältnis stets mit Lebhaftigkeit unterhalten. Ihre beiden Söhne konnten eine hübsche Erbschaft brauchen. Und da Graf Burchard offenbar nicht ans Heiraten dachte, der nächste Agnat zum Geyerschen Fideikommiß ihm aber sehr fern stand, so konnte man nicht wissen, wie er nebst seinen Schwestern über das Barvermögen und die Güter in der Neumark verfügen würde.

Aber es fiel ihr deshalb nicht ein, sich nun vorurteilsvoll feindlich gegen die junge Gräfin zu stellen. Dazu war sie zu umsichtig. Wer wußte, ob da Kinder kämen? Und wenn nicht – dann hätte man sich durch Feindseligkeit gegen die junge Frau nur unnütz was verspielt.

Übrigens sah die Baronin Wenderoth mehr aus wie eine dicke Bäckersfrau denn wie eine geborene Gräfin Geyer. Sie trug auf ihrem glattgescheitelten dunkelblonden Haar kein Häubchen; ein spärlicher Zopf war am Hinterkopf zu einer flachen Spirale gelegt, die ein schon altersblinder Schildpattkamm stützte. Sie hatte eine Kopfbewegung ähnlich derjenigen der Puterhähne: sie bekam ein faltenreiches Doppelkinn, wenn sie ihr Haupt steif zurücklegte. An ihrem goldgefaßten Kneifer hing ein goldenes Kettchen, und er war, wenn er nicht benutzt wurde, mit einem Haken mitten auf der linken Seite des mächtigen Busens befestigt. Ihre Kleider waren immer schwarz und von dem unscheinbarsten Schnitt. Um ihr Papageiennäschen lag ein sehr hochmütiger Zug.

Ihren Gemahl hatte die Baronin Wenderoth dereinst um seiner Schönheit willen geheiratet. Vielleicht leitete er daraus die Verpflichtung ab, auch im Alter noch als schöner Mann gelten zu müssen. Seine schmächtige, zierliche Gestalt – er war im Laufe der Zeit etwas kleiner geworden als seine Frau – steckte in den elegantesten Anzügen. Er würde geglaubt haben, sich auf dem Gipfel der Unkultur zu befinden, wenn er nicht dreimal am Tag die Kleidung gewechselt hätte. Sein etwas eingeschrumpftes Hidalgogesichtchen zierte ein schwarzer Schnurrbart und ein kleiner Henriquatre. Sein Haar glänzte dunkel und schien üppig, daß aber sein Wirbel eine »Atzel« trug, deren Locken sich mit seinen eigenen mischten, sah man wohl.

Greti Wenderoth war noch immer sehr eitel auf ihn und sprach viel davon, daß die Frau eines schönen Mannes es nie leicht habe.

An diesem Abend war zu dem um sieben Uhr stattfindenden Diner auch der Verwalter von Sommerhagen mit seiner Frau eingeladen.

Wenn man vom Schloß aus noch hundert Schritt weiter am Waldsaum entlang schritt, kam man an die Grenze des mehr tiefen als breiten Buchenschlages. Dann begann der Gutshof von Sommerhagen, den mächtige Ställe und Scheunen einsäumten. Da stand auch das Haus des Verwalters.

Er hieß v. Braunau und war mit allzu bescheidenen Mitteln und, wie man sagte, dank der unpraktischen, unordentlichen Frau auf dem eigenen Gütchen gescheitert. Graf Burchard hatte ihm anfangs das kleine Meilendorf, eines seiner neumärkischen Güter, zur Verwaltung anvertraut und dann, nachdem Braunau sich bewährt hatte, ihn auf Sommerhagen eingesetzt.

Er war ein schweigsamer Mann, schwer und breit von Gestalt, mit einem wetterbraunen, unfrohen Gesicht, darin kluge, wachsame Augen standen. Die Frau zeigte Spuren einstiger großer Schönheit. Sie sah nervös, verärgert und abgehetzt aus.

Als sie Anna vorgestellt worden war, unterhielt diese sich einige Minuten mit ihr. Graf Burchard hatte vorher ja besonders darum gebeten, weil die Frau immer wachsam auf etwaige Vernachlässigungen lauere, um nachher ihrem Manne Szenen darüber zu machen.

»Wenn die Herrschaften kommen, das ist immer ein Lichtblick für mich,« sagte Frau v. Braunau. »Sonst versauert man hier rein. Mir ist es ja auch nicht vorher bestimmt gewesen, als Frau eines einfachen Verwalters einmal dazustehen.«

Sie rückte Anna näher; ihre blassen, verschleierten Augen hatten bei den letzten Worten einen pathetischen Blick gen Himmel getan. Mit weitausholenden Gestikulationen ihre Rede begleitend und bei besonders wichtig betonten Worten Annas Arm mit ihrer Hand antippend, fuhr sie fort: »Frau Gräfin haben wohl gehört – ich bin eine geborene v. Schulmann aus dem Hause Grubin – eine alte Familie. Aber das Leben bringt Enttäuschungen. Oh, ich hätte auch wohl eine Stellung auszufüllen vermocht, wie diejenige, welche Frau Gräfin einnehmen.«

Anna hielt geduldig den Klagen stand, die sich noch ein Weilchen in derselben taktlosen Form fortspannen.

Und während sie halb befremdet, halb mitleidig zuhörte, bemerkte sie, daß an dem Kleid der Frau ein Knopf fehlte, daß ihr das dunkle Haar seltsam unordentlich um ihren Kopf mehr hing als geordnet lag und daß der kleine Kragen oben am Hals von mehr als zweifelhafter Reinlichkeit war.

Herdeke erlöste die junge Frau von den aufgeregten Redereien der Braunau.

Und Renate sagte zu Anna: »Ängstige dich nur nicht, daß wir dir die Braunau oft vorsetzen. Wir können die hysterische und ewig unzufriedene, vor Neid auf alles und alle sich verzehrende Cäcilie Braunau selbst nicht vertragen. Mir ist es allein schon fatal, daß sie einem immer mit ihren Händen so vor dem Gesicht herumfuchtelt und daß sie immer tut, als sei sie zu Gott weiß welchen hohen Schicksalen bestimmt gewesen, während sie Braunau nahm, weil er tatsächlich ihr erster und einziger Antrag war. Ihre Eltern sollen ganz verschrobene Leute gewesen sein und sie selbst in ihren ersten Mädchenjahren zu prätentiös. Deshalb traute sich keiner an sie heran. Sie wird sich an dich zu drängen versuchen. Halt sie dir nur fern; denn sie ist obenein auch noch klatschhaft. Das kommt ja wohl vom Neid. Der macht die Menschen immer gesprächig.«

Ursche gab sich vergnügt mit dem Baron Wenderoth ab, was die Baronin veranlaßte, den Kneifer auf ihr Papageiennäschen zu setzen, die beiden einige Minuten genau und ungeniert anzusehen und dann Renate einen Blick zuzuwerfen, der sagen sollte: Schon wieder eine, die mit ihm kokettiert. Nach dieser Inspektion nahm sie den Kneifer ab und befestigte ihn wieder umständlich und mit ruhevollen Bewegungen auf seinem mächtigen Polsterlager. Ursche war wirklich wie außer Rand und Band und ließ all ihre Lustigkeit an dem komischen kleinen Mann aus, der ihr vorkam, wie eine angemalte Nippfigur von Ton. Morgen kam ja »Er«. Und eine Ahnung, die sie mit fieberhafter Unruhe erfüllte, sagte ihr, daß sie Sommerhagen als Braut verlassen werde.

Auch Wolf war fröhlich und scherzte mit Herdeke. Er hatte seine ganze Unbefangenheit wiedergefunden und konnte gar nicht begreifen, weshalb er eigentlich so erregt gewesen beim Wiedersehen. Nur daß er nicht neben Anna saß, tat ihm leid. Er sah immerfort hinüber zu ihr und trank ihr oft zu. Und sie lächelte...

Nein, so ein Lächeln hatte sie früher doch nicht gehabt. So konnte weder Ursche, noch Nadine Hammerriff, noch seine Mutter, noch sonst irgend ein Mensch lächeln.

Das sollten schöne Zeiten werden hier auf Rügen. G'rad' so lustig wollten sie sein, wie in Kindertagen. »Prost, Anna!« Und seine Augen strahlten sie an. –

In dieser Nacht lag Anna fast schlaflos.

Das stille, dämmernde Halblicht, das die Nachtlampe durch den Raum hin wirken ließ, gab allen Linien und Farben eine sanfte Unklarheit. Sie konnte keine Ruhe finden. Ihr war, als stehe sie vor dem Beginn großer Kämpfe...

Aber das hatte sie ja immer ersehnt – das war ja »Leben« nach ihrer Vorstellung. Nun schien es aber, als stünde wachsam jemand neben ihr und fragte sie: Handelst du recht? Denkst du rein? Und dieser jemand war ihr Gatte.

Und weiter schien es, als nähmen die ernsten, großen und doch so liebevollen Blicke dieses Mannes ihr alle Freiheit.

Dagegen bäumte sich alles in ihr auf.

Sie erkannte natürlich nicht, daß neben den Kämpfen, die sie witterte, die sie ersehnt hatte, in denen sie heimlich Schicksalsgöttin zu spielen dachte, ein Kampf sich entspinnen könne von ehernem Ernst: der zwischen der edlen und abgeklärten Natur ihres Mannes und ihrer eigenen romantischen, von unedlen Instinkten beunruhigten Art. Sie hatte nur das Gefühl, sich wehren zu wollen, sich verstecken zu müssen. Ich will bleiben, wie ich bin, und ich will etwas vom Leben haben, dachte sie.

Und am andern Nachmittag trafen denn die Reinbecks ein und mit ihnen Stephan Normann.

Draußen fuhr ein rauschender, brausender Frühlingswind mit warmen Regengüssen durch die Luft, deshalb saßen die Schloßbewohner fast vollzählig in der Halle beim Nachmittagstee. Ursula machte den Tee und bediente alle Welt mit Brötchen und Kuchen. Die Baronin Wenderoth war inzwischen von Herdeke in den Plan »Ursula und Stephan Normann« eingeweiht worden und billigte diesen Plan durchaus. Die peinliche Heirat von Stephans Mutter – Stephanie Geyer war Greti Wenderoths direkte Cousine gewesen – konnte nie genug verwischt werden. Eine Weber v. Pallau, ja, das würde höchst annehmbar sein. Nun gönnte die Baronin beim Tee der eifrigen, dienstfreudigen Ursula mehr als ein freundliches Wort und streichelte ihr sogar einmal die Wangen, was Ursula, als von »seiner« Tante kommend, beglückt mit einem Handkuß beantwortete.

Der Baron spielte mit dem Grafen Burchard Schach.

Wolf las unaufmerksam die Zeitung, denn er unterhielt sich zwischendurch alle Augenblick mit Komteß Herdeke oder sah nach der Tür, die in Annas Salon führte. Warum saß sie hier nicht gemütlich mit den andern beim Feuer? Es war ja nur halb so nett ohne sie. Wenn sie auch nicht viel sprach.

Nun fuhr der Wagen vor. Ursula blieb wie versteinert neben dem Ständer stehen, an dem der Wasserkessel über der hochleckenden Spintusstamme hing. Alle übrigen drängten sich erwartend zur Tür.

Zuerst huschte Frau v. Reinbeck über die Schwelle.

Ihre zierliche dunkle kleine Person schüttelte sich wie ein Vögelchen, dem Wassertropfen aufs Gefieder gekommen sind. Und dabei lachte sie, gab dann dem Grafen Burchard beide Hände und begrüßte nach der Reihe die Anwesenden, mit ihren schwarzbraunen Funkelaugen jeden anblitzend.

Ihr Gatte trat nach ihr ein. Er war ein großer Mann mit einer offenbaren Neigung zum Starkwerden. Sein Gesicht war verhauen, die rötlichen Linien der Mensurnarben liefen über die sehr frischgefärbten Wangen, das energische Kinn und die breite Stirn. Die hellen Augen des Herrn v. Reinbeck waren mit einem Kneifer bewaffnet. Die ganze Erscheinung des Mannes hatte zugleich etwas Joviales und Kampflustiges.

Reinbeck war ein Parteigenosse und Freund des um zehn Jahre älteren Grafen Burchard. Daß ihre beiden Frauen sich ebenfalls befreunden möchten, war der Wunsch beider Männer. In Berlin war noch keine Gelegenheit dazu gewesen, denn Lucile Reinbeck reiste gerade, nachdem man die ersten Besuche gewechselt, zu ihrer Mutter nach Brüssel.

Und endlich, endlich kam auch der Leutnant Normann.

Graf Burchard hatte schon gefragt: »Wo bleibt denn Stephan?« Ursula verstand nicht, was Frau v. Reinbeck antwortete. Es schien, sie hatte ihn gebeten, an ihrem Gepäck irgend etwas Besonderes zu bewachen.

Da trat er über die Schwelle – im Reisezivil, das seiner schlanken Gestalt sehr gut stand. Er umarmte den Grafen Burchard und küßte den Komtessen, sowie der Baronin Wenderoth, seinen drei Tanten, respektvoll die Hand.

Nun stand er vor Ursula. Sie gab ihm die Hand. Ihr Gesicht war dunkelrot. Vor Aufregung wußte sie nichts zu sagen.

Über sein hübsches, männliches Gesicht ging ein freundliches Lächeln. »Wer hätte das gedacht, gnädiges Fräulein, als wir bei Ihrem Herrn Papa in Quartier lagen, daß wir uns noch einmal auf Sommerhagen treffen würden! Es geht Ihrem verehrten Herrn Papa und Ihrer Mama – wie war sie fürsorglich! – es geht gut?«

Es waren die gegebenen, landläufigen Worte. Ursula klangen sie wie Musik. Der freundliche Blick der goldbraunen Augen überwältigte sie. Und wie seine roten Lippen unter dem dunklen Schnurrbart lächelten!

Zum Glück trat geräuschvoll und freudig Wolf hinzu, schlug Normann herzhaft auf die Schulter und meinte, hier hätten sie nun noch mehr Zeit und Gelegenheit, sich miteinander anzufreunden; damals sei der Dienst oft zum Störenfried bei vergnüglich sich anlassenden Stunden geworden.

»Wo bleibt denn Anna? Wo ist denn Donat?« fragte irgend jemand.

»Donat schläft,« sagte Ursula, die immer wußte, wo Donat war und was er tat. Alle lachten.

Da tat sich die Tür auf, die aus Annas Salon in die Halle führte, und Anna erschien. Langsam, ein wenig bleich, kühl lächelnd, sehr hoch aufgerichtet, kam sie.

Wieder mal zu viel Form, zu viel Beherrschung für zwanzig Jahr, dachte Renate und beobachtete scharf.

Aber sie sah nur, daß Anna die Reinbecks mit vollendeter Liebenswürdigkeit begrüßte und dann Normann die Hand gab, ihm flüchtig, aber freundlich sagend, daß sie sich freue, ihn als quasi Verwandten wieder zu sehen, nachdem man sich damals auf Pallau in fröhlicher Manöverzeit begegnet sei.

Stephan Normann verbeugte sich tief und ehrfurchtsvoll.

Innerlich bedeutete diese Begrüßung eine gewisse Erleichterung für ihn.

Die junge Gräfin war unendlich hoheitsvoll, fast – er gestand es sich, als er dann in sein Zimmer ging – ein ganz klein wenig hochfahrend in ihrem Gebaren. Aber so kühl, so sicher, so unbewegt! Und er hatte eine ferne, leise Furcht vor dieser Begegnung gehabt; eine Furcht, die er kaum in deutliche Gedanken zu kleiden wagte.

Damals, im Sommer, in jenen Manövertagen, hatte es ihm manchmal so scheinen wollen, als ob in den blauen Augen der schönen Anna v. Linstow ein besonderes Leuchten erwache, wenn er zu ihr sprach ... Und als ob in ihrem Lächeln ein Locken sei und in ihrer Stimme ein Beben ...

Fast mit Angst, fast rauh hatte er sich damals ungeselliger gezeigt, als er war. Denn es deuchte ihm ein Verbrechen, mit Mädchenherzen zu spielen. Er wollte auch nicht den flüchtigsten Schein einer Hoffnung erwecken, wo er nichts erfüllen konnte ...

Nun, als er in seinem altgewohnten Zimmer seine Sachen auspackte, nun schüttelte er den Kopf.

Nach dieser Begrüßung Annas war er ganz und gar geneigt, seine damaligen Eindrücke für Einbildung zu nehmen.

Mit dem Bedürfnis nach Ordnung und Behaglichkeit, das ihm inne wohnte, räumte er seine Sachen zurecht. Es war nun schon bald das fünfzehnte Jahr, daß er dies Zimmer als das seinige auf Sommerhagen betrachten durfte. Von dem Tag an, wo Graf Burchard ihn sozusagen von den Gräbern seiner Eltern fortgeführt hatte, war das Heim des gütigen Mannes auch seine Heimat geworden. Von der Schule her, von der Fähnrichspresse aus und dann in allen Urlaubswochen kehrte Stephan auf Sommerhagen oder in Berlin oder in Ostrau ein. Er durfte immer das Gefühl haben, im Grafen Burchard den liebevollsten Pflegevater zu besitzen, dessen Güte er umso höher bewerten mußte, als eine äußerliche Verpflichtung, sie zu erweisen, gewiß nicht vorhanden war. Die Wenderoths standen ihm im Verwandtschaftsgrad viel näher. Aber es war diesen niemals eingefallen, sich um ihn zu kümmern. Sie nahmen es zum Vorwand, daß sie die Vorgeschichte von Stephanie Geyers Heirat nicht vergessen und verzeihen könnten, um kein Geld für deren Sohn ausgeben zu müssen.

Erst nachdem sie sahen, daß Graf Burkhard ein für allemal der Beschützer und Versorger des jungen Stephan geworden, entdeckten sie ihre verwandtschaftlichen Gefühle, die sich bei der Baronin ausschließlich in guten Ratschlägen äußerten. Bei jedem Zusammentreffen mit Stephan auf Sommerhagen hatte sie, seit er ihr heiratsfähig schien, eine reiche Partie für ihn in Vorschlag zu bringen; oder sie wollte kürzlich Gelegenheit genommen haben, sehr warm über ihn mit Exzellenz Hülsen-Häseler oder sonst einer Persönlichkeit aus dem Militärkabinett zu sprechen.

An dies alles dachte jetzt Stephan, als er sich zum Diner umkleidete. Der heiße Dank, der sein Herz für den Grafen Burchard erfüllte, war nicht drückend, nicht demütigend. Er sah zu dem Manne mit unendlicher Verehrung empor. Und er war auch entschlossen, diesmal Sommerhagen nicht zu verlassen, ohne, so oder so, sich dem väterlichen Freund anvertraut zu haben.

Als er fertig war, sah er nach der Uhr. Eben sechs.

So blieb noch Zeit, den Brief zu schreiben, der ihm auf der Seele brannte. Der Schreibtisch stand am Fenster. Es war ein aufsatzloser Diplomatentisch, und über ihn hinweg sah man durch das Glas weit hinaus auf das Meer.

Die steil abfallende Küste war von hier nicht sichtbar. Die höchste Linie des sich wellenförmig hebenden Geländes schnitt für das Auge scheinbar alles Land jäh ab. Hinter dieser Linie, die grün war, weil sie an einer Koppel mit Wintersaat sich hinschwang, streckte sich unvermittelt das grenzenlose Meer.

Eisengrau und glanzlos schien seine Fläche, schweres Gewölk stand über ihm am Himmel, und gerade strich aus einer rauchgrauen, bizarr zusammengeballten Wolke ein dichter Regen herab. Es sah aus, als seien Meer und Gewölk durch einen etwas schräg hängenden, glattbeschnittenen grauen Schleierstreifen miteinander verbunden. Und da die Regenwolke vor dem Winde herzog, schob sich der Schleierstreifen immer mit.

Noch weit vor ihm kroch ein Dampfer, klein wie ein Spielzeug anzusehen, über die eisengraue Fläche. Aber der Schleierstreifen kam ihm nach, rückte ihm näher und strich endlich über ihn hin, um ihn dann hinter sich zu lassen.

Stephan sah, in tiefe, schwere Gedanken versunken, diesem Schauspiel eine Weile zu. Dann nahm er die Feder: »Einzig Geliebte! Nun bin ich wieder in Deiner Nähe. Mein Herz schlägt in heißer Sehnsucht dem Augenblick entgegen, wo ich Dich wiedersehen werde. Ich flehe Dich an, sei morgen nachmittag drei Uhr an der bekannten Stelle. Wir werden uns nicht lange mehr heimlich zu sehen brauchen. Ganz und gar bin ich mir bewußt, was ich meiner künftigen Gattin schulde. Ich werde diesmal Sommerhagen nicht verlassen, ohne bei Deinem Vater um Dich angehalten, ohne dem Grafen Burchard die Wahrheit gestanden zu haben. Zwei Jahre schon dauert dieser, Deiner und meiner gleich unwürdige Zustand. Er soll ein Ende nehmen.

Aber Du Liebe, Vertrauende, Geduldige weißt, daß weder Feigheit noch Mangel an Liebe die Schuld daran tragen, daß ich Dich seit zwei Jahren immer wieder bitten mußte: warte, hoffe!

Von dem Augenblick an, wo sich unsre Herzen fanden, habe ich rastlos gestrebt, mir eine Existenz zu verschaffen, die mir gestattet, ein Weib zu ernähren. Den bunten Rock auszuziehen, bevor eine andre Stellung gefunden war, hatte keinen Sinn und hätte unsre Lage nur noch mehr erschwert. Im Gegenteil weiß ich, daß ein noch aktiver Offizier viel eher Chancen hat, sich irgendwie zu lancieren, als einer zur Disposition. Kein Schritt ist unversucht geblieben. Alles war umsonst.

Ein bescheidener Infanterieoffizier hat es eben zu schwer, wenn er ohne Protektion etwas will. Es gibt zu viele, die, gleich mir, aus Liebes- und Finanzgründen den Beruf wechseln möchten. Bei Krupp, auf den großen Schiffswerften, in großen Geschütz- und Gewehrfabriken und bei allen verwandten Unternehmungen werden die Offiziere der ›wissenschaftlichen Waffen‹, Artilleristen und Pioniere, bevorzugt. Auf großen Gütern, an Gestüten stellt man lieber Kavalleristen an.

Auch mein letzter Versuch, als Instrukteur ins Ausland berufen zu werden, von welchem Plan ich Dir schrieb und der mir Dein beglückendes Versprechen eintrug, mir über allhin folgen zu wollen – auch dieser ist gescheitert.

Ich kann nun aber Onkel Burchard sagen, fest und geradeaus, wie ein Mann zum andern spricht: Zwei Jahre habe ich versucht, durch eigene Bemühung eine mich und mein Weib ernährende Stellung zu finden; es ist mir nicht geglückt, ich kann leider nicht mit Tatsachen vor Dich hintreten, die Dir meinen heiligen Ernst ohne weiteres bewiesen hätten. Ich kann Dich jetzt nur fragen: willst Du mir durch Deinen weitreichenden Einfluß helfen, eine Stellung zu finden?

Geliebte, ich bin der Sohn meiner Mutter, und meine Mutter ist ihrem Herzen gefolgt. Alle Hindernisse hat sie überwunden, um meines Vaters Gattin zu werden.

Ich habe ihre Leidenschaft und ihre Festigkeit geerbt.

Ihre Lage war insofern günstiger, als ein ausreichendes Vermögen und eine völlige Unabhängigkeit in gesetzlicher Beziehung meiner verwaisten und bereits mündigen Mutter alle Entschlüsse ausführbar machten. Sie hatte nur mit Standesvorurteilen und moralischer Engherzigkeit zu kämpfen.

Ich habe nichts. Meinen Zuschuß, den ich als Offizier brauche, erhalte ich von der Güte eines Verwandten. Dieser Zuschuß kann mir jeden Augenblick entzogen werden, wenn ich etwas tue, was mein Wohltäter für vollkommene Torheit hält.

Graf Burchard ist ein guter und kluger, ein großmütiger Mann. Verweigert er mir seine Protektion, durch die ich so leicht eine auskömmliche Stellung fände, verweigert er mir seinen Segen, so bleibt mir nur eins: mich scheinbar schweigend zu fügen, heimlich meine Versuche fortzusetzen und, haben sie nie Erfolg, zu warten, bis ich Hauptmann erster Klasse bin, um Dich heimzuführen.

Dieser letzte Gedanke ist so verzweifelt, daß ich ihn nicht fassen will. Noch fünf, sechs Jahre warten – – nein, nein!

Verzeih, daß ich Dir das alles noch einmal, immer wieder schreibe – – aber diese Fragen sind der Inhalt meiner Tage und Nächte.

Geliebte, ich küsse im Geist Deine traurigen Augen, die schon so viel geweint haben. Aber morgen, nicht wahr, morgen werden sie doch ein wenig lächeln, wenn sie mich sehen?

Also um drei Uhr am bekannten Platz.

Immer und ewig

Dein Stephan.«

Eben hatte er den Brief geschlossen, als der hohle, langgezogene, dumpfe Ton des Gong durch das Haus zog: das erste Zeichen zu Tisch. Es hieß, sich in wenig Minuten unten in der Halle zu zeigen.

Stephan steckte den Brief in die Brusttasche seines Fracks.

Er hoffte, nach dem Essen sich einmal unbemerkt entfernen und den Brief nach dem Postkasten tragen zu können, der sich am Verwalterhause befand. Sein Schreiben dem Behälter anzuvertrauen, der in der Halle die Korrespondenzen der Schloßbewohner aufnahm, war ihm zu gewagt.

Auf der Treppe vom ersten Stock nach unten holte er Gräfin Herdeke ein. Zierlich, grau, in Atlas und Spitzen, heiter und frisch schritt sie die Stufen hinab.

»Gut, mein lieber Junge, daß ich dich treffe. Nicht wahr, du wirst Ursche v. Pallau zu Tisch führen. Du bist da so riesig nett aufgenommen gewesen bei den Pallaus...«

Damit hängte sie sich selbst in seinen Arm.

»Aber selbstredend,« sagte er.

Unten befanden sich schon die Reinbecks und Ursula, diese in einem etwas zu reichlich besetzten hellblauen Seidenkleid. Auch Wenderoths saßen wartend umher, und Herr v. Reinbeck ging mit dem Grafen Burchard, in ein politisches Gespräch vertieft, auf und ab. Die Baronin Wenderoth gab Stephan einen Wink. Artig setzte er sich neben sie in den Kirchenstuhl am Fenster links. Sie saß wegen ihrer Körperfülle immer etwas breitbeinig und hatte die Angewohnheit, ihre Hände auf die Knie zu legen. In dieser Stellung beharrend, neigte sie sich zugleich ein wenig nach rechts zu Stephan.

»Lieber Stephan, willst du nicht Fräulein v. Pallau zu Tisch führen? Es ist ein ausgezeichnetes Mädchen. Halte dich nur dazu. Der beste Rat, den man dir geben kann.«

Stephan wechselte die Farbe. Der Hinweis Herdekens war ihm natürlich und unverdächtig erschienen. Nun auf einmal begriff er ... Welche peinliche Verlegenheit! Nein, viel mehr als das! Eine Gefahr! Denn wenn sich hier alle Tanten einig waren, daß Ursula v. Pallau die passende Frau für ihn sei, so mußten diese alten Damen sich notwendig feindlich gegen seine Wahl auflehnen. Erstens vertragen die wenigsten Menschen eine Durchkreuzung ihrer Pläne und sind leichter zu Bundesgenossen zu gewinnen, wenn sie überhaupt noch keine eigenen Pläne hatten, und zweitens sagte es ja der gesunde Menschenverstand, daß Ursula die vernünftigere Partie bedeutete ... Wenn es in diesen Fragen nach dem Menschenverstand ginge...

Und um Ursulas selbst willen war es ihm schrecklich! Wenn man ihr etwas in den Kopf setzte! Das brave, liebe Ding könnte beunruhigt werden. Von ihrer heißen Schwärmerei für ihn hatte er nichts gemerkt. Seine Gedanken waren eben zu sehr von der Geliebten erfüllt. Nur Annas auffallende Schönheit und ihre Art, ihm zu begegnen, hatte ihn ein wenig beschäftigt. Von Ursula bekam er damals den Eindruck, daß sie ein besonders tüchtiges Mädchen sei. Mehr nicht.

Jedenfalls aber war sie viel zu gut, um irregeführt zu werden.

Er nahm sich vor, gleich bei Tisch in einer sehr, sehr zarten Form ihr anzudeuten, daß sein Herz nicht frei sei. Diese Form mußte ein günstiger Augenblick finden lassen.

»Nun,« fragte Greti Wenderoth ungeduldig, »du antwortest nicht?«

»Selbstverständlich werde ich Fräulein v. Pallau zu Tisch führen,« antwortete er kurz.

Sein Ton mißfiel der Baronin in hohem Grade.

In diesem Augenblick kam, vom Treppenhaus her, Anna in die Halle. Mit ihr erschienen Wolf und Donat und – – Stephan fühlte, daß er vor Überraschung erblich. Er bemerkte nicht, daß der Blick der Komteß Herdeke kummervoll und beobachtend auf sein Gesicht gerichtet war. Er war beinahe fassungslos und mußte sich stark zusammennehmen. Denn neben Anna stand die Geliebte ... sie, an die er eben den langen Brief voll Hingebung und Sehnsucht geschrieben hatte, diesen Brief, den er noch bei sich trug.

Daß Sophie Schüler hier zuweilen freundschaftlich aufgenommen ward, wußte er ja. Er hatte sie hier in eben dieser Halle zuerst gesehen und kennengelernt. Aber daß die junge Gräfin so bald nach ihrer Ankunft schon Zeit und Stimmung finden werde, sich um die Tochter des unglücklichen Mannes zu kümmern, hatte er nicht vermutet.

In seinem Herzen schwoll eine wahre Hochflut von glückseligen Hoffnungen an. Wie warm und gut mußte Graf Burchard dem geliebten Mädchen gesonnen sein, wenn er schon in den ersten Tagen auf Sommerhagen seine Gattin mit ihrem Dasein und ihren Schicksalen bekannt gemacht und ihr liebevolles Interesse dafür erregt hatte. Daß umgekehrt Graf Burchard davon überrascht gewesen war, von Anna einfach zu hören: »ich habe Fräulein Schüler zum Essen bitten lassen«, ahnte Stephan nicht. Graf Burchard nahm diese Handlungsweise als eine Probe von Herzensgüte, und deshalb erfreute sie ihn.

Komteß Herdeke aber erschrak. Da hatte Anna ahnungslos eine Dummheit gemacht. Wie war sie nur darauf gekommen? So impulsive, gutherzige Einfälle sahen ihr nicht gleich.

Und lebhaft, wie Herdeke war, ging sie gleich auf die eintretende Gruppe zu. Mit ihr Stephan, welcher der jungen Gräfin die Hand küßte.

»Fräulein Schüler, mit der wir schon ein Viertelstündchen oben in meinem Wohnzimmer verplaudert haben, brauche ich wohl niemand mehr vorzustellen. Auch Sie haben schon das Vergnügen, lieber Normann?« fragte Anna.

Er verneigte sich zustimmend.

In Herdeke siegte die natürliche Herzensgüte. Das schlanke Mädchen in dem einfachen weißen Wollkleid sah doch rührend schön aus. So ein paar liebe, traurige große Augen. Und das herrliche Haar. Und die feine Kopfform.

»Daß du schon Fräulein Schüler kennst!« sagte sie, »guten Tag, liebes Kind, was macht der Papa? Leidlich?«

»Im Frühling ist es ja immer etwas schlimmer mit ihm,« sprach Sophie Schüler leise.

»Lieber Normann,« hob Anna in ihrer kühlen, etwas herrischen Art an, »Sie werden Fräulein Schüler den Arm zu Tisch geben.«

»Aber Anna – pardon, liebes Fräulein – wir hatten Normann schon für Ursche ...«

Das Wort stockte Komteß Herdeke auf den Lippen. Ein so flammender und doch harter Blick traf sie aus den Augen ihrer Schwägerin.

Ihr Herz erschrak. Feindseligkeit in Annas Augen gegen sie, die sich von Anna geliebt glaubte ...

Aber weltgewandt und gefaßt lächelte sie und sprach: »Unsre liebe Hausherrin hat zu bestimmen.«

Da Herdeke aus Anlage und Vorsatz alles immer zum Besten auslegte, kam sie schnell mit dem kleinen Zwischenfall ins reine: Anna will ja wohl durchaus nicht das Odium der Gelegenheitsmacherin und Ehestifterin auf sich laden. So dachte sie und fand noch einen vornehmen Zug darin.

In Stephan aber jubelte alles auf. Gewiß, der holde Zauber des geliebten Mädchens mußte ihr alle Herzen gewinnen. Und während Sophie an seinem Arm angstvoll zitterte, sah er ihren und seinen Sieg voraus.

Ursula aber war starr und stumm vor Enttäuschung. Wie abscheulich von Anna!

Zwar hatte sie, weil zu entfernt stehend, nicht gehört, daß Anna ausdrücklich diese Tischordnung anbefohlen. Aber es lag doch einfach in Annas Macht, zu bestimmen, daß Stephan sie – Ursche – führen sollte. Und daß die Freundin daran nicht umsichtig gedacht hatte, kam ihr wie Verrat vor.

Nicht einmal sehen konnte sie »ihn«. Sie saßen in der gleichen Reihe. Schlechter konnte man es nicht einrichten.

Anna aber saß, schön und triumphierend, in wahrhaft fürstlicher Haltung am Tisch.

Das warme, flimmernde Licht der Kerzen spielte über die Gesichter aller Tischgenossen hin. Anna sah nach der Reihe alle an. Sie war in einer seltsamen Stimmung. Es kam ihr vor, als habe sie über alle diese zu herrschen. Über die holdselige Erscheinung der jungen Sophie Schüler ging ihr Blick nur flüchtig hin.

In einer Aufwallung von Mitleid, in die sich aber eine starke Neugier mischte, hatte sie das junge Mädchen einladen lassen. Anna fühlte immer eine brennende Neugier Menschen gegenüber, die gerade ein »Schicksal« hatten. Als halbwüchsiges Mädchen schon sah sie forschend und durchdringend die Leute an, die etwa durch einen erschütternden Todesfall in ihrer Familie oder durch ein sonstiges Unglück betroffen worden waren. Sie hätte immer zu gern wissen mögen, wie es in den Seelen solcher Leute nun aussähe.

Im übrigen aber war ihr diese Sophie Schüler ein Nichts. Als Tochter eines armen, gescheiterten Mannes, der sogar mit dem Strafgesetzbuch in Berührung gekommen war, kam sie als »Dame« gar nicht in Betracht. Nur gerade auf der Treppe fiel es Anna ein, daß sie ja heute das Fräulein zwischen Stephan und Ursula schieben und verhindern könne, daß er Ursula zu Tisch führe.

Vielleicht hatte sie Stephan sogar gedemütigt, als sie ihm anbefohlen, anstatt des Fräulein Weber v. Pallau dies armselige kleine Ding zu führen.

Desto besser. Er sollte es spüren, wie sie über ihm stand – die er einst zu übersehen sich erlaubt hatte!

Die beiden Stunden nach dem Gabelfrühstück pflegte jeder Bewohner oder Besucher von Sommerhagen nach eigenem Belieben zu verwenden. Ja, Herdeke hatte früher einmal das Gesetz aufgestellt, daß alle geselligen Zusammenkünfte in dieser Zeit verboten sein sollten. Denn, sagte sie scherzend, man könne auf dem Lande nicht vorsichtig genug mit Gästen sein, es gebe Menschen, die sich zu schnell erschöpft und peinlich rasch ausamüsiert hätten. Der Reiz des Zusammenseins erhöhe sich, wenn alltäglich einmal eine große Pause es unterbreche.

Diese Zeit nun hatte Stephan immer benutzt, um sich mit der Geliebten zu treffen.

Ein Viertel nach zwei Uhr verließ er sein Zimmer. Als er den Korridor des zweiten Stockwerkes entlang schritt, hörte er hinter einer der Türen Wolfs klangvolles, herzliches Lachen und Donat v. Linstows etwas zögernde und klägliche Stimme.

Im Korridor des ersten Stockwerkes herrschte völliges Schweigen. Unten in der Halle saß Herr v. Reinbeck und las Zeitungen.

»Was denn? Sie wollen ausgehen? Hat der Vormittagsspaziergang Ihr Bedürfnis nach Natur noch nicht gedeckt?« fragte er.

»Es ist unstillbar,« antwortete Normann scherzend.

»Für 'n Infanteristen 'ne sonderbare Gemütsrichtung. Laufen ja schon von Berufs wegen kolossal viel Gegend ab. Lassen Sie die hiesige für heut' nachmittag unzertreten und spielen Sie mit mir 'ne Partie Schach,« schlug Reinbeck vor.

»Ich spiele nicht Schach,« sagte Stephan.

»Nanu, seit wann nicht mehr?«

Ja, das war eine törichte Ausrede gewesen!

»Ich habe wirklich das Bedürfnis, ins Freie zu gehen,« sagte Stephan etwas kurz und wandte sich der Tür zu.

»Ich würde fragen ›Rendezvous?‹, wenn ich nicht sämtliche Damen hier in ihren Zimmern wüßte. Na, Gott befohlen, wenn Sie denn durchaus naß werden wollen! Geben tut es was! Es sieht unnatürlich am Himmel aus.«

Stephan mußte am Wald entlang, am Wirtschaftshof vorbei und dann links am Saum der großen grünen Koppel voll wehender Wintersaat hinschreiten.

Das Meer wuchs ihm dabei gleichsam entgegen, im Maße, wie er sich dem Rande der steilen Küste näherte. Links in einer Einsattelung des Geländes erblickte man die blaugrauen und roten Dächer des Fischerdorfes und Badeortes Lohme. Geradeaus sahen die runden Buchenwipfel des Waldes über die Kante des Hochplateaus. Als schmaler Streifen streckte sich ein Ausläufer des mächtigen Waldgebietes, das den östlichen, meerwärts gewandten Teil der Insel bedeckt und bis hierher, sozusagen am schroffen Hang entlang klettert.

Seltsam lau war die Luft. Viel zu warm für einen Apriltag. Es schien, als spürte man unsichtbares Leben im Wald.

Links in der Tiefe schimmerte der von großen, fahlfarbigen Steinen übersäte Strand. Bleigrau wogte das Meer, schaumlos, in einer Bewegung, die aus der Tiefe und Ferne zu kommen schien. Es war etwas Unschlüssiges und Erwartendes in dieser Bewegung.

Und bleigrau sah der Himmel still und schweigsam aus der Höhe durch die bräunlich rötlichen Wipfel herab.

Es schwieg der Wind; die Wolken standen unbewegt.

Stephan verfolgte den Weg auf halber Höhe des steilen Hanges. Nach einer kurzen Wanderung erreichte er die Stelle, wo der Waldstreifen sich an das große, breite Waldgebiet schloß.

Es kam dem Manne vor, als regte sich etwas zwischen den Bäumen. Nun sah er es: eine Frau, die sich bald bückte, bald mit geneigtem Kopf wie suchend dahinschritt, aber dabei sich doch auf ihn zu bewegte.

Bald erkannte er sie. Es war Frau v. Braunau. Sie hatte ihn auch bemerkt und kam nun lebhaft in ihrer gesprächigen Art auf ihn zu.

»So allein, Herr Leutnant? Ich suche Waldmeister. Natürlich nicht zur Bowle. So etwas können wir uns nicht leisten. Ich lege ihn in eine kleine Vase, dann riecht das ganze Zimmer danach. Parfüm kann ich mir nicht kaufen.«

Ihr Haar war verweht und hing ihr ums Gesicht. Die Straußenfeder auf ihrem Hut hatte in irgend einem Unwetter vor Monaten alle ihre Krausheit verloren, wie Kammzähne lagen ihre Rispen nun nebeneinander.

»Helfen Sie mir!« schlug sie vor.

Aber er hatte ja Eile und wußte sich ihr zu entziehen.

Die Begegnung war fatal. Er sah sich noch lange Zeit nach der einen und andern Seite um. Erst schien es ihm, als huschte da eine Gestalt hinter einen dicken Baumstamm. Aber dann bemerkte er nichts mehr. Schließlich mochte er der Frau eine Tat plumper Neugier doch nicht zutrauen und gab es auf, zurückzusehen.

Mit einem Male war es ihm, als hörte er einen murrenden, fern verhallenden Ton. Aber er konnte dem nicht nachhorchen und nachsinnen; denn abermals tauchte eine Gestalt zwischen den Bäumen auf, und sein Herz sagte es ihm: es war die Geliebte!

Der Platz, wo sie sich zu treffen pflegten, war eine halbrunde Lichtung im Wald, gerade am Rande der Hochebene gelegen. Vor ihr stieg steil der bewaldete Hang hinab. Über die Wipfel hinweg sah man das grenzenlose Meer. Einige Bänke standen in der Reihe.

Das weite, große Bild der See, eingerahmt von Buchenwipfeln und Buchenstämmen, zog im Sommer die Badegäste von Lohme und Stubbenkammer her. Jetzt lag der Platz einsam.

»Sophie,« rief der Mann, »Sophie!«

Die vor ihm Schreitende wandte sich um.

Sie liefen aufeinander zu, und atemlos vor Herzklopfen und Erregung, hielten sie sich einige Augenblicke still umfaßt.

Ihr Wiedersehen war keine reine Freude. Sophie, ihr Gesicht an der Schulter des Geliebten, kämpfte gewaltsam mit aufsteigenden Tränen. Und auch vor seinen Augen stand es wie ein Nebel.

Lange schwiegen sie.

»Meine Sophie!« sagte er dann innig.

Und endlich hatte sie sich gefaßt und lächelte zu ihm empor, liebevoll und schmerzlich.

Er legte den Arm um ihre Schulter. So schritten sie nun langsam über den feuchten, in jungem Grün üppig schwellenden Waldboden, über die Lichtung hin, auf die Bänke zu.

»Das war eine Qual gestern,« sprach Sophie leise.

»Die Freude überwog doch, daß wir beieinander sein, sogar zusammensitzen durften,« sagte er in zuversichtlichem Ton. Und ich sehe seit gestern gar keine Hindernisse mehr. Wie viel Wohlwollen muß Onkel Burchard für dich haben, wenn er dich gleich seiner Frau so empfahl; wie gut mußt du ihr gefallen haben ! Wie könnte es auch anders sein!«

Und er zog die neben ihm her Schreitende ein wenig näher an sich, zärtlich und stolz.

Sie seufzte nur. »Ach, Stephan...«

»Ich habe mich nun infolge des gestrigen Abends entschlossen, noch heute oder morgen mit Onkel Burchard zu sprechen. Ich bin seines Wohlwollens gewiß, da du so offenkundig auch der jungen Gräfin gefällst. Nur mit dir besprechen wollte ich noch, ob du nicht findest, daß wir uns zuerst deinem Vater eröffnen sollen! Er ist als Vater eben doch der Nächste und Erstberechtigte. Ich bin bereit, jetzt auf der Stelle mit dir zu gehen.«

Sie waren nun bei den Bänken angekommen und setzten sich auf die mittelste. Eng nebeneinander – Arm in Arm – sie das Haupt ein wenig gegen seine Schulter gelehnt.

Vor ihnen, hinter dem Vordergrund der rötlich bräunlichen Wipfel wogte in unruhvoll unschlüssiger Bewegung eisengrau, mattglänzend und mit blauen und ockerfarbenen Tinten durchstreift, das Meer.

Fern irgendwo, weit hinter dem mächtigen Gebreite der Wälder murrte wieder der dumpfe, langausgedehnte Ton durch die Lüfte.

»Du bist so schweigsam, Geliebte?« fragte er.

Sie saß traurig neben ihm, zitternd vor dem, was sie alles sagen wollte – mußte, und doch zugleich mit einem blassen, stillen Glück im Herzen, daß sie überhaupt noch einmal wieder ihre Wange gegen seine Schulter drücken, seine liebe Nähe fühlen durfte.

»Es ist mir schrecklich, dir zu sagen, daß du dich vollkommen irrst,« sprach sie leise. »Aus welchem Grund mich die Gräfin eingeladen hat, weiß ich nicht. Die Teilnahme an mir ist sicher ganz oberflächlich. Glaube nur, wenn man so wund und verängstigt ist wie ich, bekommt man einen sechsten Sinn für die Aufnahme von Herzenstönen. Ich habe keinen aus der Art der Gräfin gehört. Und daß Graf Geyer völlig durch mein Erscheinen überrascht war, ist gewiß. Von ihm ging es also nicht aus.«

»Du meinst...?« fragte er bestürzt. Er hatte ein ganzes Gebäude von Hoffnungen aufgetürmt auf das Fundament dieses vorausgesetzten Wohlwollens für die Geliebte.

Aber die kurze Ernüchterung überwand er schnell.

»Einerlei,« sagte er mit festem Ton, »ich bin es dir und mir schuldig, zu handeln. Und ich werde handeln.«

Sophie legte ihre Wange ein wenig fester gegen seine Schulter. Ihre kalten Hände hielt sie gefaltet auf dem Rande des Matrosenhütchens, das in ihrem Schoß lag.

Sie sammelte sich. Sie brauchte Mut. Sie wollte ihm ja weh tun. Und sich selbst noch viel, viel mehr...

»Was du dir schuldig wärest, weiß ich wohl. Mir entsagen,« brachte sie hervor.

»Sophie!« Er fuhr auf. Der Zorn sprühte aus seinen Augen. Sein junges Gesicht war in Schmerz verzogen.

»Hältst du mich einer Ehrlosigkeit für fähig?« fragte er.

»Wen nur die Ehre neben mir hielte, den möcht' ich gar nicht halten.«

»Du weißt, daß ich dich liebe und deshalb nicht von dir lasse. Liebe und Ehre sind eins – wenn es sich um das Weib handelt, das mein Weib werden wird,« sagte er heftig.

In ihr flammte kein Schmerz und keine Leidenschaft, die noch Streitermut hatte, mehr auf. Ihre Hoffnungen waren zerbrochen, ihre Seele zerschlagen.

Sie hatte nur noch Kraft zur letzten Liebestat: ihm zu entsagen.

»Ich weiß es,« sprach sie leise. »Aber ich weiß auch keinen bessern Dank für alles, was du mir gabst und bist, als dich zu bitten: Gib mich auf!«

»Sophie – Geliebte – wie kannst du...«

Sie unterbrach seinen schmerzlichen Ausruf. Ohne sich zu bewegen, mit den großen, traurigen Augen hinausstarrend auf die drohend unruhvolle See, ohne doch etwas von dem Wallen und Wogen zu sehen, sagte sie leise: »Als wir uns vor zwei Jahren fanden, haben wir nur auf unsre Herzen gehört. Wenn das eine Schuld war – wir büßen dafür – lange – lange – ich vielleicht mein Leben lang. Du stehst draußen, in der Welt. Vielleicht vergißt man da leichter. Ich hoffe, ich erflehe es für dich. Vor zwei Jahren redeten wir uns auch ein, daß es mancherlei Hoffnungen gäbe – vielleicht gab es auch welche; sie haben sich uns nur nicht erfüllt ...du hättest ja wirklich eine Stellung finden können ...Dann war Graf Geyer damals noch nicht verheiratet ... ich weiß selbst nicht – aber mir ist, als ändere das viel. Ich hab' auch nach und nach begriffen: ein armes Mädchen darf sich nicht als Bleigewicht an das Leben eines Mannes hängen – ihn nicht zwingen, ihretwegen den Beruf zu wechseln.«

»Ich hab' dich ausreden lassen,« sprach er, »ich wollte hören, warum ich dich denn aufgeben soll. Du glaubst es ja selbst nicht, meine Sophie – – Alles, was du da sagst, sind äußerliche Wahrheiten. Die innere, einzige, ewige bleibt: ich lasse nicht von dir.«

Er küßte sie, als wollte er sich ihr noch einmal in heiligem Schwur anverloben.

Zitternd und hingebend duldete sie seine Küsse, halb beseligt von seinen festen Worten, halb beschämt von dem Gefühl, daß man nicht so zärtliche Küsse dulden dürfe, wenn man entsagen wolle ...

Und zum dritten Male ließ der murrende Ton seine Schallwellen durch den Wald hinzittern. Sie schienen aus dem Hintergrunde, zwischen den weißgrauen Buchenstämmen sich herzuwälzen. Sophie und Stephan fuhren auf. Sie sahen sich unwillkürlich um, als habe sich da ein auf der Lauer liegendes Ungeheuer gerührt.

»Ein Gewitter,« sagte Stephan, »jetzt – im April. Komm – daß es uns nicht überrascht!«

»Wir können nicht zusammengehen. Es ist gefährlich.«

»Ich sollte dich allein lassen bei einem herankommenden Unwetter? Wenn uns jemand zusammen sieht – gut – desto besser. Ob Onkel Burchard und die Gräfin mich verstehen oder nicht – dir wohlwollen oder nicht: ich muß nun vorgehen ... Aber komm doch!«

Sophie schritt neben ihm. Ein zuckender, weißblauer Schein, der über den Himmel flog, hatte bewirkt, daß sie sich fügte.

»Ich gehe mit dir, bis man Sommerhagen sieht ...«

»Gut – komm nur ...«

Die rollenden Töne in der Höhe kamen nun rasch hintereinander.

Aber noch stand der Wald im Schweigen unter dem wolkenverhangenen Himmel, durchwürzt von der lauen Frühlingsluft und dem Atem junger Kräuter. Und graue wartende Stille war unter den knospenden Buchen. Das Licht versiegte mehr und mehr.

Im hastigen Schreiten sagte Sophie: »Versprich mir, nichts zu überstürzen. Suche zu erfahren, wie deine Verwandten denken. Ich will nicht, daß du meinetwegen alles verlierst.« Sie stand still und faßte nach seiner Hand.

Ernst und groß sah sie ihn an. Und er erwiderte ihren Blick.

Es war, als prüften sie sich gegenseitig auf die Kraft ihres Willens.

Er wußte es wohl: dies Mädchen liebte ihn so rein, so selbstlos, daß ihr jede Opfertat, auch die furchtbarste, zuzutrauen war, wenn sie die Erkenntnis gewann, sie zerstöre sonst sein Leben. Und er liebte sie um dieser ihrer Selbstlosigkeit willen nur um so heißer.

Sie aber wußte, daß seine Liebe und seine Ehrenhaftigkeit zu stark waren, um je freiwillig von ihr zu lassen. Sie liebte ihn um dieser seiner starken Leidenschaft willen nur um so heißer.

Und sie hatte es jetzt ganz und gar begriffen: wenn sie seine Zukunft von der ihren trennen wollte, wenn sie sich opfern wollte, damit sein Dasein kein verpfuschtes werde – dann mußte sie still und zäh und klug daran arbeiten. Wie viel leichter schien es, sich in den heißen, jähen Schmerz einer raschen Entsagung zu stürzen ...

»Versprich mir,« bat sie weiter, »meinen Namen nicht zu nennen, von unserm Bündnis nichts zu verraten, wenn du herausfühlst, daß Graf Geyer dir zu einem bürgerlichen Beruf nicht helfen würde um eines armen Mädchens willen. Dann warten wir, bis – bis du Hauptmann bist ... nicht wahr? Du schriebst ja selbst so Ähnliches ... Aber vielleicht – mein Gott – vielleicht weil er selbst nun glücklich ist, will er auch andern Glück gönnen ...«

Sie konnte nicht weiter sprechen. Aus dem Untergrund ihrer gequälten Seele kam die unsterbliche Hoffnung, die längst erloschen geglaubte, wieder empor und berauschte ihre Gedanken ...

Ergriffen nahm der Mann die Geliebte in seine Arme. Sie klammerten sich aneinander, von Hoffnung und Sorge bebend.

Zu ihren Füßen lief jetzt eine Bewegung über den Waldesgrund. Wie von unsichtbarer, rascher Hand schienen die jungen Gräser alle in einer Richtung niedergestrichen zu werden. Und dann rührte es sich in der Höhe. Die Wipfel über ihnen begannen zu brausen.

Kein Rauschen war es von raschelnd bewegter Blätterfülle, kein üppiges, sommerheißes Wehen ... der Sturm, der plötzlich einherzog, peitschte die knospenden Reiser, und gelle, langgezogene Töne fuhren durch das Brausen.

»Komm,« sagte das Mädchen erschauernd, »komm!«

Hand in Hand eilten sie weiter. Es war, als jagte sie das Brausen. Und die ersten Tropfen schnellten ihnen nach.

Sie hatten einen Schirm. Eng drängten sie sich aneinander, die runde Wand der gespannten Seide im Nacken.

Schneller und härter prasselten die Tropfen gegen das gewölbte Seidenrund des Schirmes.

Fast schwarz wurde es um sie her, und im fahlen Dämmerschein sahen die grünen Blättchen an einigen Büschen des Unterholzes so seltsam hell aus.

Unter einer großen Buche machten sie Halt. Der umfangreiche Stamm gab ihnen Schutz im Rücken. Leidlich geborgen standen sie so, verirrten und verfolgten Menschenkindern gleich.

Gerade weil der Regenschauer vom peitschenden Winde fast wagrecht durch die Luft gejagt wurde, schuf der mächtige Baum Raum für ein trockenes Stellchen.

Sophie fühlte sich todtraurig, geängstet und zerschlagen.

Bei den Blitzen fuhr sie nervös zusammen, der Donner ließ sie zittern.

War dies nicht ein Bild ihres Lebens? Schutzlos dem Wetter preisgegeben! Das Beste, was sonst ein Menschenherz mit königlichem Stolz erfüllt: die Liebe, verstecken und in Sturm und Wetter elend kämpfen ...

Als ahnte Stephan, was in ihr vorging, sagte er fröhlichen Tones: »Ein Frühlingsgewitter. Ist das nicht auch alles Ungemach, das sich in unsre Liebe drängt? Nur ein Frühlingsgewitter!«

Sie schwieg.

Sie horchte ängstlich hinaus. Die ganze Luft war von Tönen erfüllt, die einander zu verdrängen schienen. Die noch kahlen Wipfel durchpeitscht – in der Höhe ein fortwährendes Grollen – und drüben in der Tiefe das rastlose Rauschen des Meeres, das nun, aus aller unschlüssigen Ruhe befreit, seine Wogen kraftvoll und regelmäßig gegen den steinigen Strand donnern ließ.

Lange standen sie so. Das trockene Fleckchen ward kleiner und kleiner. Der Regen fiel senkrechter, und aus dem Tropfenfall ward ein Sprühen. Sophiens Kleid ward wie mit Silberstreu übersät. Auf Stephans Schulter tropfte es von den Rippen des Schirmes herab. Fröstelnd, unglücklich standen sie und warteten das Verhallen des Unwetters ab. Zwei arme Menschen, die nicht einmal den Schutz einer Hütte hatten, keine Stätte, um in friedlich heiterer Ruhe die höchsten Fragen ihres Lebens zu beraten.

Und sie fühlten beide das Demütigende, ja das Unwürdige dieser Lage. Und in seinem Herzen wie in dem ihren ward der Entschluß noch fester: Dies durfte nicht dauern!

Nur daß er bereit war, für den Sieg, und sie entschlossen war, für das Ende alle Kraft einzusetzen.

Er schämte sich und kam sich unmännlich vor, daß er dies reine, vornehme Mädchen zum Stelldichein gebeten hatte. Und sie schämte sich, daß sie nicht den Heldenmut gehabt hatte, schon seinem ersten Geständnis die Lüge entgegenzusetzen, sie liebe ihn nicht.

»Ich glaube, es wird nicht mehr viel besser,« sprach sie endlich gedrückt.

»So gehen wir!« antwortete er kurz. Nun stand eine herbe, feuchte Kühle zwischen den Stämmen des Waldes, und alles schwüle, drängende Frühlingsahnen war wie niedergeschlagen.

Als sie wohl eine Viertelstunde lang in schwerem Schweigen nebeneinander gegangen waren, kam dem Manne das Gefühl, daß sie in dieser Stimmung nicht bleiben oder gar auseinander gehen durften.

»Du hast mir noch gar nichts von deinem lieben Vater gesagt,« begann er herzlich.

Er wußte, daß jedes Wort der Teilnahme und der Achtung für den armen Mann ihr wohltat. Er brauchte auch weder Teilnahme, noch Achtung zu heucheln. Längst hatte er erkannt, daß das ganze Unglück des Doktors Schüler aus dessen überzartem Gewissen entsprang. Hundert andre an seiner Stelle wären über das Ereignis hinweggegangen, wie über einen jener peinlichen Zwischenfälle, von denen der ärztliche Beruf nun einmal nicht frei bleibt. Seine Seele klammerte sich allzu hartnäckig an die Frage: Habe ich fahrlässig gehandelt? Und an ihre Lösung setzte er den Rest seines Lebens.

»Es ist eine Wandlung eingetreten, von der ich noch nicht weiß, ob sie gut oder schlimm ist. Papa ist von dem tatenlosen Grübeln zum Experimentieren übergegangen,« erzählte Sophie.

»Um Gottes willen ... ein Experimentieren mit Opiumtinktur ... an wem? Doch nicht an sich selbst?«

»Sähest du mich dann so ruhig?« sprach sie. »O nein – es ist gewiß nicht ganz unvernünftig, was er macht – aber ich habe doch Furcht – für ihn des Resultats wegen – und deshalb – –«

»Nun,« drängte er, »und deshalb?«

»Wie wunderbar ist es doch, daß man Menschen, die man am heißesten auf Erden liebt, oft am besten dient mit Lüge und Betrug,« sagte sie vor sich hin; die Gedanken an ihren Vater verknüpften sich mit denen an ihre Liebe.

»Doch nur, wenn irgend etwas ungesund in den Verhältnissen ist,« meinte er.

»Ganz gewiß,« bestätigte sie bedeutungsvoll. Und nach einer Pause fuhr sie fort zu erzählen: »Wir haben nun eine kleine Kaninchenzucht. Papa erzeugt bei den Tieren allerlei Krankheiten und sieht dann zu, wie viel Tropfen Opium sie vertragen, wie viel sie heilt.«

»Das ist ja krankhaft.«

»Gewiß. Aber wenn es ihn selbst von seinen Qualen genesen machen kann ... Denke dir: als das Experiment mit dem ersten und zweiten Tier mißglückte, stieg Papas Unglücksgefühl. Dann – dann griff ich zu einem Betrug. Vorige Woche füllte ich heimlich die Fläschchen mit einer Flüssigkeit von der gleichen Farbe – als Doktorskind weiß man ja mit mancherlei Bescheid – ich tat eine Chininlösung in die Fläschchen. Seitdem hat Papa wieder mit zwei Tierchen experimentiert. Er versteht selbst die Resultate nicht – aber er sieht es ja – sie sterben nicht – er ist ganz angeregt und spricht wieder mehr davon, daß die Autoritäten recht hatten, welche für ihn eintraten.«

»Meine arme Sophie! Aber liegt der Betrug nicht zu sehr auf der Hand?«

»Eben darum wird er ihn nicht entdecken. Das Allerunwahrscheinlichste läßt sich am leichtesten verbergen. Niemals käme ihm von selbst die Idee, daß irgend jemand, und gar ich, sich über seine Tinkturen hermachte. Ich hoffe, nach kurzer Zeit sagen zu können: Nun beruhige dich definitiv, denn du hast nun Beweise genug, und wer weiß, vielleicht gewinnt er dann den Mut zurück, wieder zu praktizieren. Wenn die Leute ihn auch nur einmal bei ganz leichten äußerlichen Sachen zuzögen – es wäre schon viel für ihn – gäbe ihm moralischen Halt.«

»Liebling – soll ich mir die Hand zerschneiden oder versengen?«

»Du wärest imstande – – ich bitte dich! Nein, was du manchmal für Einfälle hast!«

Ihre Augen leuchteten zärtlich zu ihm auf.

»Ach, mein Herz – was für eine düstere Jugend du hast!« sagte er.

»Zwei Jahre habe ich dich gehabt, ist das nicht Glücks genug?«

Er drückte ihr stark die Hand. »Sprich nicht so, als sei es ein Liebestraum gewesen, der nun ausgeträumt sei. Zwei Jahre haben wir von Hoffnungen gelebt. Das ist vorbei.«

»Ja, das ist vorbei,« bestätigte sie; aber sie meinten es jeder anders.

Der sprühende Regen versiegte nun. Aber der Waldesboden war naß, die Wetterseite der grauen Buchenstämme schwarz, die Reiser blank. Es schien, als habe die Natur gebadet und fröre nun sehnsüchtig dem trocknenden Sonnenschein entgegen.

Nun schimmerte die große Koppel zwischen den Stämmen auf, gleich einem grasgrünen Vorhang, der hinter weißgrauen Säulen aufgehängt war.

»Ich warte. Geh' allein weiter! Ich will es so!«

Der bestimmte Ton des Mädchens zwang ihn, ihr nachzugeben. Und er sah es ja auch ein: es war klüger und würdiger, ihr Verlöbnis nach angemessener Vorbereitung selbst mitzuteilen, als es vom Zufall entdecken zu lassen.

»Leb' wohl, mein Liebling! Morgen nachmittag besuche ich deinen Vater. Vielleicht habe ich dann inzwischen schon mit Onkel Burchard sprechen können.«

Er zog sie noch einmal in seine Arme. Und sie ließ es geschehen in zitterndem Glück. Sie wußte, es war das letztemal – denn sie war entschlossen, ihn niemals wieder allein im Wald zu treffen. Sie litt zu sehr – ihr Stolz zuckte wie unter Dolchstößen.

Er und sie, sie waren beide zu gut zu dieser Heimlichkeit.

Lieber unglücklich sein, aber würdig bleiben, als fieberhafte Glücksminuten so peinvoll mit Beschämung bezahlen – wie heute. – – –

Um dieselbe Nachmittagsstunde, als Stephan und Sophie sich im Walde trafen, saß Graf Burchard bei seiner jungen Gattin in ihrem Wohnzimmer. Es lag im ersten Stockwerk, neben ihrer Schlafstube. Von den Fenstern sah man hinaus über die Koppel auf das Meer, gerade wie bei Stephan, dessen Zimmer unmittelbar über diesem lag.

Graf Burchard war gekommen, um in der Freiheit und Stille, die diese Stunde ihnen gab, ernste Dinge mit Anna zu sprechen.

Vor seiner Heirat hatte er wenig Gelegenheit gehabt, seine Braut wirklich kennenzulernen. Er liebte. Und von der Gewalt dieser ihn unwiderstehlich und leidenschaftlich anfassenden Liebe hatte er sich zu dem jungen, schönen Geschöpf führen lassen.

Er vertraute sich und seiner abgeklärten Kraft. Welche Eigenschaften auch immer er in der jungen Frau finden werde – es mußte und würde ihm gelingen, mit ihr zusammen ein rechtes Glück sich aufzubauen, nicht nur für sich – auch für sie. Denn in einer Ehe kann es ein einseitiges Glück nicht geben.

Zweimal hatte er Anna während ihres kurzen Brautstandes besucht, wöchentlich wohl dreimal mit ihr Briefe gewechselt. Aus ihrem Wesen wie aus ihren Briefen sprach immer eine große Bewunderung für seine Persönlichkeit, was er nur zu gern für den Beweis keimender Liebe hielt. Im übrigen fand er seine Braut maßvoll und von fast verschlossener Art. Er nahm das damals für die scheue Unberührtheit des jungen Mädchens, das unter besonderen Erziehungsverhältnissen, eigentlich ganz sich selbst lebend, erwachsen war. Damals hatte er sich vorgenommen gehabt, dem geliebten Weibe erst ein volles Jahr der Pflichtlosigkeit, des gänzlichen Genußlebens zu gönnen. Sie kam ihm ein bißchen vor wie eine verzauberte Königstochter, die er erlöst hätte, und die er nun erst Glanz, Vergnügen, Sorglosigkeit genießen lassen wollte, ehe er sie in das ernste Leben einführte. Aber nun kannte er Anna schon genauer. Oder vielmehr, er hatte begriffen, daß es sehr schwer sei, Anna genau kennenzulernen.

Er sah, daß ihre maßvolle, verschlossene Art nicht die scheue Unberührtheit einer ängstlich vor dem Leben zitternden Mädchenseele war. Er wußte jetzt, daß sich eine ihm noch fremde Gedankenwelt hinter dieser reinen weißen Stirn barg. Er hatte auch längst herausgefunden, daß Anna noch viel intelligenter war, als er einst gedacht hatte. Regsam und rätselvoll! Daß ihr Mund schwieg, wenn ihre Augen sprachen!

Nein, ein solches Weib durfte er nicht müßig gehen lassen!

Sie war zu bedeutend, um mit ihren Kräften brach zu liegen. Und wer wußte, ob diese geheimnisvolle Gedankenwelt nicht Feinde und Gefahren barg?

Graf Burchard erkannte eigentlich nur einen einzigen Bildner und Erzieher an: die Pflicht. Ob die Untergründe in Annas Seele nun voll von Schönheiten und Fähigkeiten zum Guten waren – ob in ihr dunkle Eigenschaften schlummerten – einerlei! Ihr Pflichten zu geben, war ihm ein heiliges Gebot.

Nun saß er bei ihr und legte ihr die ganzen Wirtschaftsverhältnisse von Sommerhagen klar. Sie sollte lernen, diese zu begreifen, um sie eines Tages kontrollieren zu können. Sie sollte auch den ganzen hauswirtschaftlichen Betrieb im Schlosse selbst übersehen lernen, um ihn recht bald ganz zu leiten. Alle Rechnungsbücher sollten von ihr nachgesehen und eine alle Zweige zusammenfassende Buchführung von ihr selbst gepflogen werden. Sie sollte sich mit dem Inhalt der Silberschränke und der Leinenkammer vertraut machen. Er nannte ihr die Zahlen, die im äußersten Fall der Hausstand kosten dürfe.

Sie hörte genau zu. Ihre Zwischenfragen ließen darüber keinen Zweifel, daß sie alles rasch und klar erfaßte. Doch vermochte er nicht zu erraten, ob sie sich diese Aufgaben freudig aufbürden ließ oder ob sie nur aus Klugheit keinen Widerwillen verriet.

Sie saß in ihrer Sofaecke, den Kopf in die Rechte gestützt, den Ellbogen auf der Tischplatte, und sah auf all die großen Bücher hin, die da lagen.

Er zur Seite am Tisch, im tiefen Lehnstuhl, beugte sich weit vor, hielt die Hände auf dem Deckel eines der mächtigen in schwarzes Leinen gebundenen Folianten und sprach liebevoll, gleichsam als Erklärungsrede: »Sieh', liebe Anna, du bist vielleicht erstaunt, daß ein so reicher Mann wie ich von seiner Hausfrau soviel Arbeit und das genaue Innehalten eines bestimmten Budgets fordert. Zur Beruhigung kann ich dir sagen, daß dies Budget so weit gespannt ist, daß Herdeke alljährlich große Ersparnisse machte, die sie zu wohltätigen Zwecken verwendete. Du kannst also, bis du alles sicher beherrschest, immerhin einiges Lehrgeld zahlen, ohne gleich vor Defiziten zittern zu müssen. Reichtum und Stand legen nach meiner Empfindung höchste Verpflichtungen auf. Ich habe die Pflicht, mein Geld zirkulieren zu lassen und durch Gastlichkeit, Kunstpflege und dergleichen vielen Menschen Verdienst zu schaffen. Aber ich habe nicht das Recht, zu verschwenden. Wir leben überdies im Zeitalter der Arbeit. Völlige soziale Ausgleiche kann es niemals geben. Schon als Kain den Abel erschlug, gab es verschiedene Werte und Stellungen – Kain hielt den Abel für vor Gott als besser gestellt. Aber der einzige Ausgleich, der möglich ist, die einzige wahre Gleichheit aller Menschen untereinander ist dies: die Pflicht zur Arbeit sei für alle gleich! Ich darf dir sagen, daß ich mehr Respekt habe vor meinem Ackerknecht, der pflügt, als vor einem meiner Standesgenossen, wenn er faulenzt und verschwendet. Nach diesem Grundsatz soll auch das Wesen leben, das mir das teuerste auf Erden ist.«

Er nahm Annas Linke und küßte sie voll Zärtlichkeit.

»Ich will mir Mühe geben, deinen Erwartungen zu entsprechen,« sagte sie.

Das war eine Banalität. Aber er war schon zufrieden, daß er kein übellauniges Widerstreben fand. Hunderte an ihrer Stelle hätten geschmollt: Das soll ich alles!

Anna schien noch nachgedacht zu haben, denn nach einer kurzen Pause fügte sie hinzu: »Arbeit ist auch Macht. Man herrscht damit. Nicht wahr?«

Diese Bemerkung überraschte und beglückte ihn. Sie deutete auf den Hang, herrschen zu wollen … Lag das in ihr? – oh, dann wollte er es schon in das Gesunde lenken.

»Gewiß,« sprach er lebhaft. »Und ich will dir bei dieser Gelegenheit auch erklären, weshalb Herdeke mir näher steht als Renate. Nicht nur, weil ich sie in schwerer Lebenslage sich tapfer und würdig behaupten sah. Sondern auch, weil sie sich fort und fort nützlich betätigte. Sie hat alle Arbeit getan, die ich mit der Zeit von dir erwarte. Renate lebt nur sich, ihrem Behagen, ihrer Toilette.«

»Und ihrem Streit mit Herdeke,« schaltete Anna lächelnd ein.

»Und dabei trennt sie sich nie von ihr. Wer hindert sie zum Beispiel, einmal einen Winter in Paris oder Rom zu verleben? Aber nein – noch kein Mensch hat die beiden je anders als zusammen gesehen. Und diejenige, in deren Armen die andre einmal stirbt, wird noch tadelnd der Sterbenden eine Bemerkung in den letzten Seufzer hineinflüstern,« sprach er.

Zugleich hob er lauschend den Kopf. Ein grollender Ton murrte draußen durch die Luft. »War das Donner? Wahrhaftig – es scheint was aufzuziehen. Ein Aprilgewitter.«

»Was war das für eine schwere Lebenslage mit Herdeke?« fragte sie.

Er wollte sich eigentlich nicht ablenken lassen, denn sein Thema war noch nicht ganz zu Ende gesprochen. Aber er mochte nicht als schulmeisterlicher Pedant erscheinen. »Herdeke schlug drei Anträge nacheinander aus. Nicht nur aus Übermut wie Renate. Nein, sie wollte gern heiraten, sehnte sich nach vielen schönen Aufgaben und sah sich alle Männer darauf an, ob einer für sie paßte. Sie sagte es mir einmal selbst, sie verstehe sich gar nicht, trotz aller Wertschätzung für diesen und jenen sei ihr der Gedanke, ihn zu heiraten, wie was Sündhaftes. So war sie fünfundzwanzig geworden. Sie ging eigentlich auf in der Anteilnahme am Leben ihrer Freunde, des Barons Bolko Liebenberg und seiner Frau, ihrer Pensionsfreundin. Und eines Tages ward ihr und ward dem Manne die geheimste Wahrheit dieser Freundschaft mit Entsetzen klar. Sie liebten sich. Es gab Kämpfe von unaussprechlicher Schwere. Bolko wollte sich scheiden lassen. Herdeke glaubte das Opfer nicht annehmen zu können. Sie wußte, Maria Liebenberg würde daran vergehen. Bolko sagte: ›Es ist besser, daß eine weint, als daß drei weinen.‹ Herdeke sagte:

›Wie können zwei glücklich sein, wenn darüber eine verzweifelt!‹ Das alles zerrte an Herdekens Seele – manchmal fürchtete ich für ihr Leben. Aber endlich tat Herdeke den entscheidenden Schritt. Sie zwang den Mann, jede Hoffnung aufzugeben. Es siegte eben in ihr das Geyersche.«

Mein Gott, dachte Anna, ich hätte gefühlt wie die Maria Liebenberg. Ich wäre auch lieber gestorben, ehe ich eine andre hätte triumphieren lassen. Wie kann man ihr einen Vorwurf daraus machen?

»Worüber denkst du nach?« fragte Graf Burchard, dem ihr Ausdruck nicht gefiel.

»Ich dachte, was du damit sagen wolltest: das Geyersche siegte in Herdeke,« log sie voll Ruhe.

»Du kennst unser Wappen: ein Geier, der hoch in reiner Luft schwebt. Wir haben es immer so gedeutet: Die Reinheit, die Freiheit hoch über allem Niedrigen, das sei unser Element – aber gegebenen Falls stößt der Geier auch hinab und vernichtet kämpfend das Widerwärtige – – Herdeke wollte frei und rein bleiben. Sie sagte: ›Daß dieser Mann und ich uns lieben mußten, war ein Schicksal, das uns ahnungslos befiel. Aber zu ihm gehen, sein Weib werden, Glück mit ihm suchen, das kann ich nicht, denn ein anderes Weib würde ich dadurch elend machen. Ich würde mich der Reue aussetzen.‹ Sieh, und das nenne ich das Geyersche: redlich mit den inneren Feinden kämpfen, die uns versuchen, aber endlich so handeln, daß wir reuelos zurückblicken können. Das Leben bietet uns Schlachten an. Dem entgeht auch der Edelste nicht. Aber wie wir sie zu Ende kämpfen – das entscheidet unsern Wert.«

Anna fühlte, daß sie etwas sagen müßte.

»Dies alles erhöht meine Liebe und Bewunderung für deine Schwester.« Aber sie sagte es mechanisch. Auch als Graf Burchard nun auf die Geschäfte zurückkam, hörte sie kaum zu.

Er hatte ihr noch Wichtigstes zu erklären: wie er hoffe, daß sie sich aus den auf dem hiesigen Familiensitz zu sammelnden Erfahrungen nach und nach so viel Sicherheit erwürbe, um dann Ostrau ganz auf eigene Verantwortung verwalten zu können. Denn dieses Gut war ihr zum Witwensitz bestimmt, ihr besonderes Erbe, wenn er, menschlicher Berechnung nach, lange vor ihr dahingehen sollte. Es gehörte nicht zum Fideikommiß, und er hatte es ihr zu unbeschränktem Eigentum testamentarisch vermacht.

Daß Anna auf diese Auseinandersetzungen nicht mit Reden antwortete, wie: »Sprich nicht von deinem Tod« – »Von derlei mag ich nicht reden hören« – fand er geschmackvoll.

Zum Schluß, als er seine Bücher zusammenraffte, um zu gehen, hatte er aber doch das Gefühl, alles in allem so etwas wie eine Lehrstunde abgehalten zu haben. Das war ihm peinvoll. Seine Reife sollte nie lehrhaft wirken, niemals drücken. Er begriff, daß das den Altersunterschied fühlbar für Anna gemacht hätte.

Auch sie hatte sich erhoben und trat nun neben ihn an das Fenster. Gerade jagte oben am Himmel die schwarzgraue Gewitterwolke schneller heran, und man sah den schweren Regen sich aus ihr entladen. Es zog rasch einher. Nun hatte er schon die Koppel erreicht und peitschte mit kristallenem Aufblinken seine Tropfen auf die grüne Saat.

Drüben das schwarzgraue Meer begann sich mit weißen Schaumstreifen zu durchsetzen.

Die weißblauen Blitze huschten rechts über den Wald nieder.

Ohne Wimpernzucken starrte Anna hinaus. Sie sah eigentlich gar nicht die Vorgänge des Wetters draußen. In ihren Gedanken erwog sie fort und fort jene Worte ihres Gatten: »Das Leben bietet uns Schlachten an. Dem entgeht auch der Edelste nicht. Aber wie wir sie zu Ende kämpfen – das entscheidet.«

Ach, dachte sie, wenn man nur siegt! Wenn man nur alles nach seinem Willen lenken kann! Das scheint mir das Entscheidende – –

Graf Burchard sprach in ihr Grübeln hinein: »Ich denke, wir werden nun morgen wahres Frühlingswetter haben. Dann könnten wir die Partie nach Stubbenkammer machen – zu Fuß, zu Wagen – nach jedermanns Belieben. Um zwölf Uhr von hier fort; dort wird dann halb zwei Uhr gefrühstückt. Ich lasse morgen früh einen Knecht hinreiten, damit man sich vorbereitet. Was meinst du?«

»Einverstanden,« sagte Anna. »Willst du mir noch einen Gefallen tun?«

»Aber bitte...«

»Nun so mache der Braunau einen Besuch.«

»Selbstverständlich. Aber sieh – nein – ist sie das nicht – bei all dem Wetter aus dem Wald – die da drüben am Rand der Koppel hinläuft?...« Anna legte die Stirn gegen die Scheiben, um mehr rechts hinaussehen zu können. »Wirklich, es ist die Braunau.«

Und dann wandte sie sich hastig an den Grafen Burchard.

»Kann ich nicht einmal auch den Doktor Schüler besuchen?«

»Wenn du einen Vorwand findest – daß der Mann weder drückendes Mitleid noch gar Neugier in dem Besuch sieht – und die Tochter nicht zu dem Glauben verleitet wird, du wolltest dich auf einen intimen Fuß mit ihr stellen...«

Anna unterbrach ihn lebhaft: »Hättest du etwas dagegen?«

»Nicht, weil Sophie Schüler dessen unwert erschiene! Ich achte die junge Dame sehr hoch. Aber es brächte sie in eine schiefe Lage. Es fehlt ihr sicher an Kleidern, oft bei uns zu verkehren. Uns natürlich wäre sie immer in dem gleichen willkommen. Aber man kann nie wissen, wie die Saat der Unzufriedenheit und Eitelkeit in so ein Mädchenherz geworfen wird, wenn es oft den Luxus andrer Frauen sieht,« sprach er ernst.

Das kann uns ja ganz egal sein, dachte Anna. Und diesmal konnte sie sich nicht ganz beherrschen. »Du knüpfst an alles so vortreffliche moralische Bemerkungen.«

Es sollte lobend, bewundernd klingen. Und sicher klang auch etwas davon in Annas Seele mit. Er aber hörte nur eine Art kalter Ungeduld und erschrak tief.

Ich mache Fehler, sagte er sich. Geduld! Beherrschung! ...Und in der schmerzlichen Furcht, bei ihr durch seine Lehrhaftigkeit verloren zu haben, wallte seine Liebe heißer auf.

Er zog Anna an sich und küßte sie leidenschaftlich.

»Bin ich nicht oft genug töricht?« fragte er flüsternd.

Sie fühlte, wie er sie liebte. Und gerade nach der vorhergegangenen Stunde voll trockener Weisheit gefiel es ihr besonders gut, wieder auf ihren Thron erhoben zu werden.

Die Natur lachte. Vom blauen Himmel gleißte die Sonne. Es war ein förmliches Prahlen, und die Erde tat, als schmückte sie sich mit einem Maientag.

Die Fröhlichkeit aller belebte sich. In aller Herrgottsfrühe machten schon Wolf und Donat mit dem Grafen Burchard einen Ritt, und in diesen Morgenstunden war es Ursula endlich geglückt, Stephan Normann an ihrer Seite festzuhalten.

Herdeke und Frau v. Reinbeck zogen sich gleich nach dem ersten Frühstück zurück. Renate trank ihren Tee stets im Bett. Ebenso der Baron Wenderoth. Sie konnten sich dann, wie Herdeke sagte, mit gestärkten Kräften der Auffärbung ihrer Schönheitsreste widmen. Herr v. Reinbeck arbeitete in seinem Zimmer, und Greti Wenderoth saß als einzige Gesellschaft und Aufsicht mit dem Leutnant Normann und Ursula in der Halle.

Die Baronin thronte, wie immer, breitbeinig in einem der »Kirchenstühle«. Rechts neben ihr lag ein Haufen Zeitschriften und Zeitungen, links neben ihr eine Anzahl winziger Blättchen. Sie schnitt mit einer Schere aus alten hauswirtschaftlichen Beilagen Rezepte und Mittel aus und sammelte sie in einem großen Kasten. Wenn sie dann einmal wirklich eine Vorschrift benutzen wollte, mußte es nach stundenlangem Suchen aufgegeben werden, gerade diesen Ausschnitt in der Unzahl loser Zettelchen zu finden.

Stephan saß mit Ursula vor dem Kamin. Sie taten, als läsen sie die Morgenzeitungen. Aber Ursula las gar nicht und richtete alle Augenblicke das Wort an Stephan. Auch er las kaum, seine Gedanken waren zu sehr beschäftigt. Dennoch hatte er nicht vergessen, daß er Ursula v. Pallau keine »Hoffnungen« machen dürfe. Er antwortete immer freundlich, aber doch mit einer gewissen Abgemessenheit, übertrieben höflich und formvoll.

Verliebte Mädchen aber empfinden und bemerken nur, was ihrer Flamme Nahrung gibt.

Er ist reizend zu mir, dachte sie, so männlich – so gütig...

Da Ursula ihn innerlich auf unendliche Höhen über sich erhob, kam ihr seine Freundlichkeit eben schon wie große Güte vor.

»Hören Sie, Ursula,« rief Greti Wenderoth herüber, »ein vorzügliches Mittel, Fettflecke aus Elfenbein zu entfernen...«

Und lesend schnitt sie mit der langen Papierschere Graf Burchards das kleine Viereck aus der Journalseite.

»Ich habe gar keine Elfenbeinsachen und mag keine leiden,« sagte Ursula.

»Ich auch nicht, aber man kann doch nie wissen...«

»Wie freu' ich mich auf die Partie nach Stubbenkammer heut' mittag,« sprach sie und sah Stephan an. »Ja, es kann sehr nett werden...« Um Gottes willen, dachte er, wie komme ich hier nur los? Er war ja nicht mitgeritten, um inzwischen die Geliebte besuchen zu können, da er voraussah, daß er zum Nachmittag nicht frei sein würde. Nun hielt Ursula ihn so fest...

»Hören Sie, Ursula,« rief die Baronin, die schon geöffnete Schere auf Daumen und Zeigefinger der Rechten vor sich haltend, so daß der Scherenrachen förmlich drohend klaffte, »hören Sie, ein großartiges Rezept, alte Rebhühner zu verwenden...«

»Ach, die kochen wir immer in Sauer,« sagte Ursula.

Nun mußte Stephan doch lächeln.

Wenn er lächelt, ist er bezaubernd, dachte Ursula und strahlte ihn verklärt an.

Anna war eingetreten, während Greti Wenderoth das Rezept von den alten Rebhühnern las. Darüber hatten weder Ursula noch Stephan ihr Kommen bemerkt.

Sie aber sah Stephans Lächeln und Ursulas anbetende Blicke.

Heißer Zorn wallte in ihr auf.

»Würden Sie die Liebenswürdigkeit haben, mich auf einem kleinen Gang ins Dorf zu begleiten, Stephan?« sagte sie.

Er verbeugte sich. Was blieb ihm übrig! Nun komme ich heute gar nicht zu Sophie, dachte er verzweifelt.

»Aber Anna – das ist ja eine Hetze – wir wollen doch um Zwölf nach Stubbenkammer,« bemerkte Greti Wenderoth.

»Noch fast drei Stunden bis dahin. Eben Neun jetzt...«

»Ich gehe mit,« sagte Ursula entschlossen. Sie wollte sich nicht schlecht von Anna behandeln lassen. Das fehlte gerade noch, daß ihre einzige geliebte Freundin ihr jedes Zusammensein mit »ihm« zerstörte.

»Nein, mein Kind,« sprach Anna kühl, »ich weiß nicht, ob es für dich paßt – ich will zum Doktor Schüler. Das soll ein besonderer Mann sein, den können wir nicht gleich zu dritt überfallen. Ich setze voraus, daß Stephan ihn kennt...«

Er verneigte sich, als Antwort auf den fragenden Blick. Sprechen konnte er nicht. Das Herz schien ihm im Halse zu schlagen.

»Was wollen Sie denn da, Anna? Und gerade jetzt noch eilig vor unsrer Partie?« fragte die Baronin, die klaffende Schere wie ein Zepter gerade aufgerichtet vor sich haltend.

Anna ärgerte sich. Zu Hause war dereinst nie jemand gewesen, der sie gefragt hätte: Wohin, was, warum?

Ursula stand trotzig und hatte einen roten Kopf.

»Ich glaube, ich habe mir eben die Hand ein wenig verstaucht,« erwiderte Anna. »Es tut weh. Da will ich lieber gleich nachsehen lassen ...Und mein Mann soll nicht erst beunruhigt werden – vielleicht ist es nichts ...sagt ihm, bitte, nichts...«

Dies alles fiel ihr erst in dem Augenblick ein, wo sie es sprach. Heute schon Doktor Schüler zu besuchen, war gar nicht ihre Absicht gewesen. Sie hatte gestern, nach dem Gespräch mit ihrem Manne gedacht: den plausiblen Vorwand, diesen Doktor zu besuchen, finde ich schon einmal. Denn es zog sie mit unbezwinglicher Neugier zu dem Menschen, der das Leben eines andern Wesens auf dem Gewissen zu haben glaubte. Es mußte sehr interessant sein, so jemand kennenzulernen.

Aber als sie Stephan und Ursula in dem Schein einer gewissen Intimität da zusammen am Kamin sah, wollte sie die beiden sofort auseinander jagen, und so gab sie dem Einfall nach, der ihr just kam.

Anna und Leutnant Normann gingen am Waldsaum entlang auf das Dorf Niepmerow zu, das unfern voraus auf einem Buckel des Geländes lag. Die Sonne schien auf die verstreuten Gehöfte und die kleineren sich enger zusammendrängenden Häuser.

Es war noch morgenfrisch. Der Boden, noch durchtränkt von den gestern gefallenen Regengüssen, atmete einen herben kühlen Erdgeruch aus.

Ein Gespann kam ihnen entgegen, Schimmel, die eine blaugemalte Egge hinter sich Herzogen, die zuweilen kleine tanzende Sprünge machte, wenn sie auf Unebenheiten traf. Das Stirnhaar hing den Tieren auf die Nase, was ihnen ein dummes und gutmütiges Aussehen gab. Der Knecht, die Leine in der Hand, schritt schwer ausschreitend nebenher.

Stephan und Anna schwiegen.

Er hätte froh sein sollen. Nun fand sich ja die Gelegenheit, der Geliebten sein Ausbleiben für diesen Nachmittag zu erklären. Nun wollte ja ein gütiger Mensch dem armen Mann die Gelegenheit geben, sich wieder ärztlich zu betätigen. Eine verstauchte Hand – das war so wenig; und Stephan war obenein überzeugt, daß die Hand sicherlich nicht verstaucht sein konnte. Er glaubte, daß Anna sich vielleicht gestoßen habe und das bißchen Schmerz verzärtelt übertrieb. Aber daß eine Dame wie Anna, die Gräfin Geyer in Person, ihn vertrauend aussuchte – das mußte Sophiens Vater wohltun … Und doch konnte Stephan sich nicht des Augenblicks freuen. Er fühlte sich gedrückt, unsicher.

Anna hatte gar nicht das Bedürfnis, mit ihm zu sprechen. Sie war für den Augenblick nur zufrieden, daß sie Ursula und Stephan das trauliche Beisammensein gestört hatte.

Sie gab sich keine klare Rechenschaft über das, was sie wollte, und wußte es auch eigentlich nicht klar. Sie wußte ebensowenig, was sie für Stephan empfand, und hatte auch nicht das Bedürfnis, deutlich und offen gegen sich selbst darüber nachzudenken.

Vielleicht war es eine Art von kindischem Haß. Vielleicht Eifersucht. Aber nicht die der Liebe, sondern die der Selbstsucht, die trotzig folgert: ich habe dies Glück nicht erreicht, so soll eine andre es auch nicht erreichen!

Ihre Jugend war so öde gewesen. Sie sah ihren Vater in Geistesträgheit versumpfen und konnte keine zärtliche Verehrung für ihn haben. Ja selbst gegen ihre Mutter empfand sie zuweilen mehr bittere Ungeduld als ergebene Liebe. Die Mutter hätte sich nicht so zur Märtyrerin machen dürfen – –

Sie hatte einerseits ein überreiches Phantasieleben geführt und anderseits der Wirklichkeit voll kalter Kritik gegenüber gestanden. Da begegnete ihr dieser Mann…

Es war gewesen, als ginge ein leises Zittern durch ihr Wesen und erschütterte es … als wollten sich Starrheiten zu Wärme und Weichheit lösen … als wollten alle Traumwelten versinken und das Auge sich leuchtend für eine neue Welt öffnen…

Er aber sah dies Zittern nicht … er sah nicht das Erwachen einer neuen Seele in diesem Auge – ahnte nichts davon, daß ein steriles Herz durch ihn zum Blühen und Glühen sich erschließen könne…

Es war das alte stille Drama. An hundert und aber hundert Mädchenherzen geht so achtlos der Mann vorüber. Sie erwachen aus ihrem Traum, dessen sie sich vielleicht nicht einmal deutlich bewußt waren. Es ist nur, als sei der erste goldhelle Sonnenschein aus ihrem Leben geschwunden … es ist, als habe sich etwas verändert. Und wie viele Herzen wissen nicht einmal, was sich denn so verändert hat, und warum sie mit einem Male so viel nüchterner oder so viel milder ins Leben blicken!

In Annas Seele verdorrte dies erste scheue Keimen einer werdenden Liebe – –

Was von Anlagen zu edlem Stolz in ihr war, wandelte sich in Hochmut. Bis jetzt hatten die Menschen mit ihr gespielt – so schien es ihr; nun wollte sie mit den Menschen spielen – so nahm sie sich vor.

Sie liebte diesen Mann nicht, der jetzt schweigsam neben ihr ging. Sie wäre auch gar nicht mehr fähig gewesen, ihn zu lieben. Denn was so bald, gerade als es erst schüchtern sprossen wollte, im Frost erstorben war, konnte nicht wieder sprießen.

Die Gefahr, daß Anna ihrem Gatten auch nur mit einem sehnsüchtigen Pulsschlag nach einem andern Mann untreu werden könnte, bestand nicht von fern.

Daß sie dennoch unrecht gegen ihn handelte mit allen ihren Gedanken, daß sie sich seiner und seiner Liebe unwert machte, ward ihr nicht bewußt.

Sie genoß es, daß der Mann, der achtlos an ihr vorübergegangen war, von ihrem Gatten in vieler Hinsicht abhing, daß er deshalb auch ihren Wünschen gehorsam sich zu zeigen hatte, daß es in ihrer Macht lag, ihn am Heiraten zu verhindern.

Nun gingen sie die Dorfstraße hinauf. Sie zog sich mit tiefausgefahrenen Furchen am Gelände empor; ein festgetretener schmaler Fußpfad lief neben ihr. Auf diesem schritt Anna dahin, ihr rehfarbiges Kleid mit der Linken emporraffend. Die Seide des Kleiderfutters raschelte.

Stephan sah sich dieses knappe vornehme Kleid an, wahrscheinlich die Meisterschöpfung eines Modeschneiders. Der einfache braune Filzhut mit dem flotten Gesteck von hellen Fittichen stand Anna sehr gut. Er dachte voll Wehmut, daß er seiner Sophie schwerlich jemals so viel kleidsame Eleganz würde schaffen können.

»Das kleine weiße Häuschen mit dem roten Ziegeldach, das ist es,« sagte er voraus deutend.

»Sie kennen Doktor Schüler genauer?« fragte Anna.

»Er kommt nicht zu Gast nach Sommerhagen, er sieht auch keine Gäste bei sich – natürlich nicht – Schülers haben wohl knapp ihr Auskommen. Aber immerhin ... so auf dem Lande begegnet und kennt man sich doch ... Ich habe schon mehrfach mit Schüler gesprochen,« antwortete Stephan und fühlte voll Zorn, daß er errötete.

Sie bemerkte es aber nicht. Sie war nun in einer gewissen Spannung auf den vielbesprochenen Mann.

Das Schülersche Häuschen lag in einem kleinen Garten, den ein grünes Staket umzäunte. Es standen mehrere Obstbäume im Garten, ihr mit dicken weißgrünen Knospen bestreutes Geäst verschränkten sie fast ineinander. Die Stachelbeerbüsche unter den Bäumen hatten schon winzige grüne Blättchen. Die fetten Erdschollen lagen frisch umgebrochen in ihrem tiefen, fast leuchtenden Braun. Das Staket und die Rahmen der Fenster, wie die Haustür an der Schmalseite waren sauber gestrichen, die Fenster sehr blank, die Gardinen dahinter von frischester Weiße.

»Hier sieht es aus, als sei eben reingemacht,« sagte Anna. Er wußte ja, wer hier malte und plättete und putzte, um es bei aller Sparsamkeit doch nett zu haben.

Aber in diesem Augenblick, als die elegante schöne Frau durch die grüne Gittertür ging, empfand er bitter die ärmliche Kleinheit dieses Heims ... Zwei Welten! dachte er.

Gab es keine Wahl als die: die seine zu verlassen, um mit in diese bescheidene Beschränktheit hinab zu steigen? Sollte es ihm wirklich nicht vergönnt sein, sich und das feingeartete, geliebte Wesen emporzuarbeiten in größere, freiere Verhältnisse?

Drinnen, auf dem mit roten Fliesen gepflasterten Flur, der im Hintergrund ein Fenster hatte, unter dem ein Holztisch stand, befand sich Sophie Schüler. Sie trug eine große blaue Schürze und ein Morgenkleid von rotem Kattun. Sie putzte am Tisch die Lampe. Ein deutlicher Geruch von Petroleum lag in der Luft.

»Nun, Papa?« sagte sie, ohne sich umzuwenden.

»Wir sind es, liebes Fräulein...«

Beim Klang der Frauenstimme drehte Sophie sich um...

»Mein Gott...« stammelte sie. Tiefe Glut schoß ihr in das Gesicht. Sie glaubte umzusinken – so rauschend strömte alles Blut ihr zum Haupt...

Er kam ... er! Mit der Gräfin Geyer! Das bedeutete: er kam, um seine Braut zu grüßen – mit Einwilligung der Verwandten ... doch, doch! ... welches Himmelsglück...

Sie schloß die Augen.

Das war ein Rausch – die Glücksdauer von ein paar Herzschlägen lang – das floh vorüber – sekundenschnell.

Denn näher kommend, sprach Anna: »Erschrecken Sie doch nicht so, liebes Fräulein – wir stören Sie – – Aber lassen Sie sich eben nicht stören beim Lampenputzen ... Ich wünsche Ihren Papa zu konsultieren ...«

Anna wollte ihr die Hand reichen.

»Ich habe ...sie riechen nach Petroleum,« brachte Sophie heraus und versteckte ihre Hände.

Anna ging darüber hin. »Wir finden Ihren Papa nicht zu Hause?«

»Doch, er ist im Garten – beim Kaninchenstall ...«

»Sie haben Kaninchen ...«

»Zum Experimentieren ...«

»Sie gestatten, daß ich Ihren Herrn Papa benachrichtige,« sprach Stephan.

»Ja, bitte ...Und wollen Frau Gräfin nicht hier eintreten ...«

Sophie öffnete eine der beiden Türen, die rechts auf den Flur gingen. An der linken Seite befanden sich drei, eine davon stand halb geöffnet; Anna sah, daß da eine niedliche saubere Küche war. Gerade schien die Sonne hinein und ließ den Ausschnitt des Raumes, den Anna überblicken konnte, förmlich als malerisches Interieur erscheinen: da stand ein braun- und grünglasierter Bauernmilchtopf neben einer blanken Kupferkanne auf der weißen Holzplatte des Tisches, ein weiß und blaues Tuch, halb über die Tischkante fallend, lag zusammengeknüllt daneben, am Fenster hinter dem braungrünen Topf und der Kupferkanne standen ein Vogelbauer und eine blühende Azalie.

Als Anna dann die Schwelle der Wohnstube überschritt – deren Tür Sophie einladend geöffnet hielt – hatte sie eine sehr unangenehme Empfindung.

Ganz genau dieselben rotbraunen Velourmöbel hatte es in ihrem Elternhaus gegeben. Natürlich, es war ja Dutzendware aus dem Magazin, sie entsprach ebenso den Bedürfnissen einer Doktorfamilie wie denen einer Gutsbesitzerfamilie und denen jedermanns.

Lächerlich – aber es reizte Anna, gab ihrer Stimmung fast etwas hochmütig Feindseliges.

Da war ja auch derselbe Teeschrank und derselbe Sofatisch.

Nur war hier alles näher beisammen im kleineren Raum, und am Fenster stand eine Nähmaschine, und neben ihr auf dem Fensterbrett, zwischen blühenden Topfgewächsen, lag allerlei Werkzeug an Garn, Fingerhut, Stoffflicken. Hier war heute morgen schon gearbeitet worden.

»Sie haben es sehr niedlich. Und das machen Sie alles allein? Haben kein Mädchen?«

Der Ton mißfiel Sophie. Er war ihr zu leutselig.

Sie sah die Gräfin gerade an.

»Ich bin sehr glücklich, meinem Vater das Leben etwas erleichtern zu dürfen,« sprach sie mit ruhigem Stolz.

Ach, dachte Anna, das ist vielleicht eine von denen, die mit ihrer Armut protzen. Solche Leute mußte man sich doch fern halten! Burchard hatte recht!

Ihr Gatte hatte ihr ja eine gewisse Zurückhaltung aus ganz andern Gründen anempfohlen, aber das verwechselte sie so obenhin.

»Frau Gräfin wünschen Papa zu konsultieren? Das wird ihm von großer Wichtigkeit sein. Darf ich Ihnen für die Absicht schon innig danken,« sagte Sophie nun herzlich, um die Ablehnung und Zurechtweisung, die sie sich in ihrem Ton erlaubt hatte, gut zu machen. »Aber hoffentlich ist es nichts Schlimmes.«

»Vielleicht eine kleine Verstauchung der rechten Hand ...«

Draußen ward es laut, und dann kamen Doktor Schüler und Stephan herein.

Dieser besorgte die Vorstellung, und man wechselte einige höfliche Worte. Dabei sah Anna sich den Mann an und fand sich ganz enttäuscht.

Sie hatte sich einen düsteren, scheuen Menschen gedacht, dem man auf zehn Schritte die folternden Gewissensqualen ansähe und vor dem man ein leises Grauen empfände. Der Alte sah ja ganz menschlich aus. Auch in seiner Kleidung. Ein bißchen abgetragen, aber sehr ordentlich.

Doktor Schüler war ein mittelgroßer Mann; sein Haupt erschien für die Gestalt ein wenig zu mächtig, vielleicht kam das durch den breiten grauen Vollbart und das starke graue Haar, das etwas buschig um den Schädel und über der Stirn stand. Diese Stirn, die von vielen kleinen Querfalten durchzogen war, trug er etwas vorgeneigt, so daß die tiefliegenden gramvollen Augen von unten herauf blickten, was dem ganzen Gesicht etwas Grüblerisches gab.

Er lächelte. Daß es ein Lächeln war, dankbar und zaghaft, wie es Kranke haben, denen man wohltut, das sah Anna nicht.

Sie mußte leider in ihrer Rolle bleiben, das war ja notwendig. So begann sie denn einen kleinen klagenden Bericht und zeigte mit den Fingern ihrer Linken, wo es ihr am rechten Arm und den Gelenken der Rechten weh tun sollte.

Sophie stand mit Stephan am Fenster bei der Nähmaschine. Sie schwiegen und hörten zu.

»Wollen Frau Gräfin nicht zum Arzt nach Sagard senden? Ich lebe hier doch eigentlich nur als Privatmann...« sprach Doktor Schüler zögernd.

»Aber ich bitte Sie! Bester Herr Doktor! Werden Sie mir die kleine Hilfeleistung abschlagen?« fragte Anna liebenswürdig.

»Darf ich Sie dann bitten, in mein Studierzimmer zu treten?«

Das war nebenan, und die Tür dahin stand nur angelehnt.

Ihren Kopf zustimmend neigend, ging Anna also dort hinein.

Kaum hatte sich die Tür hinter ihr und dem Doktor geschlossen, so ergriff Stephan die Hand der Geliebten.

»Ich konnte gestern abend nicht allein mit Onkel Burchard sprechen, ohne sehr auffällig zu werden. Und du willst ja Vorsicht,« flüsterte er, liebevoll ihre kalten Finger streichelnd, »heut' unternehmen wir einen Ausflug nach Stubbenkammer. Vielleicht lädt die Gräfin dich ein. Dann sind wir doch wenigstens zusammen.«

»Ich würde es ablehnen. Die Qual ist größer als die Freude,« flüsterte sie zurück.

»Bitte, bitte – mir zulieb! Ich sehe dann doch dein liebes, schönes Gesicht ...wenn ich es auch nicht küssen darf...«

Wenn ich dich auch verleugnen muß, verbesserte Sophie in ihren Gedanken bitter seine Worte. Aber sie erwiderte doch seinen heftigen Händedruck ...Sie zürnte ihm ja nicht – diese Heimlichkeiten waren ja nicht seine Schuld.

Anna dachte, als sie in das Studierzimmer trat: Wenn ich nur kein dummes Zeug vorklage – so etwas, was es gar nicht gibt. Dann merkt er ja ...Ihre Komödie war ihr schon lästig. Das Zimmer nahm ihre Aufmerksamkeit sehr in Anspruch. Es erschien ihr interessanter als der Mann.

An der Hauptwand die Bücherei und in der Nähe des einen Fensters der Schreibtisch – das war nebst allerlei andern Einrichtungsgegenständen das Gewöhnliche. Aber an der Wand gegenüber den Fenstern stand ein Tisch, und über ihm an der Mauer zog sich ein Bord hin. Tisch und Bord standen voll zahllosen kleinen Fläschchen, leer, gefüllt, halb voll; Glashäfen, darin sich, offenbar in Spiritus, Präparate befanden, waren aufgereiht. Instrumente, Gummischläuche, Glastrichter lagen da.

»Die reine Fauststube, erster Akt,« sagte sie lächelnd, »nur das Skelett fehlt.«

»Es ist aber im Hause,« antwortete er mit einem schmerzlichen Lächeln. »Ohne Zweifel haben Frau Gräfin von dem schweren Mißgeschick gehört, das mein Berufsleben mir zerstörte.«

Nun hatte Anna eine Aufwallung echter, wirklicher Teilnahme.

»Vor allen Dingen habe ich gehört, daß Geheimrat v. Arnheim und Geheimrat v. Thalmann und Professor Gutter sich in einem Gutachten dahin ausgesprochen haben, daß Sie ganz im Rechte seien. Und speziell was Arnheim sagt, ist mir autoritativ.«

Daß eine so junge Frau noch gar kein Urteil haben konnte und daß es völlig wertlos war, ob für sie Arnheim »autoritativ« sei oder nicht, sagte Doktor Schüler sich. Aber er nahm an, sie spräche nach, was der Graf und andre Personen von Urteilskraft geäußert hatten, und deshalb tat es ihm doch wohl.

Anna sah sich ungeniert und neugierig um.

Das Zimmer lag gegen Westen und war jetzt sonnenlos. Das kalte Licht ließ alles düsterer erscheinen. Da war nirgends Glanz, nirgends Schatten. Eine gleichförmige Beleuchtung lag auf allen Gegenständen.

Wie man zuweilen wildfremden Menschen gegenüber mehr von sich verrät, als man vor den eigenen Angehörigen von seinem Wesen kundgibt, so sagte Anna jetzt lebhaft: »Alles Geheimnisvolle hat für mich einen fabelhaften Reiz. Ich möchte wissen, was alle diese hundert

Fläschchen und Gläser bedeuten. Sie locken mich. Es ist, als stehe ich alchymistischen Künsten gegenüber. Wer dazwischen herumhantieren dürfte! Schließlich steckt doch so eine Art Zaubergewalt in allem. Die Macht über Tod und Leben.«

»Nein, die hat schließlich doch nur einer in seiner allmächtigen Hand,« sprach er leise.

Anna begriff, daß sie an etwas gerührt habe. Das wollte sie ja nicht. Aber es war wohl schwer, mit dem Manne hier zu sprechen, ohne an etwas »zu rühren«.

»Was ist das da?« fragte sie.

»Ein Kaninchenmagen in Spiritus,« antwortete er geduldig. »Aber es kann Sie wirklich kaum interessieren, Frau Gräfin, und Stunden würde es dauern, wenn ich jedes Stück erklären wollte.«

»Gewiß, gewiß. Meine Neugier ist etwas kindlich. Ich begreife. Schelten Sie nur.«

»Aber, Frau Gräfin, ich will gerne antworten, solange es Ihnen beliebt zu fragen,« sagte er respektvoll.

Er wußte es: intelligente junge Menschen sind immer sehr neugierig dem Handwerkszeug der Wissenschaft gegenüber.

Und auf irgend eine Weise war der jungen Gräfin der Ruf vorausgegangen, daß sie sehr klug sein solle. Außerdem war sie die Gattin des Grafen Burchard, für den Doktor Schüler eine dankbare Verehrung empfand.

So sah er in Annas Fragen etwas ganz Natürliches und trachtete, für ihren Laienverstand die möglichst klaren Auskünfte zu geben.

»Und diese kleine Gruppe von Miniaturflaschen mit hellbräunlicher Flüssigkeit?« fragte sie endlich, mit dem Zeigefinger dahindeutend.

»Opiumtinktur,« sagte er kurz.

Sie verstummte. Sie fühlte, sie hatte wieder an »etwas gerührt«.

»Aber Ihre Hand, Frau Gräfin,« sprach er nun mahnend in das kleine verlegene Schweigen hinein.

»Ach ja, die Hand. Es ist abscheulich...«

»Wie kam es denn?«

Sie beschrieb, wie sie sich auf ihre Schreibtischplatte habe stützen wollen und die Hand dabei förmlich umgeknickt sei; es tue bis zum Ellenbogen hinauf weh.

»Darf ich bitten, abzulegen?«

Anna zog ihr knappes Jackett ab, das Seidenfutter krachte und knisterte.

»Auch bitte die Taille, wenigstens so weit, daß ich den rechten Arm frei habe.« Er wendete sich zugleich seinem Experimentiertisch zu, um die Patientin nicht etwa zu genieren.

Anna biß sich auf die Lippen. Sie mußte sich nun blamieren und eingestehen – oder die Komödie durchführen.

Ohne Zaudern entschloß sie sich zu letzterem. Sie knöpfte ihre Taille auf, zog den rechten Arm heraus und sagte: »Bitte, Herr Doktor...«

Und er befühlte den herrlich gebildeten weißen Frauenarm und drückte hier und drückte da mit sachgemäßem Ernst.

»Es ist nicht die Rede von einer Verstauchung oder nur von einer leisen Sehnenzerrung,« sprach er endlich, »die Schmerzen, welche Frau Gräfin beschreiben, müssen schon neuralgisch-rheumatischer Natur sein, und ich wüßte nichts dagegen zu verordnen wie eine Einreibung. Sollte es schlimmer werden, empfehlen sich natürlich Bettruhe mit gleichmäßiger Wärme und Salipyrinpulver oder dergleichen.«

»Es wird schon nicht schlimmer werden. Ich neige nicht zu dergleichen.«

»Wahrscheinlich der Klimawechsel – die Meeresluft...«

»Ich kann mich wieder anziehen?«

»Bitte.«

Und er erinnerte sich sehr wohl, daß Patientinnen mit dem Ablegen immer rasch zustande kommen, daß das Anlegen der Gewandstücke aber ihnen oft mühselig ist.

»Soll ich meine Tochter schicken?«

»Aber nein ...ich kann selbst...«

Er zog sich indessen diskret zurück und ging nach nebenan, um dort dem Leutnant Normann und seiner Tochter zu sagen, daß es sich bei der Gräfin weder um eine Verstauchung, noch um eine Verzerrung handle.

Anna stand inmitten der melancholischen Stube, knöpfte langsam ihre Taille zu und sah dabei immer auf jene Gruppe kleiner Fläschchen, in denen das Gift sein sollte.

Die gleichmäßige sonnenlose Helle, die das Zimmer erfüllte, ließ jeden, auch den kleinsten Gegenstand klar erkennen. Aber die Beleuchtung hatte doch etwas Kaltes, Totes. Kein Lichtreflex brannte auf den Glasleiberchen der kleinen Flaschen.

Und gerade das gab ihnen vielleicht etwas geheimnisvoll Lockendes. Es schien, als ständen sie in still sicherem Warten.

Anna konnte ihren Blick nicht davon wenden.

Ganz mechanisch nahm sie ihr Jackett vom nächsten Stuhl.

Wer so ein Fläschchen besaß! Der war auf gewisse Art auch Herr über Leben und Tod!

Der Gedanke, eine von diesen kleinen, mit bräunlicher Flüssigkeit gefüllten Phiolen zu besitzen, hatte einen abenteuerlichen Reiz für sie.

Was soll ich damit? sprach sie in sich hinein.

Aber ihr Auge konnte sich nicht davon trennen.

Was soll ich damit? Dummer Gedanke. Nichts. Man hat vieles, was man nicht braucht. Und es ist doch interessant, es zu haben. Wer braucht all die Mordwaffen, die in der Halle hängen? Sie beschäftigen die Phantasie, das Auge. Heimlich Gift haben – wie romantisch...

Und sie lachte lautlos, ihren gierigen Wunsch selbst verspottend.

Unsinn! schloß sie ihre Gedankenreihe. Dann nahm sie ihre Handschuhe, zupfte noch das knappe Jäckchen zurecht und schritt auf die Tür zu.

Aber blitzschnell wandte sie sich noch einmal, trat rasch an die Wand, nahm vom Borde eine der kleinen Phiolen aus der zweiten Reihe und ließ sie in ihre Tasche gleiten.

Alles ganz ohne Kampf und Überlegung.

»So,« sprach sie heiter, indem sie in das nächste Zimmer trat, »da wären wir wieder. Und schönen Dank, Herr Doktor. Halten Sie mich nicht für verzärtelt, daß ich gleich zum Arzt laufe, wegen dem bißchen Schmerz. Adieu, liebes Fräulein! Hoffentlich haben wir bald einmal wieder das Vergnügen. Kommen Sie doch auch einmal von selbst! Muß man Sie denn immer erst feierlich einladen?«

Eine Einladung für heute, zur Teilnahme an der Partie nach Stubbenkammer erfolgte nicht.

Obgleich Sophie entschlossen gewesen war, die Aufforderung jedenfalls abzulehnen, tat ihr das Ausbleiben doch weh. War es nicht ein Zeichen, daß die Gräfin sie doch nicht besonders gern mochte, daß bei der Gräfin keinenfalls die Absicht vorlag, sie viel heranzuziehen? Ach, es war wieder ein Symptom für den traurigen Ausgang ihres Liebesromans.

Sophie hatte alle ihre Hoffnungen begraben – sie sagte es, sie glaubte es fest. Aber solche Hoffnungen haben es so an sich: sie müssen immer wieder von neuem begraben werden; denn sie leben immer wieder auf.

Auch Stephan war enttäuscht. Er bildete sich ein, jedes Zusammensein der Geliebten mit seiner Familie und seinem Wohltäter müßte ihrer glücklichen Vereinigung vorarbeiten. Denn mußte Sophie nicht aller Herzen gewinnen?

Aber jetzt gestattete seine Begleiterin ihm nicht, so schweigsam zu bleiben wie auf dem Herweg.

»Was habe ich mir unter dem Doktor Schüler vorgestellt,« sprach sie, »so eine Art Unglücklichen, von den Erinnyen Verfolgten. Das ist ja aber ein sehr netter, verständiger Mann.«

»Er hat, während er noch seinen Beruf ausübte, das Außerordentlichste an Selbstlosigkeit und Menschenliebe geleistet, hörte ich einmal. Daß er sich Ihnen gegenüber sehr zusammennahm und nicht sein ewiges trauriges Thema gleich besprach, ist natürlich. Der Mann ist ja bei vollem Verstand. Es geht ihm nur wie so vielen Unglücklichen – ihr Unglück ist ihr liebstes Gespräch,« antwortete er.

»Haben Sie bemerkt, wie rein es da war? Nur roch es greulich nach Petroleum auf dem Flur. Scheint eine brave kleine Person, die Tochter – nur etwas bettelstolz...«

»Sie ist der höchsten Verehrung wert,« sagte Stephan mit starkem Ausdruck. Das war mehr, als er ertragen konnte, in diesem Ton von der Geliebten sprechen zu hören.

Es wäre Anna gewiß aufgefallen, wenn nicht gerade im selben Augenblick ihre Aufmerksamkeit vollkommen abgelenkt worden wäre.

Graf Burchard und Wolf kamen ihnen entgegen, sehr eilig ausschreitend.

Die hohe stolze Erscheinung des Gatten fiel Anna in diesem Augenblick besonders auf. Fürstlich! dachte sie befriedigt.

Und der gute Wolf! Zu viel blonder Bart, zu sehr »Recke« und »Germane« in der Erscheinung!

Was hatten denn die beiden, daß sie so eilig daher kamen? Und im Grunde: wie fatal! Denn nun mußte Anna wohl sagen, daß sie beim Doktor Schüler gewesen war.

»Anna!« rief Wolf schon von weitem, »dir fehlt etwas? Du leidest?«

Mein Gott, Ursula und Greti Wenderoth hatten also doch die Geschichte von der »verstauchten Hand« erzählt! Natürlich, Ursula konnte nie schweigen!

»Anna – mein Liebling – ich höre, du hast Schmerzen – ein Unfall? Ich bin außer mir vor Sorge,« sagte Graf Burchard nun, als er vor seiner jungen Gattin stand.

Sie erglühte. Welche Beschämung! Alles, was gesund in ihr war, kam aus dem Untergrund ihrer Seele herauf und wandelte sich in Scham.

»Ja, wir kriegten einen Todesschreck,« erzählte Wolf, »dein Mann und ich, als Ursche sagte, du wärest rasch zum Doktor gegangen.«

»Warum hast du ihn nicht holen lassen?« fragte Graf Burchard und nahm den Arm seiner Frau.

»Weil es vielleicht ein Nichts war und ich dich nicht erst damit behelligen wollte. Es ist richtig auch nur ein wenig Neuralgie, vom Klimawechsel, meinte Schüler.«

Die liebevolle Besorgnis des Gatten vernichtete sie geradezu.

Und gestohlen habe ich auch noch, dachte sie und erinnerte sich des Fläschchens in ihrer Kleidertasche, von dem sie nicht wußte, ob es ein paar Pfennig oder wie viel Wert habe.

Nun, das ließe sich bezahlen. Morgen kam eine Sendung Schnepfen aus Ostrau und eine Sendung Delikatessen aus Berlin. Man konnte einen »Frühstückskorb« packen und mit einer verbindlichen Karte zu Schülers senden.

Mit dieser praktischen Erwägung beruhigte Anna ihre Gewissensbisse wegen des entwendeten Fläschchens.

Und die tiefe Beschämung, die sie wegen ihrer Intrige und Lüge vor dem Gatten empfand, löste sich nach und nach in Ungeduld auf.

Erst hieß es, die Partie nach Stubbenkammer sollte aufgeschoben werden – Annas »Neuralgie« wegen. Dann gab jeder seinen guten Rat gegen derartige Schmerzen. Greti Wenderoth hatte drei Rezepte in ihrem Kasten. Sie selbst, Frau v. Reinbeck und Wolf suchten fieberhaft danach, fanden sie aber nicht heraus, auch las Frau v. Reinbeck sich bald fest bei allen Teint- und Haarpflegemitteln, die ihr zwischen die Finger kamen. Da Anna aber darauf bestand, wurde der Ausflug endlich doch angetreten.

Einige der Teilnehmer fuhren: die Gräfin Renate, der Baron und die Baronin Wenderoth, sowie Herr v. Reinbeck. Dieser hatte bei dem Abmarsch der Fußgänger genau die Minute festgestellt und prophezeite ihnen, daß sie eine halbe Stunde länger unterwegs sein würden, als sie sich dächten. Streitlustig und jovial, über sein ganzes rötliches, von Narben überquertes Gesicht lachend, stand er unter dem Portal und sah den Freunden nach.

Seine Frau gesellte sich anfangs Anna zu. Sie sollten sich ja befreunden. Das war ihr Programm.

Die kleine dunkle Frau mit den braunen Funkelaugen und den Soubrettenbewegungen hatte eine rasche, fast zwitschernde Art zu sprechen. Ihre Interessen drehten sich um Kleider, Hutpreise, den vorteilhaftesten Schneider und dergleichen. Anna zog sich sehr gut an. Aber in rascher Wahl, mit angeborener Sicherheit traf sie das Geschmackvollste. Viel darüber zu reden, kam ihr unnütz vor.

Entweder sie weiß nichts zu sagen oder sie ist gräßlich bedeutend, dachte die kleine Frau endlich mit einem Seufzer und wußte sich geschickt von der wortkargen Anna zu trennen.

Zu Annas Befriedigung schloß sie sich an Stephan Normann an. Wenn die einen Kavalier neben sich berief, beanspruchte sie ihn auch ganz, das hatte Anna schon beobachtet.

Ursula, gekränkt und dem Weinen nahe, blieb neben der Gräfin Herdeke. Sie fand eine Art vorwurfsvoller Resignation darin, mit dem alten Fräulein zu gehen.

Graf Burchard hatte Donat an seiner Seite. Es war sein Vorsatz, auf den jungen Schwager nach Möglichkeit fördernd einzuwirken, damit Anna doch die Freude habe, aus dem Bruder noch einen rechten Mann werden zu sehen.

Und so konnte Wolf neben seiner Jugendfreundin bleiben.

»Wollen wir mal tüchtig ausschreiten? So wie früher? Weißt' noch …du und ich, wir brauchten immer zwanzig Minuten weniger von Pallau bis Neuhagen als Ursche und Donat.«

»Ja,« sagte sie, »so im Takt marschieren…«

Sie ließen die andern Spaziergänger hinter sich zurück.

Es wanderte sich gut im Wald. Durch die noch blätterlosen Wipfel kamen die Sonnenstrahlen herein. Sie malten die Schatten des Geästes als dunkle Schlangenwindungen auf den Goldgrund des Weges. Völlige Windstille herrschte zwischen den Stämmen. Es war eine wohlige Wärme, daß man förmlich spürte, wie der Frühling heut' am Werk sein mußte. Und es schien auch, als ob das grüne Gesprenkel auf dem Unterholz reicher geworden sei.

»Bei uns ist es noch nicht so weit um die Zeit. Und wir sind hier doch um ein gut Stück nördlicher.«

»Ja, das macht die Meeresnähe,« sagte Anna.

»Weißt noch? Vater rieb sich bei solchem Wetter die Hände und sagte zu meiner Mutter: ›Ursi, heut' wächst Butter.‹ – Anna, hast du nie Heimweh?« fragte er.

»Wie sollt' ich wohl!«

»Freilich, freilich.« Er nickte vor sich hin und dachte an Herrn v. Linstow, der sich durchs Leben aß, schlief und träumte. Er setzte hinzu: »Und dann, wenn man so einen Mann hat!« Er bewunderte den Grafen Burchard aufs außerordentlichste.

»Nicht wahr?!« sprach Anna bestätigend; »ich sage dir, Wolf, auch in Berlin habe ich keinen gesehen, der imponierender gewesen wäre, als Erscheinung und im Auftreten.«

»Das ist ja nun was Äußerliches,« meinte Wolf langsam. Ihm war, als hätte sie etwas andres sagen müssen.

»Aber wie wichtig!« sagte sie mit starker Betonung.

Sie schwiegen eine Weile. Dann sagte Anna: »Sieh, da rechts geht der Weg hinunter, der oberhalb des Ufers nach Stubbenkammer führt – wollen wir den nehmen? Er soll etwas weiter sein…«

»Gewiß, wir kommen doch noch vor den andern an.«

Es war ausgemacht, daß man den andern, auf der Ebene oben im Walde hinführenden Weg benutzen wolle. Anna und Wolf aber, in der Kindervergnüglichkeit, die an Umwegen Spaß hat, liefen nun fast hinab. Bald kamen sie aus der sich am Hange hinziehenden Waldstrecke ins Freie. Links blieb das Meer, rechts stieg, oft so steil, daß es zur schroffen Wand wurde, das hohe Ufer auf, vom Meer noch durch einen Streifen steinübersäten Strandes getrennt. In mäßiger Höhe oberhalb des Strandes war ein schmaler Pfad dem Kalkgestein abgewonnen.

»Ei,« sagte Wolf, »das ist hier schön. Das wär' was für Vater. Der schrie gewiß: ›Donnerwetter!‹«

Der blaue Himmel warf den Widerschein all seiner Bläue auf das Meer. In lustigem Rauschen kam es gegen den Strand und besprit̄zte ihn mit Schaum. In der Ferne schien das Wasser dunkler und dunkler zu werden, so daß am Horizont seine Linie sich wie Blaustahl vom hellleuchtenden Farbenton des Himmels abhob.

Die Wand, die so jäh neben dem Pfad emporstieg, war von blendendem Weiß. Da und dort brach Gestrüpp und hängendes Gerank aus den Spalten des Kalkgesteines, oder auf einem Vorsprung hatte sich ein Baum mit klammernden Wurzeln seine Stätte gesucht. Wenn man den Kopf weit zurücklegte, sah man oben über dem Rand der steilen Wand den Buchenwald in seltsamer Verkürzung seiner Stämme.

Anna schritt vor Wolf einher; denn zusammen konnte man nur selten kurze Strecken auf dem schmalen Pfade gehen.

Schön ist sie gewachsen, dachte Wolf einmal, das ist mir früher gar nicht aufgefallen. Überhaupt, sie war ganz anders geworden, hatte sich fabelhaft herausgemacht, oder er hatte früher kein rechtes Auge dafür gehabt! Wenn man so immer zusammen ist … dann sieht man eben nichts …

Wolf seufzte tief auf. Sie drehte sich nach ihm um.

»Nanu – du und ein Seufzer? Warum?« fragte sie.

»Weiß nicht. Anna, ich kann es dir nicht beschreiben: mir ist jetzt manchmal so unzufrieden zumute. Gott weiß warum.«

»Unsinn! Ein Weber von Pallau und unzufrieden! Das gibt's ja gar nicht.«

»Ist wohl wahr. Aber ich weiß einfach nicht wohin mit mir.«

»Dein Vater sollte dem Verwalter auf Glinde kündigen und dich dahin einsetzen. Ihr zwei zusammen auf Pallau – das ist zuviel. Da hast du nicht genug zu tun.«

»Das kann sein – ja, das kann es sein!« rief Wolf förmlich beglückt. »Ich will es Vater mal sagen – es ist nur: Reimers ist schon zwanzig Jahr auf Glinde, brotlos kann man ihn doch nicht machen.«

Das war natürlich nicht Annas Sorge. Die Schicksale des Verwalters Reimers waren ihr egal. »Wie findest du die Reinbeck?« fragte sie über die Schulter zurück.

»Darf ich eure Gäste kritisieren?«

»Gott – wir beide unter uns …«

»Sie ist nicht mein Genre. So'n kleines Spielzeug möcht' ich mal nicht zur Frau.«

Dann versiegte ihr Gespräch. Im Takte, soweit hier und da die Unebenheit des Weges nicht störte, schritten sie raschen Ganges hintereinander her. In ihrem Ohr lag das gleichförmige Rauschen des Meeres und machte ihre Gedanken seltsam still und inhaltslos.

In dreiviertel Stunden waren sie unterhalb der Kreidefelsen von Stubbenkammer angekommen. Nun hieß es, noch die gewundenen Wege der Waldschlucht emporzusteigen, die sich in einer tiefen Falte der steilen Küste, zwischen den Felsen von Groß- und Kleinstubbenkammer zum Strande hinabsenkt.

»Langsam,« mahnte Wolf, »guck, wie der Weg verwurzelt ist.«

Es wurde Anna doch ein bißchen sauer.

»Soll ich nachschieben?«

»Immer zu!«

Er legte seine Hände rechts und links an ihre Taille und schob ihre Gestalt nun so kraftvoll vorwärts, daß ihre Füße kaum nachkommen konnten.

»Zu viel, zu viel!« rief sie lachend. Gerade in dieser selben Stellung hatte er sie einst über den Pallauer Dorfteich gefahren; aber hier hatte man doch keine glatte Eisfläche unter den Sohlen.

»Zu viel …«

Wolf ließ los. Fast in demselben Augenblick stolperte Anna über eine Wurzel und fiel. Er schrie auf. Schon war er neben ihr am Boden. Er hob sie auf, er beachtete gar nicht ihr: »Laß doch …«

Er nahm sie in seine Arme. »Laß doch!« sagte sie, »es ist ja nichts. Man fällt wohl einmal.«

»Nein …« murmelte er, »was man immer gleich für einen Schreck um euch Weiber hat …«

Sie entwand sich ihm nun nachdrücklich.

»Kannst du auch stehen? Hast du dir nichts getan? Nicht am Fuß? Nicht am Knie?«

Er hockte schon wieder und umfaßte schon ihren Fuß oberhalb des Knöchels. Aber ebenso rasch ließ er los …

Sie waren ja keine Kinder mehr – wie damals – als er ihr einmal mit seinem Taschentuch den Fuß verbunden hatte. –

Der seltsame Schreck, der ihn durchflog, als er sekundenlang ihren Fußknöchel erfaßte – der bedeutete gewiß: heut' schickt sich das nicht mehr.

Noch vor ihr kniend, sah er zu ihr empor und fragte mit sonderbar heiserer Stimme: »Hast du wirklich keine Schmerzen?«

»Nicht die mindesten,« sprach sie langsam.

Sie sah sein blaues Auge so sonderbar leuchten – sah die Verstörung in diesem offenen, männlichen jungen Gesicht…

Und sie begriff, daß er sie liebte!

Ihr Herz begann rasend zu klopfen. »Komm,« sagte sie und fuhr im Aufstieg fort – obschon das Herzklopfen ihr fast den Atem nahm. Er liebte sie! Und ganz gewiß, er hatte selbst nicht die mindeste Erkenntnis davon. Sonst wäre er schon geflohen – sonst würde er fliehen. Das wußte Anna. Dieses große Kind würde sich schuldbefleckt vorkommen und einem Verbrecher gleich ihr und ihres Gatten Antlitz meiden.

Das durfte nicht sein. Wolf durfte nicht begreifen, was das war; er mußte in Unkenntnis bleiben über die Natur seiner Empfindungen. Anna wollte ihn nicht verlieren. Ein ihr so ganz und gar ergebener Mann wie Wolf konnte ihr jederzeit Werkzeug sein.

Wer vermochte in die Zukunft zu sehen … treue Herzen kann man brauchen!

Ah – das war das Leben mit seinen Komplikationen! Nun stand sie darin! Nun war es schon erfüllt von zahlreichen Verknüpfungen, die Spannung und heimliche Erregung brachten…

Als es doch notwendig wurde, einmal einige Minuten zu ruhen, sagte sie, mit Atem ringend, harmlos lachend: »Ob wir wohl rechtzeitig kommen? Herr v. Reinbeck ist einer von denen, die es so genießen, wenn sie recht behalten. Und dann ist er so schadenfroh.«

Wolf sah nach der Uhr.

»Ich glaube doch. Wir sind aber auch nicht schlecht gerannt.«

Sie sah es, seine Erregung hatte sich gelegt, und sie hatte kein Selbsterkennen geboren. Gottlob…!

Und sie stiegen weiter aufwärts durch den sonnendurchwärmten Frühlingswald. Das blaue rauschende Meer blieb unter ihnen zurück, und der blaue, lachende Himmel schien in immer fernere Höhen zu entweichen, im Maße wie sie selbst emporkletterten.

Als sie oben ankamen, hörten sie schon die Stimmen der übrigen Gesellschaft, die nun auch gerade aus dem Wald kam und den Platz betrat, auf dem die Gebäude der Wirtschaft von Stubbenkammer lagen.

Auch die andern waren, je mehr sie sich ihrem Ziele näherten, desto lebhafter von dem Ehrgeiz erfaßt worden, Herrn v. Reinbeck nicht recht bekommen zu lassen, und hatten sich in der törichsten Weise geeilt.

Nun standen alle heiß und lachend vor Herrn v. Reinbeck, der schadenfroh mit der Uhr in der Hand feststellte, daß er doch recht bekommen habe; denn es wären zehn Minuten über die Zeit. Hiervon war er offensichtlich sehr befriedigt. Aber die Spaziergänger waren sehr beruhigt, daß es sich nur um zehn Minuten handelte.

In bester Laune gingen alle in den Restaurationssaal.

»Kind, du bist so erhitzt,« sagte Graf Burchard liebevoll, »ich war beständig in Sorge um dich, seit du mir entschwandest. Denk' doch an deine Neuralgie!«

All das herrische Hochgefühl, in dem Anna eben noch geschwelgt hatte, losch aus. Abermals drückte die Beschämung sie nieder. Und das war ein unerträgliches Gefühl.

Lieber nicht lügen … dachte sie.

Zwei, drei Tage flohen hin, ohne daß es Stephan möglich gewesen wäre, mit dem Grafen Burchard eine Unterredung zu haben. Sie sollte ja unauffällig sein, diese Unterredung, sie sollte, nach Sophiens ausdrücklichem Wunsch, nur den Charakter eines Aushorchens haben. Das herrliche Wetter war die Veranlassung, daß man beständig Ausflüge machte, die sich zu ganzen Tagestouren erweiterten. Die Gesellschaft fuhr zu Wagen nach Breege und nach Arcona. Einen

Tag nahm man das zweite Frühstück in Saßnitz und fuhr von dort mit der Bahn nach Putbus. Bei der Heimkehr war es Nacht. Der dritte Tag verzettelte sich in kleineren Unternehmungen. Wolf und Ursula hatten einen unbezähmbaren Eifer auf eine Segelpartie, es war ihnen beiden ein noch völlig unbekanntes Vergnügen. Alle andern Gäste rieten ihnen ab, es sei dazu noch zu früh im Jahr, sie würden auch seekrank werden. Es half aber nichts. Und Graf Burchard, in seiner ausgesprochenen Vorliebe für das Geschwisterpaar, mochte es nicht ansehen, daß ihnen ein ersehntes Vergnügen versagt blieb. Er bat Stephan, vorauszugehen und ein Fischerboot unten am Strand instand setzen zu lassen. Er selbst kam mit den beiden Pallaus dann nach.

Anna fand das zu gutmütig von ihrem Mann. Er verzog die Pallaus zu sehr. Und Ursula hatte nun gar noch den Triumph, mit Stephan lange zusammensein zu können, ohne daß ihr jemand das zu stören vermochte.

Aber dieser Triumph nahm ein schnelles Ende.

Kaum schoß das Boot, bei einem durchsonnten Südost frisch vor dem Winde laufend, weiter hinaus auf das Meer und verließ den Schutz der Küste, so wurde Ursula sehr elend.

Sie begriff erst nicht, was ihr war. Sie hatte sich unter Seekrankheit eigentlich nur »Erbrechen« vorgestellt, und da sie in ihrem ganzen Leben noch niemals dazu genötigt gewesen war, nahm sie an, ihr könnte überhaupt nichts passieren. Nun saß sie auf der Bank im Segelboot, ihr gegenüber der so heiß angeschwärmte Mann. Sie war anfangs außer sich vor Glück. Und wie schön das Bild! Wolf hatte wohl recht, stumm und andächtig dazusitzen. Aus den blauen, schimmernden Breiten und Weiten der Wogen, auf denen Silbergefunkel blitzte, stieg wie ein riesengroßer Zauberbau das schroffe weiße Kalkgestein des Insellandes heraus.

Aber sehr schnell verkehrte sich Ursulas Glücksgefühl in eine große Zerschlagenheit. Ihr Lieben war ja doch hoffnungslos! Und was war überhaupt das Leben? Alles traurig und grau – der Gedanke machte Kopfweh … er saß in der Stirn über der Nasenwurzel, dieser Kopfschmerz, und tat so weh … wie jämmerlich … ach, von all dem Kummer litt ihre Gesundheit … Stephan sah sie so aufmerksam, so beobachtend an … Ein Liebesblick war das nicht …

Das war zum Weinen. Nie, nie würde sein Auge ihr leuchten! Gewiß hatte Anna sie bei ihm so schlecht gemacht! Wer hätte gedacht, daß Anna sich so benähme – sich in der Freundin so getäuscht zu haben, tat weh – es war zum Weinen!… Wie sonderbar die Insel hin und her schwankte, als machte ein Erdbeben sie taumeln … ja, es war schlecht von Anna; denn nur sie allein hielt Stephan davon zurück, sich mit Ursula mehr zu beschäftigen … Und nun konnte Ursula ihre Tränen nicht mehr beherrschen. Sie weinte vor sich hin, leise – elend …

»Ich glaube, es ist besser, wir kehren um,« sagte Stephan. Graf Burchard hatte gerade auch schon die bläuliche Farbe um Ursulas Nase bemerkt und die Kalkweiße der Nase selbst.

»Nanu – Ursche – du wirst doch nicht seekrank?« fragte Wolf.

»Nein…« hauchte sie und sank in halber Ohnmacht zurück, von Stephans Arm aufgefangen und gehalten. Aber sie hatte kein Bewußtsein davon, daß er es war; es wäre ihr in diesem Augenblick auch egal gewesen…

Zwei, drei Tage gingen so vorüber. Nein, das war zu viel. Stephan ertrug es nicht mehr. War dies kluge Warten nicht verzweifelt mit einer Feigheit verwandt?

So unerträglich hatte sich ihm im vorigen Jahr der Aufenthalt hier nicht gestattet. Damals bot das Geheimnis seiner Liebe doch mehr Reiz als Qual. Graf Burchard, noch Junggesell, hatte außer seinen Schwestern und den Wenderoths keine Gäste für längere Zeit bei sich gehabt. Es kamen und gingen nur ein paar Freunde des Grafen. Allnachmittäglich sah sich Stephan als freien Herrn über seine Zeit und konnte die Geliebte treffen oder im Hause ihres Vaters besuchen. Jetzt war das Leben ganz anders geworden. Er, damals der einzig Junge des Kreises, fand nun hier vier Altersgenossen, an der Spitze dieser die Hausfrau selbst. Und um dieser Jugend willen, um ihr die ganze Gegend zu zeigen, befand man sich in einer steten Unruhe. Niemals konnte er am Morgen beurteilen, ob es ihm am Nachmittag möglich sein werde, die Geliebte zu besuchen.

Voriges Jahr war auch ihre Lage noch anders gewesen. Zahllose Hoffnungen winkten noch. Da schienen noch ein Dutzend Wege offen zu stehen, die man beschreiten konnte. Und gerade damals, als er seinen Frühlingsurlaub hier verlebte, stand er in Unterhandlungen mit einem russischen Grandseigneur, auf dessen Gütern er eine Vertrauensstellung zu erringen hoffte. Es ließ sich so an, als würde es etwas werden. Jene Stellung hätte ihn ganz unabhängig gemacht und ihm gestattet, seine Sophie sofort heimzuführen.

Seitdem hatten sich alle Hoffnungen zerschlagen, jeder Weg war beschritten, keiner führte zu einem glücklichen Ziel.

Stephan fühlte es: er stand an dem Punkt, wo er handeln mußte, wenn er als ein Ehrenmann vor sich selbst und vor dem vertrauenden Mädchen bestehen wollte.

In diesen qualvollen Tagen fing er an, alle vernünftigen Erwägungen schlechthin als unmännlich einzuschätzen.

Der heiße Wunsch, sich stolz und frei zu seiner Liebe zu bekennen, besiegte alle Bedenklichkeiten. Und am vierten Tag nach jenem Besuch Annas bei dem Doktor Schüler ging Stephan den Weg, der für sein Gefühl unabweisbar geworden war.

Es war jene Nachmittagsstunde, in der sich Stille über das ganze Schloß zu senken pflegte.

Natürlich saß aber wieder jemand in der Halle. Diesmal war es Donat, der Zigaretten rauchte und in übler Laune nachdachte. Ursula war hier ja rein wie besessen. So unruhig! So weinerlich! Und gestern abend war sie sogar in ihrem Zimmer geblieben. Wolf hatte ihm verraten, warum. Sie glaubte sich totschämen zu müssen, weil Stephan Normann sie seekrank gesehen hatte. Was für'n Unsinn! Als ob an dem Leutnant was läge!

»Wohin?« fragte Donat mit der harmlosen Neugier, die gedankenarme Leute stets für das Tun und Lassen anderer haben.

Es war wohl etwas knabenhaft, daß es Stephan eine Art von Befriedigung gewährte, laut zu sagen: »Zu Herrn Doktor Schüler.«

Zwanzig Minuten später öffnete er die niedrige grüne Gittertür zum Garten des Doktorhauses.

Er hatte Sophie am Fenster sitzen sehen. Hinter den Blumentöpfen erschien ihr Profil vor dem dunklen Hintergrund des Zimmers. Der feine, edle Kopf war geneigt – wahrscheinlich über die Nähmaschine. Mußte nicht allein ihr rastloser Fleiß beim Grafen Burchard zum Fürsprecher werden – bei dem Manne, der die Arbeit so hoch einschätzte?

Reiche Leute haben selten eine richtige Taxe für das, was eine bescheidene Lebensführung kostet. Sie schlagen eine unwahrscheinlich geringe Summe an. Sie glauben, mit dem Fortfall des Luxus vermindere sich der Verbrauch sogleich zum Minimum; von einem Stück Geld, das sie an einem Tag für ein Fest ausgeben, meinen sie, es reiche in der Hand des Ärmlichen für lange, lange Zeit bequem zum täglichen Groschen. Graf Burchard sah aber urteilsfähig mit klugen Augen auf die Verhältnisse anderer. Das wußte Stephan. Und der Gedanke beruhigte ihn, daß der Graf es werde ermessen können, welche Leistung das von Sophie war, mit der kleinen Rente doch ihr Leben so einzurichten, daß sie und ihr Vater nicht aus ihrem Stand als hochgebildete Menschen herabsanken zu unwürdiger Daseinsführung.

Als er die Haustür öffnete, kam auf das Bimmeln der kleinen altmodischen Glocke hin sogleich Sophie aus der Stube auf den Flur.

»Oh...« sagte sie bestürzt. Sie hatte ihn nicht kommen sehen.

»Sophie,« sprach er und zog sie gleich an sich, »vier Tage sahen wir uns nicht. Und nicht einmal geschrieben habe ich! Was hast du gedacht?«

»Still!« flüsterte sie, »Vater ist im Zimmer. Er hört dich...«

»Er soll es. Komm!« Sophie sah sehr blaß ans. Diese vier Tage, die so stumm dahingeschlichen waren, hatten sie sehr gequält.

Nur ein Ende – nur ein Ende! dachte sie oft.

Und sie kam sich so feige vor, so charakterlos, weil sie trotz aller ihrer heiligen Vorsätze, zu entsagen, immer wieder hoffte.

Das beschlich sie gleichsam, ohne daß sie es merkte, sie konnte gar nicht davor auf der Hut sein: mit einem Male war sie wieder da, die süße, törichte Hoffnung, daß doch noch alles gut werden könne...

»Wenn zwei sich lieben mit Gottesflammen,
Geschieht ein Wunder und führt sie zusammen.«

Das zog oft durch ihre Gedanken.

Aber sie wehrte sich dagegen. Es geschehen keine Wunder. Arme Leute werden nicht plötzlich reich. Abhängige nicht plötzlich unabhängig.

Doktor Schüler saß in einem Lehnstuhl am Tisch, vor dem leeren Sofa. Das Kaffeegeschirr stand vor ihm, alles Dazugehörige eng beisammen auf dem Brett. Sophiens Tasse stand zwischen Zeugflicken auf dem Fenstersims.

»Guten Tag, Herr Leutnant!« sagte Doktor Schüler.

»Bitte, sitzen bleiben!« bat Stephan, ihm die Hand schüttelnd.

»Sophie, noch eine Tasse. Ja so – die Kanne ist schon leer.«

»Soll ich schnell...« fragte Sophie, die ein heißes Gesicht bekommen hatte von der Erregung des Wiedersehens.

»Bitte, nein ...wenn ich mich zu Ihnen setzen darf...«

Und er nahm im zweiten Lehnstuhl, an der andern Tischseite Platz. Doktor Schüler fragte nach dem Befinden der Gräfin, erwähnte die fast beschämende Sendung eines allzu üppig gepackten Korbes mit Delikatessen und sprach seine Befriedigung aus, an der Seite des Grafen Burchard eine Gattin zu sehen, die diesem auserlesenen Manne durchaus gleichartig scheine.

Bei dem Gespräch konnte keine Wärme und Ungezwungenheit aufkommen. Da sagte Doktor Schüler, dem es schon recht mühsam war, so viel sprechen zu müssen: »Im vorigen Jahr haben Sie uns häufiger besucht, Herr Leutnant.«

»Die Verhältnisse im Schloß liegen diesmal anders,« antwortete Stephan, »wenn ich auf mein Herz hören dürfte, wäre ich täglich hier. Und ich bin heute gekommen, mir dies Herzensrecht zu erbitten.«

Er stand auf.

»O Gott...« flüsterte Sophie und faltete die Hände in Angst und Freude.

»Herr Leutnant ... ich weiß nicht, was Ihre Worte...« Der alte Mann stand ganz ratlos dem jungen gegenüber.

»Lieber Herr Doktor,« sprach Stephan mit fester Stimme, »ich bin mir vollkommen meiner geringen Qualitäten als Freier bewußt: ich bin ein armer Offizier, der seine Zulage von der Großmut eines Verwandten erhält. Ich kann Sie nur bitten: vertrauen Sie ein wenig dem Mann! Er wird in redlichem Kampf versuchen, für Ihr geliebtes Kind eine gesicherte Zukunft zu erobern.«

Sophie sprang auf und fiel ihrem Vater um den Hals. Sie weinte leidenschaftlich.

Und der Mann, der um sie geworben hatte, stand nun blaß und erregt.

Das war kein freudiges Werben. Die bitterliche Sorge nahm dem Augenblick die Weihe und den Stolz. »Wir lieben uns, Vater – es ist wahr. Aber ich habe Stephan gesagt, daß ich verzichten will ...ich habe ihn angefleht, zu schweigen...«

»Wir lieben uns seit zwei Jahren. In all dieser verflossenen Zeit habe ich nach einer Stellung gesucht, um sowohl Ihnen, wie meiner Familie gleich sagen zu können: Ich liebe Sophie, ich kann ihr auch eine Zukunft bieten. Bis jetzt habe ich keinen Ausweg gefunden. Aber meine Hochachtung vor derjenigen, die mein Weib werden soll, verbietet es mir, mein Verlöbnis mit ihr länger zu verheimlichen,« sprach Stephan fest.

Der alte Mann hatte gehört, wie einer, der erst langsam begreift. Nun seufzte er tief auf und drückte sein weinendes Kind fester an sich.

»Sie haben keine Antwort für mich?« fragte Stephan. Sein Gesicht wurde düster.

»Was soll ich Ihnen sagen,« sprach Doktor Schüler leise, immer auf sein Kind niederschauend und den dunklen Kopf zart streichelnd, »was hülfe es, wenn ich Ihnen sagte: Sie sind mir lieb. Ich schätze Sie. Ich vertraue Ihnen. Alle herzlichen Empfindungen, die mich zu Ihnen ziehen, löschen ja die Tatsache nicht aus, daß eure Sache hoffnungslos ist — — ganz hoffnungslos, meine armen Kinder.«

»Ich wollte mir Ihren väterlichen Segen holen. Dann wollte ich offen mit Onkel Burchard sprechen.«

Der alte Mann, der so oft unter der krankhaften Einbildung litt, infolge seines Unglücks von niemand mehr als ganz vollwertiger Mensch genommen zu werden, sah Stephan groß an.

»Mein Segen,« murmelte er, »mein Segen … was liegt an einem unnützen alten Mann … der der Fluch seiner Tochter ist …!«

»Vater!« schrie Sophie.

»An diesem Segen liegt mir alles. Er wird mir den Mut geben, jeden Kampf aufzunehmen. Achten Sie mich genug, mir Ihr herrliches Kind anzuvertrauen, so scheue ich nicht davor zurück, selbst mit meiner Familie zu brechen,« sprach Stephan.

Der alte Mann ward von Rührung überwältigt. Er streckte Stephan die Rechte hin. Sein Gesicht neigte er tief auf das Haar seiner Tochter.

So standen sie lange in stummer Ergriffenheit.

»Sophie!« flüsterte der junge Mann endlich.

Da ließ sie von ihrem Vater und schmiegte sich an den Geliebten.

Mit schweren Schritten ging der Alte im Zimmer hin und her, von den erwartenden Blicken der beiden Jungen verfolgt. Was würde er sagen?

»Ihr Onkel ist großmütig,« begann er. »Aber wie wenig wahrscheinlich ist es, daß er Ihnen das Geld geben wird zu einer solchen Heirat! Ja, wenn meine Sophie bloß arm wäre! Aber sie ist das Kind eines Mannes, der nur durch einen Gnadenakt vor zwei Jahren Gefängnis bewahrt wurde. Es kann sein, daß weder Ihr Oberst noch die andern Offiziere des Regimentes sich daran stoßen; es kann aber auch ebenso wohl geschehen, daß Sie sich wegen der Heirat versetzen lassen müssen oder gar den Abschied zu nehmen haben. Um eines Weibes willen seinen Beruf zu verlassen … das trägt keinen Segen in sich. Und wie schwer es ist, in einem bürgerlichen Beruf festen Fuß zu fassen, haben Sie schon erfahren. Sie sagen es selbst, zwei Jahre suchen Sie schon vergebens.«

»Aber durch die Protektion des Grafen Geyer würde es leicht werden,« warf Stephan ein.

»Und wenn er Ihnen nun sagt: Nein, ich will, daß du Offizier bleibst, ich will nicht alle die verflossenen Jahre mein Geld fortgeworfen haben. Was werden Sie antworten können? Graf Geyer ist nicht nur gut. Er ist auch klug und klar. Einer ausgezeichneten militärischen Karriere ist er für Sie sicher. Er weiß, daß ein Berufswechsel leicht etwas von Entgleisung an sich hat. Er wird vielleicht fürchten, daß auf der Grundlage von so viel Opfern ein rechtes Glück nicht erblühen könne. Und dann wird er Ihnen sagen: Lieber jetzt für dich und Sophie den harten Schmerz des Verzichts als das graue Elend eines unerquicklichen Lebenskampfes.«

Sie schwiegen beide. Die Worte des Vaters trafen sie wie Keulenschläge. Die schweren Befürchtungen, die harten Wahrheiten, die sie sich selbst oft genug gesagt, wirkten noch vernichtender, weil nun ein anderer Mund sie aussprach.

Und dennoch, in all der Hoffnungslosigkeit, die nur noch deutlicher geworden war, weil jetzt auch der Vater sie kannte und teilte, hatte Stephan ein starkes, mannhaftes Gefühl. Daß von seiner Liebe der Schleier des Geheimnisses genommen war, befriedigte ihn, war die Quelle dieses mannhaften, starken Gefühles.

Es gab nun einen Mitwisser, den wichtigsten und würdigsten von allen: den Vater der Geliebten.

Stephan und Sophie hatten beide unter der Heimlichkeit gelitten, die ihre Liebe zu entadeln schien; sie konnte ihr, wurde sie unzeitig aufgedeckt, den Verdacht des Abenteuerlichen, Unlauteren anheften.

Lange sprachen sie noch hin und her. Der Vater bat Stephan, morgen, wenn er es könne, wiederzukommen. Den alten Mann hatte diese Frage so plötzlich überfallen. Sie überwältigte ihn fast mit allen den Rückblicken und Ausblicken, zu denen sie ihn nötigte. Man konnte morgen weiter sprechen. Er wollte sich sammeln – nachdenken. –

Stephan hatte fast Furcht. Ihm schien es, als würden Vater und Tochter sich in Klugheit, Stolz und Selbstlosigkeit gegen ihn verbinden. Sophiens aufopfernder Vorsatz, zu entsagen, könnte

Rückhalt an ihrem Vater finden ...zumal der Alte auch immer wieder darauf zurückkam, daß ihm der Gedanke furchtbar sei, Graf Geyers Güte mit scheinbarem Undank zu lohnen; denn wenn er es nicht sage, die Gräfin Renate sage es gewiß: Das haben wir nun davon, daß wir gut gegen diese Schülers waren – der Doktor versucht, seine Tochter in unsre Familie zu schmuggeln.

Als Stephan endlich ging, nahm er von Sophie einen Abschied, als stünde ihnen eine lange, harte Trennung bevor.

Auf dem kleinen, mit roten Ziegeln gepflasterten Flur standen sie, aneinandergeklammert, in den Schmerzen und Sorgen ihrer Liebe.

Es war so still ringsum. Ein breiter Sonnenstrahl kam zum Fenster hinten im Flur herein, entzündete auf dem Glasbassin der Petroleumlampe auf dem Tisch einen Reflex, der aus seinem Lichtkern ein Sonnenrad vielfarbiger Strahlen entließ, und legte sich als orangefarbiges Band auf den roten Ziegelboden.

»Alles ist unsicher um uns und vor uns,« sprach er, »nur eins ist gewiß: unsre Liebe! Nicht wahr – die ist ewig...«

»Ewig...« flüsterte sie zurück.

Es klang wie ein Schwur.

Und der Nachhall ihres heißen Versprechens lag in seinem Ohr und in seinem Herzen, als er dann heimwärts ging. –

Gerade um dieselbe Zeit kehrte auch Anna von ihrem Besuch bei Frau v. Braunau zurück.

Sie benutzte die erste freie Stunde, die ihr seit der Unterredung mit ihrem Gatten sich bot, seinem geäußerten Wunsch zu entsprechen. Er sollte niemals in die Lage kommen, zweimal einen Wunsch auszusprechen – das hatte Anna sich vorgenommen.

Er sollte das Gefühl haben, sich ganz auf sie verlassen zu können. Sie hatte auch mit Herdeke schon die Übernahme aller Hausfrauengeschäfte verabredet. Sie war sogar entschlossen, sich fortan von etwaigen Vormittagspartien auszuschließen, um sich in ihre Pflichten einzuleben.

Der Gedanke daran befriedigte sie ungemein. Sie wollte den Leuten schon zeigen, daß sie trotz ihrer Jugend alles zu leiten verstehe. Und am lebhaftesten genoß sie es vorweg, daß sie ihrem Gatten imponieren würde.

Schon am gestrigen Vormittag, während der Segelpartie Ursulas, und heute vormittag hatte sie viele Stunden mit Herdeke zusammen teils vor den Büchern, teils in den Vorratsräumen verbracht.

Und Herdeke sagte nachher zu ihrem Bruder: »Sie ist von einem außerordentlich raschen, sicheren Begriffsvermögen. Die geborene Herrschernatur.«

Er hörte es mit glücklichem Lächeln an.

Später sagte er ein lobendes Wort über Annas Eifer, und sie errötete vor Freude.

Der Besuch bei der Braunau war ihr recht lästig.

Wie vorauszusehen gewesen, wirkte ihr Erscheinen vorerst schreckhaft. Ein Dienstmädchen nötigte sie in ein Zimmer und bat zu warten. Draußen gingen Türen, huschten Schritte, wurden Flüsterzurufe vernehmlich. Offenbar zog Frau v. Braunau sich erst um, ehe sie vor das Auge der Gräfin Geyer trat.

Anna sah sich unterdes im Zimmer die mannigfachen Spuren von Unsauberkeit und Unordnung an.

Endlich erschien denn Cäcilie Braunau, mit ihrem wirren Haar und ihren blassen, verschleierten Augen, nervöser und abgehetzter als je.

Halb erfreut, halb zerstreut begrüßte sie Anna.

»Frau Gräfin müssen verzeihen – es ist hier schlecht aufgeräumt – es fehlt mir eben an Dienerschaft – das eine Mädchen und ich, wir können nicht alles. Mehr Bedienung kann ich mir ja nicht leisten – in der Lage sind wir nicht.«

»Man muß zufrieden sein. Viele können sich gar kein Mädchen halten,« sagte Anna, aus Verlegenheit – was hätte sie antworten können? Das reizte aber die Frau.

»Damen wie Frau Gräfin haben es ja leicht. Vielleicht fände auch ich mich leichter in alles, wenn ich es in meiner Jugend nicht so anders gewöhnt gewesen wäre – ich bin doch eine v.

Schulmann aus dem Hause Grubin,« schloß sie, zur Beweisführung beide Hände gestikulierend vor Annas Gesicht schüttelnd.

Anna fuhr zurück – etwas mehr als nötig – um der andern zu verstehen zu geben, daß man nicht so lebhafte Gesten mache.

Aber die Frau hatte keine Ahnung von der hysterischen Übertriebenheit ihrer Art und Weise. Sie hielt sich vielmehr für vollkommen erzogen.

»Liebe Frau v. Braunau,« sprach Anna, »Sie haben doch einen braven, tüchtigen Mann. Sie haben Ihr Brot. Was sollte denn zum Beispiel Fräulein Schüler sagen! Die plagt sich ohne jede Bedienung ab und hat eine so traurige Jugend.«

»Oh, Sophie Schüler wird schon dafür sorgen, daß sie wieder obenauf kommt!« sagte die Frau. Der Neid auf Sophie Schüler kochte förmlich in ihr empor und saß ihr so gallenbitter auf den Lippen, daß sich ihr Gesicht verzerrte. Aus den blassen Augen kam ein stechendes Licht.

Wie megärenhaft! dachte Anna. Noch nie hatte sie so deutlich den Ausdruck des Neides auf einem Gesicht gesehen, wie auf dem dieser Cäcilie Braunau.

»Wie sollte das arme Fräulein Schüler das...«

»Oh, die hat Talent dazu!«

»Nun, ich möchte es ihr gönnen,« sagte Anna, nur aus Widerspruch gegen die Frau viel wärmer, als ihre eigentlichen Gedanken für Sophie Schüler waren.

Aber damit ließ sie den Neid überschäumen. Daß Sophie Schüler häufiger aufs Schloß geladen ward als sie, dort gern gesehen wurde, vergiftete ja der Braunau jeden Aufenthalt der Herrschaften hier.

»Auch das, daß sie zu ihrem Versuch, ein gutes Glück zu machen, sich ein Mitglied Ihrer Familie aussucht?«

»Was wollen Sie damit sagen?« fragte Anna schroffen Tones. Sie fand gar keinen Sinn und Verstand in der Bemerkung. »Ein Mitglied meiner Familie –« es huschte ihr so durch den Kopf ...: Donat? Den kennt sie ja kaum. –

Aber schon sprach die Braunau triumphierend: »Ob Ihr Herr Gemahl wohl sehr entzückt davon wäre, wenn er wüßte, daß Leutnant Normann ein heimliches Liebesverhältnis mit Sophie Schüler hat? Mit diesen meinen eigenen Augen,« hier erhob sie ihre beiden Hände zur Augenhöhe und schüttelte sie ein wenig in einiger Entfernung vor ihrem Gesicht, »mit diesen meinen eigenen Augen habe ich sie im Wald, gesehen, wie sie auf einer Bank saßen und sich küßten. Oh – ja – und so eine versteht es, sich bei den gräflichen Damen lieb' Kind zu machen.«

Anna saß steif und aufrecht. Sie war leichenblaß geworden. In ihre Augen trat der kalte harte Glanz...

»Wirklich...« sagte sie im Ton des Zweifels. Und das entlockte aus dem Mund der andern einen Wortschwall.

Sie erzählte, wie sie schon vorigen Frühling Verdacht geschöpft, als sie ein paarmal gesehen hatte, daß der Leutnant Normann immer bald den Weg zum Wald einschlug, wenn kurz vorher Fräulein Schüler auch dahin gegangen war. Sie hatte auch manchmal versucht, die beiden zu beschleichen, aber sie sah sie damals immer nebeneinander gehen. Das war kein Beweis. Liebesblicke kann man nicht zu Protokoll nehmen. Aber neulich, den Tag, wie das Unwetter war, da begünstigte endlich das Glück ihre Beobachtungen.

»Ich hoffe, Herr Graf wird es mir nicht als Indiskretion auslegen, daß ich Ihnen dies berichte. Es scheint mir im Gegenteil, daß ich nur meine Pflicht erfülle. Meine Ergebenheit für die gräfliche Familie ... man kann es doch nicht mit ansehen, wenn eine solche Person versucht, sich an einen jungen Mann zu hängen, dem gewiß eine große Zukunft bevorsteht. Und Leutnant Normann verdankt doch alles der Güte des Grafen.«

Bei dem Wort »alles« streckte sie ihre Hand weit über den Tisch vor.

Anna stand auf, in kühler, hochmütiger Haltung.

»Sie nehmen das viel zu wichtig. Ein Leutnant! Und auf dem Lande! Er wird wohl denken: warum soll ich die hübschen Mädchen nicht küssen, wenn sie sich küssen lassen wollen?«

Frau v. Braunau war sehr unzufrieden, daß ihre Mitteilungen keiner ernsteren Auffassung begegneten. Daß gerade diese die vernichtendste für Sophie Schüler war, kam ihr nicht zum Bewußtsein. Sie hatte erwartet, Anna würde über Undank, Verrat und Schlechtigkeit lamentieren und sie – Cäcilie Braunau – ihres ewigen Dankes für die empfangenen Aufklärungen versichern.

Rasenden Zorn im Herzen ging Anna von dannen.

Deshalb also, weil seine Gedanken bei diesem armseligen kleinen Mädchen waren, deshalb ging er damals blind an ihr vorüber!

Wer war denn jene? Und wer war sie selbst?

Diese kleine Person, die schuldbewußt erröten müßte – oh, Anna erinnerte sich genau, wie ihr bei der allerersten Begegnung dies Erröten aufgefallen war – diese kleine Person mit dem schlechten Gewissen war siegreicher gewesen als Anna!

So also mußte man sein, aussehen und daherkommen, wenn man der Beachtung des Herrn Normann wert sein wollte! Verschüchtert, gesellschaftlich unsicher war diese Sophie, ihre Hände verarbeitet ... es kam Anna vor, als röche sie wieder den Petroleumdunst, der an jenem Morgen Sophie umschwebt hatte.

Wie kleinbürgerlich alles! Und dann dieser Vater mit der gescheiterten Existenz!

Und diese Augen mit dem Ausdruck des stillen Duldertums – wie die logen! Das war alles Koketterie. Anna erinnerte sich, wie hochmütig diese selben Augen sie angeblitzt hatten, als sie leutselig ein paar teilnehmende Worte gesagt.

Diese ganze scheue Mädchenhaftigkeit Maske! Unerhört! Heimlich ließ sie sich im Walde von einem Manne küssen. Noch dazu von einem, der sie ja gar nicht heiraten konnte!

Daß er es wollen würde, bezweifelte Anna keinen Augenblick. Nur ein ernstes Gefühl macht einen Mann so blind gegen andre Frauen. Eine Liebelei würde ihm die innere Freiheit gelassen haben, Anna und Ursula zu bemerken; würde ihn nicht so gleichgültig gegenüber Ursulas Geld lassen. Auch hatte Anna ihn nun schon genug beobachtet, um seinen Charakter beurteilen zu können. Stephan Normann war eines leichtsinnigen Spiels nicht fähig!

Und gerade deshalb empörte sich ihr Selbstgefühl bis aufs äußerste. Oh, wie schämte sie sich, daß sie einmal diesem Mann warm zugelächelt hatte! Gewiß hatte er es nicht bemerkt und ahnte nichts davon. Aber es demütigte sie noch jetzt vor sich selbst, daß sie einst diesen jungen Menschen ihrer heimlichen Gedanken für wert gehalten hatte. Sie – die dann von einem Burchard Geyer umworben ward! Sie – die nun des auserlesensten Mannes Gattin war!

In ihr war keine Liebe. Deshalb fehlte ihr auch alle einfache Weisheit der Liebe.

Sie wußte nicht, daß Liebeswahl sich nicht von äußeren Dingen bestimmen läßt und daß ein Bettler imstande sein kann, eine Prinzessin zu verschmähen um eines armen Kindes willen.

Ihr Stolz auf ihren Gatten stieg in diesen Augenblicken ins Ungemessene. Aber es war keine reine Empfindung. Es mischte sich Hohn hinein gegen den andern, der sie keiner Beachtung gewürdigt. Ein Rachegefühl mischte sich hinein.

Und in der seltsamen Logik solcher Zorngedanken kam es ihr vor, als habe Stephan Normann auch ihren Gatten in ihr beleidigt. Ja, sie machte plötzlich gemeinsame Sache auch mit Ursula.

Er wagte, die Hingebung dieses guten, tüchtigen, reichen Mädchens aus edlem Hause zu übersehen – und küßte sich mit Sophie Schüler im Walde! Er, der hätte Gott danken sollen, wenn er eine solche Heirat fand, wie die mit Ursula gewesen wäre! Die Eifersucht ihrer Eigenliebe Ursula gegenüber schwieg ganz. Sie hatte plötzlich nichts, gar nichts mehr gegen eine Vereinigung Ursulas mit dem Manne. Sie war ja nicht um Ursulas willen zurückgesetzt worden!

Jede sollte er heiraten – jede. Nur gerade nicht die eine, um derentwillen er eine Anna v. Linstow einst übersehen hatte!

Er würde natürlich versuchen, seinen Willen durchzusetzen; denn er war wohl der echte Sohn seiner Mutter.

Zum zweitenmal sollte die Familie Geyer aber das Schauspiel einer skandalösen Heirat bei einem der Ihren nicht erleben. Anna war nun auch eine Geyer. Sie wollte das schon verhindern.

Und hoch erhobenen Hauptes, ihres Sieges ganz sicher, ging sie durch die Anlagen vor dem Schloß und betrat die Halle.

Da stand noch gerade Leutnant Normann, der eben von Schülers zurückgekommen war.

»Lieber Stephan,« sagte Anna mit einem Lächeln, »gut, daß ich Sie treffe. Ich wünsche, daß Sie sich heute nachmittag und abend Fräulein v. Pallau ganz besonders widmen. Meine liebe Ursche glaubt sich genieren zu müssen, weil Sie sie seekrank sahen. Machen Sie ihr mit allem Nachdruck, dessen ein preußischer Leutnant fähig ist, den Hof!«

Und ohne seine Antwort auf ihren Befehl abzuwarten, ging sie weiter.

Stephan stand bestürzt. Er biß sich auf die Lippen.

Was war das? Und welch seltsames Lächeln? So überlegen! Ja – fast feindselig!

Er hatte wohl herausgefühlt gehabt, daß Anna an dem Plan der andern Damen, ihn mit Ursula zusammen zu bringen, nicht beteiligt war. Immer wußte Anna es zu verhindern, daß er bei Tisch, im Wagen oder auf Spaziergängen Ursulas Partner wurde. Er war dafür herzlich dankbar gewesen; denn er glaubte darin eine kluge und liebevolle Absicht zu erkennen. Gewiß wollte Anna die Freundin vor Enttäuschungen bewahren, wollte verhüten, daß törichte Hoffnungen in ihr wuchsen.

Und nun auf einmal dieser Befehl, lächelnd und voll eisiger Kälte – und so entschieden – als habe er nur blind zu gehorchen – –

Nein! schrie alles in ihm, nein!

Äußerlich mußte er sich fügen – heute vielleicht noch –

Aber er war ein Mann. Er wollte für seine Freiheit und seine Liebe jeden Kampf aufnehmen.

Daß seiner Sache aber eine Feindin entstanden war, sicher die gefährlichste von allen, das sagte ihm ein deutliches Gefühl. –

Oben in ihrem Zimmer, während sie sich zum Nachmittagstee ein Hausgewand überwarf, sagte Anna zu Ursche, die sie sich hatte herbeiholen lassen: »Ich hab's gemerkt, Ursche, du warst wütend auf mich. Aber siehst du – ich mußte mir den Mann doch erst mal genau angucken, ehe ich mir klar war: ist er auch gut genug für meine Ursche. Na und nun – – –«

»Und nun?« fragte Ursche atemlos.

»Meinen Segen hast du – und was ich dazu kann, daß es was wird, soll fortan geschehen.«

Ursula fiel der Freundin aufjubelnd um den Hals.

Beredter noch als die Liebe ist der Zorn. Und Anna hatte für ihre Beredsamkeit die mächtigsten Hilfstruppen, nämlich die Tatsachen selbst, die gerade den Unwillen eines Mannes, wie Graf Burchard, im höchsten Maße erwecken mußten.

Als das Ehepaar sich am Abend zurückzog, saß es noch, wie stets, plaudernd ein wenig beisammen in Annas kleinem Wohnzimmer. Graf Burchard liebte es, noch eine Zigarette zu rauchen und seiner Frau einige Mitteilungen zu machen von dem, was die Post ihm heute zugetragen, oder was sich in der Wirtschaft etwa begeben hatte.

An diesem Abend nun brachte er gleich etwas zur Sprache, was ihm sehr aufgefallen war.

»Liebste Anna – ich bemerkte mit Erstaunen, daß du den ganzen Nachmittag und Abend fortwährend unsern Stephan mit Ursula zusammenzubringen verstandest.«

Sie wurde rot.

»Dazu habe ich meine Gründe. Er soll sie heiraten. Es wäre sein Glück. Stell' es ihm bitte vor!«

»Ich denke nicht daran, mich in derlei zu mischen,« sprach er ernst. »Herzlich würde ich mich ja freuen, wenn die beiden sich fänden. Aber nicht auf Befehl soll er sie suchen. Und du, Anna – auf einmal hast du deine Haltung und Meinung in der Sache ganz geändert?«

»Ja,« sagte sie, und ihre Augen blitzten, »er soll Ursche heiraten!«

»Und neulich sollte er nicht? Und neulich tatest du Ursche weh, indem du ihr mit harter Absicht den Mann fernhieltest? Und nun willst du ihr mit einem Male die Hoffnung aufbauen? Mein liebes Kind – wer gibt dir das Recht, so nach deiner Willkür mit Menschen umzuspringen? Machst du dir die ungeheure Verantwortung nicht klar, die du auf dich lädst? Wie denn, wenn Ursula, die mit der Hoffnungslosigkeit vielleicht rasch fertig geworden wäre, nun in Elend und Leid kommt, nachdem du ihr die Einbildung erregt hast, der Mann werde sie doch wählen?«

Er sah sie sehr ernst an.

»Ich bin zur Erkenntnis gekommen,« erwiderte Anna, »daß Stephan am besten durch eine standesgemäße Heirat vor Torheiten gerettet wird, deren Ausgang unabsehbar ist.«

»Was für Torheiten?«

Und nun sprach sie. Alles, was Frau v. Braunau ihr berichtet hatte, erzählte sie wieder. Und da ihre Phantasie sich seitdem unausgesetzt mit dieser Sache beschäftigt gehabt hatte, so färbte sie unwillkürlich alles noch stärker. Aus Sophie Schüler wurde eine berechnende Person, die mit großer Kunst es verstanden hatte, den jungen Offizier, den sie vielleicht für eine gute Partie hielt, an sich zu ziehen. Aus Stephan Normann wurde ein Düpierter, der sich in der Langweile des Landlebens hatte einfangen lassen.

Mit der Wirkung ihrer langausgesponnenen Mitteilung konnte Anna zufrieden sein, wenigstens zunächst. Und Graf Burchard sah noch ganz andre Seiten an der Sache. Die waren ihr entgangen. Oder vielmehr, sie wäre nie darauf gekommen. Was ging sie der Doktor Schüler an, nachdem sie ihn kennen gelernt und gar nicht unheimlich interessant gefunden hatte?

Graf Burchard aber verweilte gerade dabei am erregtesten.

Mit der Tochter eines so schwer geprüften Mannes eine Liebelei anzufangen! War denn dieser würdige, arme alte Herr noch nicht beraubt genug? Unbegreiflicher Leichtsinn wagte, ihm auch noch sein heiligstes Gut anzutasten!

Einer solchen Tat hatte Graf Burchard seinen Neffen doch nicht für fähig gehalten.

Daß es sich um eine frivole Spielerei handelte, schien dem Grafen Burchard allein schon durch die Heimlichkeit bewiesen.

Ehrliche Gefühle verstecken sich nicht!

Wenn diese Liebe schon voriges Jahr, vielleicht schon gar vor zwei Jahren bestanden hatte, weshalb sprach Stephan dann nicht offen? Gewiß, Graf Burchard hätte antworten müssen, daß das eine verlorene Sache sei; hätte Stephan vorstellen müssen, daß er als Offizier gar nicht daran denken könne, Sophie Schüler zu heiraten, abgesehen noch von ihrer beiderseitigen Mittellosigkeit. Aber es wäre redlich gewesen, zu sprechen, es hätte die reine Absicht bewiesen. Und man konnte es dann so einrichten, daß die beiden sich nicht wiedersähen.

Ein armes Mädchen zu betören! Es war schändlich! Für sie, die sich hatte betören lassen, gab es ja Entschuldigungsgründe genug. Ihr Leben war so freudlos. Vielleicht liebte sie Stephan auch wirklich. Vielleicht erkannte sie gar nicht die Kluft, die den Offizier, der in einem der angesehensten Regimenter stand, von der Tochter des Mannes trennte, den nur ein Gnadenakt vor dem Gefängnis bewahrt hatte. Sie hoffte vielleicht und glaubte an seine Ehrlichkeit!

Triumphierend saß Anna und hörte den Reden ihres Gatten zu. Und wenn sie eine milde Wendung zu nehmen schienen, warf sie ein Wort dazwischen, um seinen Zorn wach und auf der Höhe zu halten.

Graf Burchard schloß endlich damit, daß er den Vorsatz aussprach, morgen früh Stephan zur Rede zu stellen.

Anna war sich nicht ganz einig, ob das schädlich oder nützlich sein würde. Deshalb bat sie: »Schweige zu ihm davon. Drücke ihm einfach deinen bestimmten Wunsch aus, daß er Ursula v. Pallau heiraten solle.«

Graf Burchards Stirn umwölkte sich noch mehr. »Ich sagte dir schon, daß ich in dieser Beziehung nicht eingreifen will.«

»Du greifst doch auch in sein Leben, wenn du ihm das Verhältnis zu Sophie Schüler verbietest.«

Obschon Graf Burchard so etwas wie Ungeduld und Ärger in sich aufsteigen fühlte, nahm er Annas Hand.

»Liebes Kind,« fragte er mit Ernst und doch voll Zärtlichkeit, »siehst du denn da keinen Unterschied? Einen jungen Menschen von einer Torheit, vielleicht gar von einer Ehrlosigkeit zurückhalten, ist Pflicht. Ihn zu einer Ehe zwingen zu wollen, wäre Verbrechen, auch gegen Ursula, trotzdem sie in ihn verliebt ist. Wie könnte sie glücklich werden im erzwungenen Bündnis!«

Anna schwieg. Nein, sie sah keinen Unterschied. Sie sah nur, daß ihr Gatte die Macht, die er hatte, nicht ausnutzen wollte.

Graf Burchard ließ sich aber selten mit einem Schweigen abspeisen. Es war ihm nie darum zu tun, sich als Belehrer zu fühlen; er wollte überzeugen.

»Du schweigst. Siehst du nicht den Unterschied, fragte ich dich?«

Ihr kam sein Ton strenge vor.

»Ich sehe nur, daß du unglaublich milde bist. Besonders auch gegen diese Sophie Schüler,« rief sie so erbittert, daß er stutzig ward.

»Und du zeigst eine an Haß grenzende Strenge gegen das arme Mädchen. Wir müssen, ehe wir das Gegenteil wissen, mehr annehmen, daß sie verblendet und beklagenswert als daß sie schuldig ist.«

»Zu viel Nachsicht mit einer, die sich heimlich im Walde mit deinem Neffen trifft!«

»Anna!« rief er, nun wirklich streng.

Sie zuckte zusammen. In einem aus Zorn und Scham unentwirrbar gemischten Gefühl versteckte sie ihr Gesicht an der Sofalehne.

Graf Burchard neigte sich zu ihr, und indem er ihr Haar streichelte, sprach er: »Ich sagte dir schon einmal: das Leben bietet uns Schlachten an. Dem entgeht auch der Reinste nicht. Es kommt darauf an, wie wir den Kampf ausfechten. Können wir schon beurteilen, wie Sophie Schüler in diesen Kampf geriet? wie sie sich darin behauptet? Können wir von uns wissen, ob wir immer fleckenlos und fehlerlos uns durchs Leben schlagen werden? Hüte dich, Anna, jemals zu scharfes Gericht über andre zu halten. Das legt dir die Verpflichtung auf, auch gegen dich selbst unnachsichtig zu sein. Ach, und wie viel Geduld müssen wir oft mit uns selbst haben, bis wir möglichst reife Menschen werden!«

Er wartete noch einige Minuten. Anna aber blieb in ihrer Stellung – einer Weinenden gleich hielt sie ihr Gesicht an die Kissen der Sofalehne gedrückt. Sie weinte aber nicht, und das merkte Graf Burchard wohl.

Endlich stand er auf, traurig und unmutig.

Und seufzend ging er. Es war das erstemal, daß sie in ihrer Ehe das Gespenst einer schweren Verstimmung zwischen sich fühlten.

Am andern Morgen sah Graf Burchard es wohl: Anna konnte nicht viel geschlafen haben. Ihre Farben waren matt, um ihre Augen lagen Schatten. Ihr Wesen hatte etwas Ablehnendes. Aber er konnte nicht verstehen, ob es Trotz war oder die Verlegenheit der Beschämten.

Werde ich diese Frau je kennen lernen? dachte er seufzend.

Seine Schwestern, Herdeke mit dem Blick der Liebe, Renate mit dem immer wachen Blick des Argwohns, bemerkten sofort, daß zwischen dem Ehepaar nicht das freundliche Einvernehmen herrschte, wie sonst.

Natürlich, dachte Renate, nun fängt es an.

Aber sie verbargen ihre Beobachtung auch voreinander.

Über den Frühstückstisch hin sagte Graf Burchard: »Stephan, ich möchte dich gleich nachher sprechen.«

»Stehe zu Diensten,« erwiderte Stephan.

Er saß neben Ursula, die Donat an ihrer andern Seite hatte. Sie bereitete für beide Herren die Frühstücksbrötchen. Für Stephan mit besonderer Fürsorge, aber darüber ihren alten Freund Donat zu vernachlässigen, war ihr doch nicht möglich.

Anna wurde rot, stellte die Gräfin Renate bei sich fest, was hat sie rot zu werden, wenn Burchard sich den Jungen bestellt? Was will übrigens Burchard von Stephan?

Nach dem Frühstück ging Graf Burchard in seinem Arbeitszimmer auf und ab. Er war sorgenvoll und traurig. Fast trat die Angelegenheit Stephans zurück vor den Gedanken, die immer und immer wieder zu seiner Frau zurückkehrten.

Er fand ihre Gehässigkeit gegen Sophie Schüler und ihre Feindseligkeit gegen Stephan so unerklärlich. Wäre es von der jungen Frau nicht natürlicher gewesen, wenn sie in unpraktischem

Gefühlsüberschwang sich auf die Seite der Liebenden gestellt hätte? Will nicht ein junges Weib, das selbst glücklich ist, auch andre glücklich sehen?

Und die Art, wie sie über ihre Jugendgefährtin verfügte, sie hin und her schob wie eine Schachfigur, diese Art verletzte ihn tief. Eine Gefühlskälte schien aus alledem hervorzublicken, die ihn erschreckte.

Sie ist noch eine Werdende, dachte er inbrünstig, wenn ich nur ihre Fehler erst klar übersehe, wenn ich nur erst auf den Grund ihrer Seele blicke – dann will ich sie schon bilden helfen. Ein so begabtes, auserlesenes Menschenkind hat Feinde in sich – mehr als der Durchschnittsmensch...

Er sah draußen helle Gestalten. Sein Zimmer ging nach hinten hinaus. Da lag ein mächtiger Rasen, der, von einigen Anlagen umgeben, den Wald von der Nähe des Schlosses etwas fern hielt. Auf dem Rasen war ein großes Netz senkrecht aufgespannt; es schien, daß Donat und Ursche, sowie Wolf und Frau v. Reinbeck sich eben zu einer Tennispartie rüsteten.

Anna stand dabei; sie hatte einen Schlüsselkorb am Arm und ein Büchlein in der Hand. Dies zeigte an, daß sie ihren Rundgang durch die Wirtschaft antreten wollte und nur einige Augenblicke den Spielern schenkte. Wolf sprach gerade mit ihr. Welche Ergebenheit aus dem Gesicht dieses großen, blonden jungen Menschen strahlte! Es war gewiß, sie hatte ihre Jugendgefährten unbedingt beherrscht. Das mochte viel erklären...

Hinter ihm ward das Geräusch von Schritten hörbar. Er wendete sich vom Fenster ab, der Stube zu. Stephan war gekommen.

»Ich muß in einer ernsten Angelegenheit mit dir sprechen,« begann Graf Burchard und setzte sich vor seinen Diplomatentisch in den etwas zurückgeschobenen Stuhl. Dabei deutete er auf den andern Stuhl, der neben dem Schreibtisch stand und schon allein durch seine Stellung etwas vom Armsünderbänkchen an sich hatte.

»Auch ich habe dir etwas zu sagen, lieber Onkel. Aber selbstredend nach dir.«

Es war Stephan nicht sonderlich gut und frei ums Herz. Er wußte ja, daß die nächste halbe Stunde ihm viel Hoffnungen, die allerletzten, rauben konnte. Auf das, was sein Onkel ihm sagen wollte, war er nicht neugierig. Was konnte es groß sein? Die »ernsten Angelegenheiten« andrer Leute waren für Stephan zur Zeit von wenig Interesse.

Graf Burchard hatte eine Angewohnheit besonderer Art. Wenn er von seinem Schreibtischstuhl aus einen Vortrag hielt, sah er den, an welchen er sich richtete, nur immer mit kurzen, scharfen Blicken an. Meist hielt er die Lider gesenkt und schien das lange Papiermesser von Onyx zu betrachten, das er in der Linken hielt und an dem er mit dem Daumen der Rechten unablässig hinstrich, als wollte er die Schärfe der Schneide prüfen. Nun hob er an: »Niemals habe ich geglaubt, ein Gespräch dieser Art mit dir führen zu müssen. Mein Vertrauen in die Ehrenhaftigkeit deines Charakters war grenzenlos. Und nun...«

»Onkel!« rief Stephan erschrocken.

»Und nun höre ich Dinge ...du hast mein Haus beleidigt. Das tatest du, indem du ein Mädchen betörtest, das ihr armer alter Vater vertrauensvoll uns besuchen ließ. Er konnte nicht annehmen, daß sich unter den Gästen des Grafen Geyer jemand fände, der vergäße, daß er vor der Unschuld und dem Unglück Hochachtung zu zeigen hat.«

Stephan wurde leichenblaß. Er begriff auf der Stelle, in welche schiefe und verhängnisvolle Lage er gekommen war.

Wie anders wäre es gewesen, wenn er selbst das erste Wort gehabt hätte in seiner Sache. Anstatt sie zu verteidigen, für sie zu sprechen, mußte er nun erst sich verteidigen. Das war eine üble Vorbedingung.

Wer hatte Graf Burchard das gesagt?...sagen können?

Er hatte doch Sophie Schüler in der Zeit des diesmaligen Aufenthaltes nur ein einziges Mal heimlich gesehen, und an jenem Nachmittag waren alle Schloßbewohner und die Gäste ausnahmslos im Hause gewesen. Er erinnerte sich dessen genau. Aber plötzlich fiel ihm die Braunau ein, die sich damals im Walde gezeigt hatte ...Ja, von daher allein konnte es kommen: die gehässige und klatschhafte Frau hatte sie belauert.

Das huschte gedankenschnell durch sein Hirn.

Der scharfe Blick des Grafen Burchard blitzte über das fahle, bestürzte Gesicht des jungen Mannes.

»Du wirst nicht leugnen wollen, daß du mit Sophie Schüler ein Liebesverhältnis hast,« schloß er.

Da richtete Stephan sich auf, und indem er den Grafen fest und klar ansah, sprach er: »Ich bin mit ihr verlobt, lieber Onkel.«

»Verlobt, verlobt!« sagte der ungeduldig, »selbst wenn nicht der Augenblick dir das beschönigende Wort eingegeben haben sollte: man verlobt sich als mittelloser junger Offizier nicht mit einem armen Mädchen ohne gesellschaftliche Stellung.«

»Ich kann den bunten Rock ausziehen,« entgegnete der junge Mann.

»Du trägst ihn nicht gern?« fragte Graf Burchard stirnrunzelnd. »Männer, die den Beruf wechseln, sind mir in tiefster Seele zuwider. Jeder Beruf hat seine Schattenseiten. Man lernt sich in tapferer Selbstüberwindung mit diesen abfinden.«

»Das ist ja nicht eigentlich die Frage, die hier zur Diskussion steht,« sagte Stephan, über den nach und nach eine große Ruhe kam; »ich bin sehr gern Offizier. Aber als man es mich werden ließ, kannte ich das Leben noch recht wenig. Ich würde dich sonst gebeten haben: laß mich einen Beruf ergreifen, der mir eines Tages Selbständigkeit gibt. Damals freilich war ich entzückt von der Idee, Leutnant zu werden.«

»Ich habe als selbstverständlich angenommen, daß du, als begabter Mensch, mit vorzüglichen Familienverbindungen, eine glänzende Karriere machen werdest. Und die standesgemäße, wohlhabende Partie liegt für einen aussichtsreichen jungen Offizier immer sozusagen so sehr bereit, bietet sich ihm allerorten so wie von selbst dar, daß in den meisten Fällen Liebe und Klugheit kampflos zusammen die Wahl treffen können. Daß du eine Liebelei mit einem jungen Mädchen anfangen könntest, das außerhalb deiner Kreise steht, habe ich nicht erwartet.«

»Es ist keine Liebelei. Ich liebe Sophie mit heiligem Ernst und hoffe, sie zu erringen,« sprach Stephan.

»Diese Hoffnung ist eine weltfremde Phantasterei. An den Ernst glaube ich nicht. Die Heimlichkeit spricht dagegen. Ein Mann achtet im Mädchen sein künftiges Weib. Heimliche Rendezvous sind kein Achtungsbeweis ... von dir nicht für sie, von ihr nicht für sich selbst.«

»Was du sagst, ist sehr hart,« antwortete Stephan. »Aber wir haben durch die Leiden der Heimlichkeit, die nun gottlob beendet sind, nichts von der Achtung voreinander eingebüßt.«

»Es wäre anständiger gewesen, wenn du dich mir gleich anvertraut hättest.«

»Ich weiß es nicht, lieber Onkel. Vielleicht auch weniger männlich. Ich habe geglaubt, es sei kraftvoller, ohne Hilfe, allein und mutig den Kampf aufzunehmen. Seit zwei Jahren bin ich unablässig bemüht gewesen, mir eine bürgerliche auskömmliche Stellung zu erringen. Ich kann dir als Beweis meiner Bemühungen ganze Stöße von Briefen geben. Mir schien es immer, als wäre es meine Pflicht, von Sophie, deren Leben so wie so eine Kette von Demütigungen ist, die neue und schwerste Demütigung, den Widerspruch meiner Familie gegen unsern Bund, fernzuhalten. Das konnte ich aber nur, wenn ich vor dich hintrat mit einer guten Stellung in der Tasche, die mich von dir unabhängig machte. Es hat nicht sein sollen. Ich habe nichts gefunden.«

Graf Burchard hatte sein Papiermesser hingelegt. Er sah nun ruhig und forschend auf den jungen Mann. Er fühlte die Ehrlichkeit. Er glaubte an sie. Sein Groll begann sich zu erweichen. Ein leises Mitleid wurde wach. »Was du so sagst – es könnte scheinen. Noch männlicher wäre es gewesen, von Anfang an diese Neigung niederzukämpfen. Denn an eine Heirat ist nicht zu denken.«

»Das sagt auch Sophiens Vater.«

»Er weiß?« rief Graf Burchard überrascht und im tiefsten Grunde auch erfreut.

Der arme alte Mann hatte also sein Vaterrecht empfangen!

»Ich habe ihm gestern alles gesagt. Leider erst gestern. Auch dir würde ich mich schon am ersten Tage meiner Ankunft am liebsten eröffnet haben. Denn ich kam mit dem festen Vorsatz, daß die Heimlichkeit nicht länger andauern solle. Aber ich fand zu meinem Schrecken die

Tanten offenkundig mit einem andern Heiratsplan für mich beschäftigt. Dies und Sophiens eigener Widerstand hielten mich noch zurück. Ich fürchte, Sophie will mir lieber entsagen, als mich in Konflikte bringen.«

»Braves Mädchen,« sagte Burchard; »sie hat gefehlt, daß sie sich in ein solches abenteuerliches Verlöbnis einließ,« er hob beschwichtigend die Hand, denn er sah, daß Stephan auffahren wollte, »aber sie macht es gut durch die einzige vernünftige Handlungsweise, die es gibt. Begreif doch die nüchterne Wahrheit: du kannst sie nicht heiraten, denn das Offizierkorps des Regiments würde sich vielleicht der Heirat widersetzen. In solchen Dingen ist ein ›vielleicht‹ schon genug. Und ich wäre ein Tor, wenn ich dir die Mittel gäbe zu einer Heirat, die dich aus deiner Karriere reißt, ohne dir eine andre zu eröffnen. Denn du hast nichts andres gelernt als dein Soldatenhandwerk. Obenein fühle ich jetzt, als verheirateter Mann, gar nicht das Recht in mir, einem Verwandten so entfernten Grades größere Vermögensteile zuzuwenden. Die Zulage bleibt dir bis zum Hauptmann erster Klasse gesichert. Das versteht sich.«

Der junge Mann überwand sich. Er bat. Es wurde ihm bitterlich schwer, jetzt noch zu bitten. »Wenn du mir durch deinen Einfluß und deine Verbindungen eine Stellung schafftest! Dir muß glücken, was mir mißlang. Ich flehe dich an ...«

»Unmöglich. Du bist jetzt neunundzwanzig Jahr. Willst du die Arbeit von zehn Lebensjahren fortwerfen? Auf neuer Basis von vorn anfangen? Und wie dann, wenn sich herausstellt, du hast kein Geschick für etwas andres? Soll ich die Hand dazu reichen, dein Leben zu verpfuschen? Und kannst du an die Möglichkeit von Glück glauben, wenn dein Weib sich täglich sagen muß: meinetwegen ist er in eine schiefe Lebenslage gekommen! Kannst du? Ich kann es nicht. Und gegen meine Einsicht helfe ich niemand. Selbst dir nicht.«

»Ist es dein letztes Wort, Onkel?« fragte Stephan mit blassen Lippen.

»Nein. Ich habe noch eins hinzuzufügen: Reise sofort ab!«

»Oh ...«

»Es tut dir weh, mein armer Junge,« sprach Graf Burchard voll Herzlichkeit, »aber es ist am besten so. Sieh' mal, die Weiber hier wollen dich durchaus verheiraten. Du hast's ja gespürt. Wir wollen selbst unter vier Augen den Namen des lieben Kindes nicht nennen, das sie dir aussuchten. Dies liebe Kind soll sich nicht erst Hoffnungen machen. Ich begreife ja nun, daß es dir unmöglich ist, einen Blick, ein Herz für die Vorzüge jenes Mädchens zu haben. Aber da ist es Ehrenpflicht, ihr aus dem Weg zu gehen. Nicht wahr, das versteht sich?«

»Gewiß, Onkel. Aber ich kann nicht abreisen. Ich kann es Sophiens wegen nicht!« rief er verzweifelt.

»Und gerade auch ihretwegen mußt du es. Eine Vereinigung zwischen euch ist unmöglich. Sie und ihr Vater fühlen das ja auch, wie du zugibst.«

»Ich kann nicht ...«

Graf Burchard stand auf. Sehr ernst, nicht ohne Güte im Blick, sprach er: »Bin ich dir ein väterlicher Freund gewesen oder nicht? Wenn ich es war – findet meine erste Bitte so wenig Gehör? Hast du so wenig Vertrauen zu meiner besseren Einsicht, um mir den Gehorsam in dieser Sache aufzukündigen? Zwei Jahre hast du diese törichte Liebe mit törichten Hoffnungen genährt. Versuche es, ob sie stand hält vor der Erkenntnis der Hoffnungslosigkeit.«

Stephan wußte nicht: meinte sein Onkel, daß er sich eine neue Prüfungszeit unter andern seelischen Bedingungen auferlegen sollte? Oder hoffte Graf Burchard, daß die Liebe absterben würde?

Da die erste Auffassung so etwas wie einen blassen Hoffnungsschimmer zuließ, klammerten sich die Gedanken des jungen Mannes an sie.

Er schwieg. Er wußte kein Wort zu finden. Zu deutlich stand es vor ihm, was alles er der Güte und väterlichen Fürsorge dieses klugen und großmütigen Mannes verdankte.

Er begriff, daß er ihm in diesem Augenblick seine Dankbarkeit nur durch Gehorsam zeigen könnte.

So weh er auch tat, dieser Gehorsam ...

»Am besten ist es, du nimmst den Zug um drei Uhr,« bestimmte Graf Burchard, »da kannst du noch am zweiten Frühstück teilnehmen und allen sagen, daß du plötzlich Befehl bekamst, zurückzukommen. Wenn ich nicht irre, hat der Zug in Stralsund für dich Anschluß.«

»Und Sophie...« brachte Stephan hervor.

Graf Burchard klopfte ihn liebevoll auf die Schulter.

»Ich werde heut' nachmittag mit Doktor Schüler sprechen. In den Verdacht feiger Fahnenflucht sollst du nicht kommen. Und mein Wohlwollen bleibt den beiden. Darauf kannst du dich verlassen. Ich weiß zu unterscheiden, mein armer Junge ... Alle Hochachtung vor Vater und Tochter! Wären ihre und deine Lebensumstände anders geartet, hätte ich gern meinen Segen gegeben. Aber wir leben nun einmal in der Welt...«

Stephan fühlte wohl die klare Überlegenheit und von aller Kleinlichkeit freie Art des reiferen Mannes. Aber er empfand vor allem doch nur, daß Graf Burchard ihm und Sophie nicht zur Vereinigung helfen wollte.

Er ließ sich umarmen.

Graf Burchard dachte nicht daran, in diesem Augenblick die alte warme Anhänglichkeit in Stephan zu finden, die konnte erst wiederkommen mit der Erkenntnis...

»Besinne dich nur erst,« sagte er gütig, »und wenn du nach Wochen merkst, das Überwinden wird zu schwer – sei offen. Ich werde schon mit deinem Oberst sprechen – du kannst reisen – dich zerstreuen – –«

Ein Rundreisebillett als Ersatz für einen Heiratskontrakt! Fast hätte Stephan es gerufen. Aber er hielt das bittere Wort zurück. Und in aufwallendem Schmerz gelang es ihm, dem Grafen Burchard doch noch die Hand zu drücken – kurz, mit verzweifeltem Druck...

Armer Junge, dachte der mitleidsvoll.

Stephan ging hinauf in sein Zimmer. Ehe er nur ein einziges Stück eingepackt hatte, schrieb er mit größter Hast an die Geliebte.

»Ich muß abreisen. Onkel Burchard will es. Man hat uns an ihn verraten. So kam ich um den Vorteil, meinerseits das Geständnis unsrer Liebe abzulegen. Onkel Burchard ist klug und liebevoll und gewiß weniger beeinflußbar, als hundert andre reife Männer es sein würden, die eine junge, geliebte Frau haben. Und dennoch – ohne sie, diese Anna, wäre alles anders gekommen. Der Weg, den diese Sache nahm, ist deutlich verfolgbar. Von der Braunau zur Gräfin Anna. Und sie hat es dem Grafen erzählt – häßlich gefärbt – ich spürte wohl, wie schlecht er dachte. Aber ich konnte ihn belehren. Das ist mir gelungen. Ich hoffe es bestimmt.

Unsern Bund billigt er trotzdem nicht und will ihn nicht fördern. Er hat mich geheißen, augenblicklich abzureisen. Und er ist einer von den Männern, die man am ehesten durch Gehorsam bezwingt. Ich gehorche also.

Geliebte! meine süße, einzige Sophie! Ich lasse nicht von Dir. Trennen soll uns niemand, auch Onkel Burchard nicht. Ich setze nun meine Bemühungen fort. Und finde ich nichts, immer wieder nichts, so warten wir, bis ich Hauptmann erster Klasse bin. Paßt meinem Regiment dann meine Heirat nicht, lasse ich mich einfach versetzen.

Ich lasse nicht von Dir. Und ich flehe Dich an, ebenso fest zu sein wie ich. Höre nicht auf die Stimmen, die Dir Entsagung anraten, ob die Stimmen nun von außen kommen oder in Dir selbst sprechen. Höre nicht auf sie!

Schreibe mir sofort.

Tausend Küsse

Dein Stephan.«

Beim Frühstück wußten es schon alle, daß Stephan abreise. Er kam, ehe man zu Tisch ging, in die Halle, entschuldigte sich wegen seines Reiseanzuges und sagte, nun heiße es, den Urlaub vor der Zeit abbrechen. Warum? Weshalb? Was ist los? Stephan antwortete auf alle anstürmenden Fragen achselzuckend: »Befehl.«

Und jeder glaubte, es sei ein Befehl vom Regiment.

Ursula war dunkelrot und hatte mit sich zu tun, um nicht vor allen Anwesenden in Tränen auszubrechen.

Sie wurde von einer fieberhaften Spannung erfaßt. Nun mußte es sich entscheiden, ob er sich etwas aus ihr mache. Die nächste Stunde brachte Gewißheit. Wenn er daran dachte, um sie zu werben, so würde er nicht von ihr scheiden, ohne ein andeutendes Wort zu sagen.

Der Mann, dem dies zitternde Hoffen galt, bemerkte es wohl. Jetzt, da ihm selbst das Herz so bitter weh tat und erfüllt war von eigenem Leid und den Vorstellungen der Leiden der Geliebten, jetzt hatte er auch rechtes Mitleid mit Ursula.

Es beschämte ihn tief, das reine, treuherzige Geschenk ihrer Liebe nicht annehmen zu können.

Still saß er neben ihr. Es demütigte ihn in die Seele des guten Kindes hinein, daß Anna ihn gestern fort und fort an Ursulas Seite beordert hatte, trotzdem sie wußte...

Und nun war er bestrebt, in den kargen Worten, die er sich überwand, an sie zu richten, wenigstens Achtung zu zeigen, hohe Achtung.

Ursula fühlte aber wohl, daß es nur die war...

Wolf und Donat sagten, sie würden natürlich mit ihm zum Bahnhof fahren. Und Donat strahlte dabei über das ganze Gesicht. Ihn freute es, daß Leutnant Normann abreiste; seit dieser gestern den ganzen Abend neben Ursula gesessen hatte, fand er ihn viel weniger nett als bisher.

Herdeke und Renate sahen sich an. Diese Abreise kam ihnen verdächtig vor. Aber jetzt war keine Gelegenheit, den Bruder nach den Gründen zu fragen. Sie kannten ihn ja zu genau: aus seiner gütigen Art gegen Stephan, in der eine Note des Mitleids spürbar war, schlossen sie es: Graf Burchard schickte ihn fort.

Hat er es bemerkt? dachten beide. Aber Herdeke meinte Sophie Schüler, und Renate meinte des Grafen Burchard junge Frau.

Annas Blick suchte unaufhörlich über die Tafel hin das blasse, sehr ernste Gesicht des jungen Mannes. Bald lächelte sie und war sich gar nicht bewußt, wie triumphierend. Bald dachte sie wieder: diese Abreise sei eine verkehrte Maßnahme. Man trennt Liebende nicht durch solches Auseinanderreißen. Es gab nur ein wirkliches Mittel, dieses Abenteuer mit der Sophie Schüler ganz zu enden, und dies Mittel bestand darin, Stephan zu veranlassen, daß er eine andre Frau heirate.

Mit heimlicher Qual beobachtete Graf Burchard seine Frau. Welch unerklärliches Wechselspiel von Triumph und Ärger auf ihrem Gesicht. Was ging in ihr vor?

Und er war so schweigsam, daß es allen Tischgenossen peinlich auffiel.

Gleich nach dem Frühstück gab es einen großen Aufbruch. Alle standen in der Halle und warteten, um Stephan Lebewohl zu sagen. Einige aus Anhänglichkeit, andre, weil es zu den Lebensgewohnheiten des Landaufenthaltes gehört, aus jedem kleinen Ereignis ein großes zu machen.

Wolf und Donat stiegen schon vorweg in den kleinen offenen Jagdwagen, der vor dem Portal hielt.

Stephan umarmte die Tanten, verabschiedete sich von Wenderoths und Reinbecks und drückte Ursula die Hand.

»Leben Sie wohl!« murmelte er.

Sie stand aufrecht und tapfer. Sie wußte, was sie sich schuldig war. Er reiste ab – ohne ihr von Liebe gesprochen zu haben. Und eine stille Würde kam über sie und half ihr den Augenblick überstehen. Solange sie gehofft hatte, war sie haltlos und weinerlich gewesen. Die Erkenntnis gab ihr Kraft. Und sie lächelte ihm zu, ohne zu ahnen, wie schmerzlich dies Lächeln anzusehen war.

An der Tür stand der Hausherr mit seiner Gattin. Stephan küßte die Hand Annas. Ihr Blick begegnete dem seinen. So sehen sich Feinde an – der Sieger und der Unterliegende. Graf Burchard schloß ihn in seine Arme.

»Mein lieber, lieber Junge,« sagte er.

Und dann ein Hurra, Wolf und Donat schwenkten die Hüte, und der Wagen fuhr davon.

Sehr aufrechten Ganges verließ Ursula die Halle.

Herdeke folgte ihr. Sie verstand so gut, was in dem armen jungen Ding vorging. Sie wußte wohl, die eben bewiesene Tapferkeit würde sich in einen Tränenstrom auflösen.

Und da sollte sich das weinende Gesichtchen an einer treuen, mitfühlenden Brust verstecken können. Und zwei Arme sollten sie warm umschließen.

Weine nur, wollte Herdeke sagen, je mehr Tränen, desto besser. Junges Leid wird so hinweggespült. Nur wer trockenen Auges auf seine Schmerzen sieht, bei dem bleiben sie für immer fest auf dem Herzensgrund.

Renate, die von brennender Neugier geplagt war, sah sich, während die Gäste noch in der Halle plauderten, nach ihrem Bruder um. Graf Burchard aber hatte sich sofort zurückgezogen. Anna war auch nicht da. Vielleicht waren sie beide in sein Arbeitszimmer gegangen? Und in der Tat, als Renate die Tür zu diesem öffnen wollte, hörte sie drinnen sprechen.

Laut sprechen! Heftig! Welch ein ungewohnter Ton...

Es ging aber wirklich nicht an, hier draußen zu stehen und auf den Charakter des Stimmenklangs zu lauschen!

Also hinein! Renate klopfte an.

Sie fand das Ehepaar in sichtlicher Erregung. Anna stand mitten im Zimmer. Burchard ging auf und ab, was er beim Sprechen nur tat, wenn er sehr heftig zu werden fürchtete und sich zu bezwingen strebte.

»Ich störe?« fragte Renate.

Gerade dieser Schwägerin stand Anna ganz ferne. Aber sie vermutete jetzt plötzlich, in ihr eine Bundesgenossin zu finden, weil sie sich des stark ausgebildeten Standesbewußtseins der Komtesse erinnerte.

»Nein, du störst nicht. Im Gegenteil. Du kannst und wirst mir recht geben gegen Burchard. Denke dir, er will die Güte so weit treiben, noch zu diesen Schülers zu gehen!« rief Anna.

»Was ist denn mit den Schülers los?« fragte Renate und setzte sich in ihres Bruders Schreibstuhl, ihre Hände auf die flachen, breiten Lehnen legend.

»Ach so, du weißt noch nichts – denke dir...«

Aber Graf Burchard fiel seiner Frau in die Rede. Nicht noch einmal wollte er das schmerzliche Schauspiel erleben, sie, die er liebte, die er hoch über alle Frauen stellen zu können wünschte, sich in Worten voll Gehässigkeit ergehen zu hören.

Er erzählte seiner Schwester von dem törichten Liebesroman zwischen Stephan und Sophie Schüler. Und er sagte, daß er die Überzeugung gewonnen habe, es handle sich da weder um eine abenteuerliche, noch um eine frivole Sache, sondern die beiden armen Kinder hätten einfach vor den Stimmen der Liebe die Stimmen der Vernunft nicht gehört.

Renate saß schweigend. Mit Befriedigung trank sie förmlich jedes Wort in sich hinein. Wie deutlich war für sie nun der geheime Grund des Benehmens der jungen Frau. Wie deutlich...

Anna aber wußte gar nicht mehr klar, von welchen Empfindungen sie sich treiben ließ. Ihre wundgeschlagene Eigenliebe, die sich an dem Mann hatte rächen wollen, der sie einst übersehen hatte, fühlte sich nun von neuem schmerzlich gereizt durch all den Tadel und Widerspruch, den sie von ihrem Mann erfuhr.

Und sie hatte geglaubt, ihn beherrschen zu können, weil er sie liebte, er, der Alternde, sie, die Junge...

Und sie hatte gedacht, wie interessant das Leben sein werde, wenn man einen bedeutenden, einflußreichen Mann als Vollstrecker des eigenen Willens nach Wunsch und Laune benutzen kann...

Alle ihre ungesunden, überspannten Vorstellungen von der Macht, die sie haben werde, fielen jäh zusammen.

Bei der ersten Angelegenheit, wo sie wünschte, daß alles nach ihren geheimen Absichten sich entwickeln solle, sah sie, daß ihr Gatte nicht daran dachte, sich zu ihrem Werkzeug machen zu lassen. Vielmehr ging er seinen klaren, gerechten Empfindungen nach.

Ihr wacher, schlagfertiger Geist half ihr, ein Schlußwort zu finden, mit dem sie dennoch zu triumphieren hoffte: »Muß ich es denn erst aussprechen: ich selbst fühle mich durch dies

Mädchen belogen und beleidigt, dem ich doch mit Güte entgegenkam. Ich fühle mich auch beleidigt durch euren Stephan, daß er während meiner ersten Anwesenheit auf deinem Stammsitz mir den Aufenthalt durch seine Abenteuer trübt. Geh und spiele den Tröster bei diesen Schülers, wenn du willst und wenn sie dir wichtiger sind als ich!«

Damit verließ sie hocherhobenen Hauptes das Zimmer, beleidigt und stolz zugleich.

Der Beginn ihrer Rede hatte Graf Burchard getroffen. Ja, eine feinfühlige Frau konnte sich dergestalt wohl gekränkt fühlen ...Aber mit ihren Schlußworten, die den falschen Trümpfen eines unsicheren Spielers glichen, hatte sie diese seine Empfindung wieder ganz verwischt...

Und wie peinvoll war es ihm, daß gerade Renate Zeugin einer solchen Szene geworden. Ja, es war eine Szene gewesen – er mußte es sich gestehen. Seine Frau hatte wider ihn gestritten. Was trieb sie nur dazu ...was?

»Ich begreife Anna in dieser ganzen Sache nicht,« begann er und fühlte sich fast verlegen. Er, der Mann mit der sicheren Herrschernatur – verlegen, weil er nicht wußte, wie er seine Frau recht reinwaschen sollte.

Und die kluge Renate spürte diese seine Verlegenheit. Das kommt davon, dachte sie, was heiratet er ein so junges, schlecht erzogenes Ding! Alles bloß äußere Form. Herzensbildung keine. Das sah ich gleich bei der Hochzeit.

»Wahrscheinlich spricht die Enttäuschung aus ihr, daß es nichts mit Stephan und Ursula wurde,« fuhr er fort.

»Bewahre. Das wollte sie ja erst gar nicht haben.«

Also auch das hatte Renate gewußt! Und er sah den rätselhaften Ausdruck auf dem Gesicht seiner Schwester ...so hinterhältig, so halb lächelnd, halb sinnend sah sie immer vor sich hin, wenn sie erwog, ob sie etwas Bedenkliches aussprechen solle.

»Was denkst du? Du willst etwas sagen?« fragte er nervös.

»Man weiß manchmal nicht, ob man durch Offenheit schadet oder nützt.«

Er stand vor ihr. »Ich bitte in jedem Fall um Offenheit.«

Renate zögerte noch. Ihre Begier, sich als die viel klügere Beobachterin zu beweisen, war ebenso stark in ihr wie die Feindseligkeit gegen Anna. Aber dennoch...

Dies Zögern steigerte des Mannes Nervosität und seinen Wunsch, sie möge sprechen. »Nun...« drängte er.

»Herdeke freilich sieht und merkt nie was,« sprach sie vor sich hin.

»Und du – was hast du gesehen?« fragte er heftig.

»Daß Anna aus dem simpelsten Grund von der Welt so haßerfüllt ist, nämlich aus ...ja, aus Eifersucht.«

»Aus Eifersucht?« fragte Graf Burchard langsam.

Und ein entsetzliches Gefühl schwoll in ihm an ...nahm ganz von ihm Besitz, erfüllte sein ganzes Wesen...

»Ja, aus Eifersucht. Ganz einfach auf Stephan. Ich glaube, sie hat ihn geliebt. Wer weiß, ob sie nicht noch...«

»Renate!« schrie er auf, »was sagst du?«

Sie erschrak vor seinem Ton und dem entsetzten Ausdruck seines Gesichtes. Aber es beleidigte sie zugleich, daß er ihr Handgelenk so umfaßte, als wollte er es zermalmen.

»Du lügst!« rief er ihr ins Gesicht, und aus seinem Ruf schrie schon die Angst: es ist wahr!

Und sie, die nie geliebt hatte, die keine Ahnung von der Furchtbarkeit einer solchen Leidenschaft hatte, dachte einen Augenblick nur gereizt daran, sich gegen den Vorwurf der Lüge zu wahren, den er natürlich seiner Lieblingsschwester Herdeke nie gemacht haben würde.

»Ich lüge nicht. Schon auf der Hochzeit...« Und sie begann, alle ihre Beobachtungen aufzuzählen. Das reihte sich aneinander, lauter kleinen Beweisen gleich – jeder nur ein Steinchen – aber eins fein sorgsam zum andern gelegt, gab es einen wohlgegliederten Bau – – an seiner Konstruktion war kein Fehler, so schien es...

Der Mann hörte. Er saß am Tisch, das Angesicht in den Armen auf der Tischplatte und hörte, hörte...

Erst als Renate fertig war und nun sich und ihre Klugheit in ein sehr helles Licht gestellt hatte, erst da fand sie Gedanken und Aufmerksamkeit für des Bruders Zustand.

Mein Gott ... er lag da wie ein Zerbrochener ... Das war es ja nicht wert. Er kannte doch die Welt und die Frauen. Er hatte sich doch denken können, daß eine Zwanzigjährige, die einen alternden Mann heiratet, irgendeinen unbefriedigenden Roman hinter sich hat. Daß es sich bei Anna nur um einen Seelenroman handelte, war ja gewiß. Und viel gesünder für Burchard, er wußte nun darum – da konnte er aufpassen.

Aber wie sie nun ein dumpfes Stöhnen hörte, so einen unheimlichen Laut, als wenn jemand sich mit Gewalt bestrebt, stumm zu bleiben, da ging sie sacht an ihn heran und streichelte ihm den grauen Kopf.

»Aber Burchard ... wie kannst du das so schwer nehmen ...! So irgend etwas dergleichen hättest du dir ja denken können ... ein kleiner vorehelicher Roman in aller Unschuld – Gott, den hat schließlich jede – – ja, wenn's auf Gegenseitigkeit beruht hätte! Aber so ... in dem bißchen Feindseligkeit klingt diese alte Geschichte vielleicht noch einmal an und damit aus. Es ist ja selbstverständlich ausgeschlossen, daß Anna ... daß ...«

»Laß mich,« stöhnte er auf, »laß mich ... laß mich nur allein!« Noch stand sie zögernd, das Herz nun doch voll Unbehagen. Eine erneute Bewegung von ihm verscheuchte sie, und sie ging mit dem Gedanken: hoffentlich macht er das mit sich allein aus und vertraut sich nicht Herdeke an.

Als der Mann die Tür gehen hörte, richtete er sich auf. Mit fast tappendem Schritt ging er und schloß ab.

Nur allein sein, ganz allein ... und denken ...

Er setzte sich vor seinen Schreibtisch nieder, die Hände auf den Stuhllehnen. Er saß unbeweglich, das bleiche Gesicht wie versteinert in Schreck und Schmerz.

Immer noch und immer wieder hörte er die Schwester reden. Und von jenem Erblassen an der Hochzeitstafel bis zu dem Erröten an diesem Morgen – es schien bewiesen. Ihr ganzes Benehmen war erklärt. Aufgehellt die Verschwiegenheit ihres Wesens, die Rätsel, die es ihm aufgegeben.

Graf Burchard hatte es ja gefühlt und gewußt: seiner heißen, späten Leidenschaft begegnete in Annas Herzen ein ungleich ruhigeres Gefühl. Er hatte es nicht anders erwartet. Er war nicht mehr der Mann, jähe Glut in einem Frauenherzen zu erwecken. Wohl aber war er der Mann und sich dessen kraftvoll bewußt, sich langsam und sicher nach und nach ein Frauenherz zu erobern.

Und sind nicht diese stillen, langsamen Eroberungen die festesten, wertvollsten? Im Feuer eines Liebesrausches die Eisen zu schmieden, die das Lebensglück vernieten sollen – das gelingt nur wenigen. Was in der immer gleichmäßigen, stillen Glut der Achtung und Neigung zusammengeschweißt wird – das hält für ewig!

Und darauf hatte der Mann vertraut. Er wußte, daß er sich die Hand seines Weibes mit den glanzvollen Äußerlichkeiten erobert hatte, die seine Persönlichkeit umgaben; das Herz seines Weibes sich nach und nach dazu zu ersiegen, traute er sich zu.

Nur – frei mußte es sein ... gegen Schatten konnte er nicht siegen ... das Bild eines andern geliebten Mannes aus dem Tempel ihres Herzens nicht reißen ...

Mit einer Lüge war sie an den Altar getreten. Mit einer Lüge an seine, des Vertrauenden Seite!

Das traf ihn schwerer als alles. Und verschlossen, in die Geheimnisse dieser ihrer Liebe gehüllt, war sie neben ihm hergegangen – hatte seine Küsse geduldet und erwidert ...

Wer wußte, ob sie nicht gerade ihn genommen hatte, weil er ein Verwandter des heimlich Geliebten war – weil sie so den Weg fand, jenem wieder zu begegnen ...

Und die rasendste, qualvollste Eifersucht durchrüttelte ihn.

Er rang mit ihr. Hier war die Grenze. Seine Klugheit und Würde hatten ihn davor bewahrt, ein Spielzeug ihrer jungen Launen zu werden. Mit vornehmem Takt verstand er, seine heiße Leidenschaft zu verbergen und von seiner Liebe gerade so viel erraten zu lassen, als es für ihn geschmackvoll blieb.

Er war nicht der Mann, jemals eine geringe oder unklare Rolle zu spielen neben einer jungen, schönen Frau. Er wußte es: niemals würde es in der Gesellschaft einem andern Manne beikommen, sich der Gattin eines Grafen Burchard anders als voll Hochachtung zu nähern.

Seine Persönlichkeit stand vor dem jungen Weibe und der jungen Ehe wie ein eherner, leuchtender Schild...

Aber wenn sie schon mit einer Lüge an den Altar getreten war ...Wenn die Liebe zu einem andern in ihr war...

Dann zerbrach alles...

Ein ungeheurer Zorn wallte in ihm auf.

Zu ihr ...sie zur Rede stellen ...ihr sagen: Fort, fort von hier – hinweg von meiner Seite ... ich dulde keine Lüge in meinem Leben...

Die Welt? Mochte sie lachen über den schlimmen, schnellen Ausgang der ungleichen Ehe...

Nur keine Lüge...

Aber dann kam die Eifersucht und krallte sich in seine Gedanken und zerfleischte sie, bis sie ganz zerfetzt und gestaltlos wurden. Und es blieb nur das dumpfe Gefühl: ich kann nicht von ihr lassen...

In sein Grübeln hinein kamen die Stimmen anderer Menschen. An seiner Tür vorüber gingen zwei mit lauten Reden und Lachen.

Das waren Wolf und Donat ...schon zurück?...

Stunden waren also verronnen?

Und ihm war, als säße er hier erst Minuten ...Es befiel ihn wie Schreck. Es hieß, nun bald den Menschen wieder begegnen. Und ihr. Ihr!

Unmöglich! Und er hatte den Wunsch, ihr und allen zu entfliehen. Er zitterte davor, daß man an seine Tür klopfen könnte...

Er ging hinaus. Er vermied die Halle und suchte den Seitenausgang, der sich nach der Richtung des Gutshofes zu befand. Er hatte Glück. Niemand sah ihn. So gelangte er zu den Ställen. Und eine halbe Stunde später kam Herr v. Braunau in die Halle, wo er Herrn v. Reinbeck und den Baron Wenderoth beim Schach traf. Diesen bestellte er, daß Graf Geyer in Geschäften habe nach Saßnitz reiten müssen und wohl erst zur Nacht zurückkäme.

Es wunderte sich niemand darüber, wenigstens niemand von den Gästen. Die drei Damen des Hauses freilich konnten sich eines peinvollen Gefühls nicht erwehren.

Renaten schlug doch das Gewissen, und vor allen Dingen lebte sie in Angst, daß der Bruder mit Herdeke sprechen könne. Die Vorwürfe dann! Das war nicht auszudenken. Und Renate fühlte wohl, daß sie gerecht sein würden.

Herdeke hatte inzwischen von der jungen Schwägerin die Liebesgeschichte »Stephan – Sophie Schüler« gehört und auch, daß Burchard, trotzdem er diese Heirat nicht wollte, eine unglaubliche Milde an den Tag lege. Das hatte denn zu einem scharfen Wortwechsel geführt; denn Herdeke stand zu ihrem Bruder. Aus seinem Fernbleiben schloß sie nun auf einen ernsten Konflikt zwischen den Gatten, und das tat ihr leid.

Anna aber war von einer unbestimmten Angst erfaßt. Angst? Wovor sollte sie Angst haben? fragte sie sich. So eine törichte Ahnung, als ob Unheil in der Luft läge, hat man wohl einmal, um sie den andern Tag zu verlachen.

Immer wieder ging sie in Gedanken durch, was sie gesagt und wie sie sich benommen hatte. In kluger Selbstkritik fühlte sie: es war nicht alles richtig gewesen. Sie hatte sich im Ton vergriffen.

Wenn man ein Gewebe hübsch spinnen will, muß man Farbe und Stärke aller Fäden kennen...

Sie kannte ihren Gatten schließlich noch so wenig. Seine ritterliche Liebe hatte sie zu falschen Schlüssen geführt.

Aber anstatt zu denken: er ist ein Mann, ich werde ihn nie beherrschen, er ist es, von dem ich mich führen lassen will und kann ...dachte sie: ich muß es anders anfangen, wenn ich ihn beherrschen will. Aber ihre hochfahrende Eigenliebe ruhte nicht mehr auf so sicherem Grunde ... jene törichte Angst kam immer wieder.

Und Anna zitterte eigentlich vor dem Augenblick, wo sie ihrem Gatten wieder in das stolze, offene Angesicht blicken sollte ... Er erwartete gewiß, sie solle sich schämen ... Und Anna ... sie gestand es sich nicht – sie wollte es nicht fühlen und in sich nicht groß werden lassen ... Anna schämte sich auch – trotz all der künstlich festgehaltenen, hochfahrenden Gedanken.

Ganz unlogisch, ganz zusammenhanglos damit, war sie liebevoll gegen Ursula wie noch nie. Sie versuchte, während ihr selbst Kopf und Herz so schwer waren, das gute Ding auf jede Art aufzuheitern. Und es gelang ihr auch ein wenig.

Sie saßen zu viert, abgesondert von der übrigen Gesellschaft, um einen Tisch und spielten ein harmloses Kartenspiel, an dem sie sich in Kindertagen oft vergnügt hatten. Donat und Wolf lachten zuweilen laut auf, so ganz ungeniert und knabenhaft, wie die andern Herrschaften hier nicht mehr lachen konnten. Wolf war einfach selig, und in seinen strahlenden Augen stand die Bewunderung für Anna als deutliche Schrift.

Frau v. Reinbeck, die sich am Whisttisch mit ihrem Gatten, Greti Wenderoth und Renate etwas langweilte und lieber bei der Jugend gesessen hätte, sah neidisch auf die Lachenden.

Mein Gott, dachte sie, hat hier denn niemand ein Auge dafür, daß dieser junge Cherusker in die Anna Geyer bis über die Ohren verliebt ist?

Anna sah jeden Augenblick zur Tür. Aber was sie erhoffte und wovor sie zitterte, geschah nicht: ihr Gatte kam noch nicht zurück. Nachher saß sie allein und in immer steigender Aufregung in ihrem Wohnzimmer.

Sollte sie schlafen gehen? Auf Burchard warten?

Das Wohnzimmerchen lag zwischen ihrem Schlafraum und dem seinen. Die Türen der zusammenhängenden Räume standen fast immer geöffnet. So auch jetzt.

Im ihrem Schlafzimmer wie in dem ihres Mannes brannten Lampen.

Er konnte nicht in sein Schlafzimmer treten, ohne daß Anna ihn hörte und sah. Sowohl an ihr Zimmer wie an das seine stieß noch je ein kleines Gemach als Toilette. Diese fünf Räume bildeten förmlich eine Wohnung für sich.

Anna schritt hin und her, ruhelos, wartend, immer wieder erwägend, ob sie alle Türen schließen und einfach zu Bett gehen solle.

Dazu war es noch viel zu früh. Man hatte sich heute so zeitig getrennt, schon um neun Uhr. Das geschah zuweilen. Einige der Gäste blieben dann wohl noch in ihren Zimmern zusammen.

Wie, wenn Burchard jetzt etwa ganz gemütlich bei den Reinbecks säße und über Parteiangelegenheiten mit seinem Freund plauderte? Oder, wenn er bei Donat und Wolf wäre, seinen Lieblingen?

Ich gehe zu Bett, dachte Anna. Sie fühlte, daß das Trotz war.

Mochte er es denn dafür nehmen! Schon näherte sie sich der Tür, die in ihres Mannes Zimmer führte, um sie zuzuschlagen.

Trotz – das ist die schlechteste Waffe, sagte eine Stimme in ihr. – Sie zögerte.

Und da öffnete sich die Tür vom Korridor her, und der, an den sie in fieberhafter Unruhe gedacht hatte, kam über die Schwelle.

Sie erschrak. Wie sah er aus! Bleich, hohl – wie jemand, der von übermenschlichen Anstrengungen ermüdet ist und sich kaum mehr aufrecht hält.

Er sah sie erblassen. Er glaubte zu verstehen ... sie sah sich erraten ...

Ich muß ihr helfen. Ich muß ihr helfen! dachte er.

Das war der Gedanke, der sich aus allen Kämpfen erhoben hatte. Er, der Reife, mußte ihr, der Unreifen, helfen ... Vor allen Dingen zur Wahrheit ...

Und wenn sie dann den andern liebte ...

Ja, dann war es aus. Das Glück vorbei. Die Zukunft lag zerbrochen am Boden wie ein Spielzeug, das für seine und ihre Hände nicht gepaßt hatte ...

In dem Elend dieses Gedankens war es ein heimlicher Trost, daß der andre ihr unerreichbar blieb …das linderte so unmerklich die Qual. Das machte die Mühe, sich zur Höhe der Entsagung emporzuschwingen, unbewußt leichter. Das schlug ihm Brücken …es bewahrte ihn davor, in die letzten Untiefen der Eifersucht zu versinken…

»Was – was starrst du mich so an?« fragte er und kam mehr ins Zimmer.

Sie wich zurück.

Und diese unwillkürliche, ängstliche Bewegung erbitterte ihn.

»Du fürchtest dich vor mir?« fragte er.

»Weshalb sollte ich? – Was geht überhaupt vor …ich verstehe nichts,« sprach sie, durch seinen Ton gereizt.

»Ich aber – ich verstehe desto besser alles – dich – dein ganzes Benehmen,« sagte er. Ihr schien, als er nun näher auf sie zutrat, als habe er etwas Drohendes.

»Ich – was habe ich denn getan?« rief sie.

»Hast du nicht gelogen – mir nicht gelogen in der heiligsten Stunde deines Lebens?«

Sie sah ihn an – unsicher – nach Verständnis suchend – und doch mit einem seltsam unfreien Gefühl im Herzen.

»Ich…«

»Komm, Anna,« sprach er und nahm ihre Hand, »komm – laß mich mit dir reden – wie – wie vielleicht ein bester Freund – wie ein Vater.«

Sie sah es ja, daß er erschüttert war. Sie begriff nicht, weshalb. Aber ihr Unverständnis konnte sich nicht in klaren, liebevollen Fragen äußern. Es lag so auf ihr wie Unsicherheit – mehr noch, wie Schuld.

Denn gerade in diesem Augenblick begriff sie auch, daß alle ihre Gedanken und ihr Trachten kleinlich, unrein, dieses Mannes und deshalb ihrer selbst nicht würdig gewesen waren.

Er litt. Sie sah es. Warum aber nur?

Hätte ich mich doch nie um diesen Stephan und seine Liebesangelegenheiten gekümmert, dachte sie. Wenn ich geahnt hätte, daß daraus ein solcher Streit mit meinem Manne erwachsen würde …

Aber sie saß hilflos. Sie konnte nicht gerade heraussagen: Leidest du, weil du mich gehässig fandest? Ich war es, weil jener mich einst verschmähte. Er ist mir gleichgültig, plötzlich ganz gleichgültig, weil es uns entzweien könnte!

Wie durfte sie das sagen? Sie wußte nicht, ob er das so durchschaute – sie wußte nicht, was er dann von ihr denken würde. Und sich durch eigenes Geständnis vor ihm der Kleinlichkeit anschuldigen? Nein, niemals!

Sie erinnerte sich, wie seine Liebe sie fort und fort auf einen Thron erhoben hatte. Das war dann vorbei.

Wie ein geringes, gewöhnliches Menschenkind würde sie vor ihm stehen, wenn sie sich selbst die Krone stolzer Eigenschaften vom Haupt nahm.

»Du schweigst?« fragte er.

Sein Blick durchforschte ihr Gesicht, und er verlor keine Spur von all dem wechselnden Ausdruck, der darüber hinspielte.

»Was soll ich denn sagen?« sprach sie, in der Haltung einer Gefangenen neben ihm sitzend. Seine Hand war wie eine Fessel und hielt die ihre. »Du beschuldigst mich der Lüge. Welcher Lüge?«

»Anna,« begann er, und es war, als stockte ihm der Ton in der Kehle, »als du mir dein ganzes Leben gabst – gabst du es nicht aus Liebe?«

»Mein Gott…«

Er sah, daß eine große Angst ihr Gesicht entstellte.

Liebe? Man muß nicht fragen – nein, so nicht! Das nennen Worte nicht. Liebe? Damals nicht. Gewiß nicht.

Und jetzt? Was war überhaupt Liebe?

Vielleicht doch noch ein andres als alles, was sie bisher empfunden hatte. War diese unbegrenzte Verehrung Liebe? Oder war Liebe in diesem beglückenden Stolz, ihm so wert zu sein? Verbarg sie sich in der Eitelkeit, die sich an dem Schauspiel entflammte, in dieses Mannes Auge die Leidenschaft brennen zu sehen?

»Du schweigst,« sagte er zum andern Male. Immer war ihre nachdenkliche Verschlossenheit, in der sie sich zuweilen verbarg, seine Qual. In dieser Stunde reizte sie ihn aufs äußerste. »Wird es dir so schwer, wahr und offen zu sein?« fragte er hart. Der Zorn stieg in ihm auf, und seine Fassung und Selbstbeherrschung fuhr hinab und sauste hinein in das Meer der wild aufschäumenden Eifersucht. »Soll ich dir helfen? Soll ich dir diese Wahrheit vorhalten? Dir sagen, daß ich deine haßvolle Intrige gegen Stephan verstehe...?«

»Burchard!« rief sie flehend.

Es war ja nicht dies bißchen Intrige – kindisch gedacht – kindisch geleitet – das war ein lächerliches Hin und Her. Aber was dies alles offenbarte, was sich dahinter barg...

»Burchard!« rief sie noch einmal.

Aber er hörte nicht.

»Oh, ich versteh' es gut! Du gönntest ihm nicht das arme Kind, das ihn liebte – du wolltest sie, die du deine Freundin nennst, nicht glücklich sehen. Dann aber, als du begriffest, er habe seit langer, langer Zeit schon eine andre geliebt – da warst du voll Zorn. Und nun sollte er doch lieber Ursula haben – zur Strafe. Oh, wie klein, wie klein! Und warum das alles? Weil du ihn selbst geliebt hast, weil du ihn vielleicht noch liebst – weil du gelogen hast, als du mir Treue schwurst. Eifersüchtig warst du – eifersüchtig...«

Und als sättigte ihn das Wort, sprach er es wieder und wieder.

»Nein,« schrie sie dazwischen, »nein...«

Wenn jemand ihm in die Arme gefallen wäre mit dem Ruf: Halt ein, dich treibt die Eifersucht! so hätte er voll Hohn und Stolz das ewig Verleugnete auch für sich verleugnet.

Und darum hörte er aus dem verzweifelten »Nein« – »nein« – gar nichts andres heraus, als den Ruf: ich bin nicht eifersüchtig.

»Eifersucht trieb dich,« wiederholte er im Triumph, »Eifersucht ... du liebst Stephan.«

»Nein ... nein...«

Da sank sein Triumphatorgefühl zusammen. Es hatte nur gleichsam von einer Barrikade aus, die der Aufruhr in ihm gebaut, den Feind verhöhnt.

»Anna,« sprach er fast unverständlich, »Anna – mit der Liebe zu einem andern kamst du zu mir...«

So war es ja nicht gewesen – so nicht. Und doch ... damals – ihr erstes Sehnen und Träumen hatte Stephan gegolten ... Wie dem Gatten das gestehen? Wie ihm klar machen, daß von jenem Gefühl nichts geblieben sei, als die Begier, verletze Eigenliebe zu rächen. Wie das sagen, ohne vom Throne hinabzusteigen in die Jämmerlichkeit ewiger Demut.

Sie unterschied nicht klar – alles in ihr war verworren ... aber ein dumpfes, warnendes Gefühl sagte ihr, daß er vielleicht noch weniger verstehen, noch mehr zürnen würde, wenn er erkannte, was für niedrige Eitelkeiten sie beherrscht hatten.

Nein, nein. Lieber leugnen ... lieber kämpfen ... um nicht so nackend in Armseligkeit vor ihm zu stehen...

»Burchard,« rief sie, »glaube mir doch! Ich habe mir niemals das mindeste aus Stephan gemacht.«

Aber ihre Blicke, die ihn mieden, und ihre bebende Stimme sprachen deutlich von Unwahrheit.

Er stieß die Hand zurück, die seine Rechte zu umklammern suchte. »Häufe nicht Lüge auf Lüge,« sprach er wieder aufflammend, »wie soll ich dich verstehen und dein Benehmen? Nur so ist alles erklärlich.« Sie schwieg – zitternd – wartend.

Er stand auf. Er ging hin und her. Es schien, als spräche er zu sich selbst, oder mit einem Phantom. Kein Blick suchte das junge Weib, das ratlos und bleich dasaß, mit großen Augen an ihm hängend.

»Ich brachte dir mein ganzes Herz ... trotz meiner reifen Jahre, ich kann es sagen ... es war eine reine, starke, ausschließliche Liebe. Es schien, als habe das Leben mich an allen Frauen vorbeiführen wollen – zu dir, zu dir! Und du ... aus Trotz gegen einen andern nahmst du mich ... aus kleinlichem Mädchenhochmut ... wenn nicht aus dunkleren Gründen ... wenn nicht, um in meinem Hause den Geliebten wiederzusehen.«

»Burchard!« flehte sie weinend.

Die Wahrheiten in seinen Worten warfen mit Keulenschlägen all ihre Selbstherrlichkeit um. Die Ungerechtigkeiten erbitterten sie. Und wie es ihr unmöglich war, mit sicherer und starker Hand aus dem Bilde, welches er sich gemacht hatte, all die falschen Farben hinwegzuwischen – so war es ihr auch unmöglich, ihre Beschämung von ihrem Trotz zu sondern.

Sie versank in ein Chaos von Unglücksgefühlen.

Er aber hatte ganz vergessen, daß er in schmerzlicher Resignation, als ein Helfender gekommen war. Fern von ihr konnte er sich leicht in diese priesterliche Aufgabe hineindenken ...

Jetzt war nur noch der Mann in ihm wach – der Mann, der leidenschaftlich liebte und qualvoll litt, weil er begriff: seine Göttin sank in den Staub und – seine Leidenschaft sank mit ...

Und es war, als müßte er sie dafür strafen und zugleich sich selbst, weil er in all seinem zornigen Leid klar fühlte, er könnte doch nie von ihr lassen.

»Denkst du denn, daß ich eine solche Frau noch achten kann?« sagte er hart und laut, um sich selbst zur Kälte und zur Entsagungskraft zurückzuführen.

Da schrie sie auf. Sie warf sich zurück und versteckte ihr Gesicht in den Kissen.

Er ging hinaus. Er wußte wohl, es war eine Flucht – vor ihr, vor sich selbst ... Er glaubte, seine Mannheit retten zu müssen – sich nicht weiter fortreißen lassen zu dürfen ... denn furchtbar und heiß stieg das Verlangen in ihm auf, die Weinende an sich zu reißen und die Flammen des Zornes mit Küssen zu ersticken..

Sie hörte die Tür schließen.

Als Graf Burchard das Zimmer seiner Frau verlassen hatte und Anna allein zurückgeblieben war, richtete sie sich auf – blickte verstört um sich – sann ...

Ihre Seele, die während langer trüber Jugendjahre sich eine phantastische Welt aufgebaut und auf das Leben gewartet hatte, fand sich nun in der Wirklichkeit nicht zurecht.

Nur vielleicht nicht, weil sie einfacher und derber war ... kein reizvolles Spiel mit menschlichen Schachfiguren ... kein Zaubergarten, in dem ernste Männer sich von geliebten Prinzessinnen zu Sklaven machen lassen ...

»Er achtet mich nicht mehr. Dann will ich nicht seine Frau bleiben.« Das sagte sie flüsternd vor sich hin – zweimal, dreimal.

Und dabei war ihr wunderbar zu Mut. So, als habe sie ein Doppelleben.

Einmal war sie die Frau, die sich plötzlich in Unglück verstrickt sah und in einem Irrgarten von Peinlichkeiten verstört umherwanderte, vergebens nach einem Ausgang suchend, die Hände ringend, »was soll nun werden, was soll nun werden!«

Und dann war sie außerhalb dieser Frau als Zuschauerin da, die das erregte Leid in fieberischer Spannung genoß und es tragisch fand und es durch mitleidigen Zuruf steigerte – immer noch steigerte ...

Nicht hier bleiben als Königin von gestern und Büßerin von heute ... ihn strafen für das harte Wort ... sich selbst verstecken, weil es verdient war ...

Und immer mehr Seitengänge taten sich im Irrgarten auf, und ihre Seele tastete sich darin umher und fand sich nicht zurecht.

»Wer hilft mir?«

Plötzlich war ihr, als sei sie hier fremd und werde in der Fremde gequält ...

Einst hatte es sie gedrängt, der Heimat und den Ihren ganz zu entfliehen.

Nun dachte sie: Wolf – Donat – Ursche –. Sie war nicht allein. Da waren Herzen, zu denen sie sich flüchten konnte ...

Ohne Besinnen huschte sie hinaus.

Draußen auf dem Korridor erlosch gerade fern am Ende ein Lichtschein, der aus dem Treppenschacht noch heraufgequollen war. – Ein Schritt verhallte irgendwo.

Anna schlich den Korridor entlang, bis zum Fuß der Treppe, die zum zweiten Stockwerk führte.

Leise – leise. Wenn Burchard sie hörte, konnte er erraten, was sie wollte...

Durch die großen Fenster des Treppenhauses kam das Mondlicht. Sein Schein malte kraftlos die farbigen Muster auf die Treppe. Es war ein Licht wie in einem Grabgewölbe. Anna hastete durch das fahle Licht.

Oben der Korridor war dunkel. Er gähnte ihr entgegen wie ein tiefer, schwarzer Tunnel.

Alle phantasievollen Menschen neigen zur Furcht. Anna hatte von klein an im Dunkeln keinen Schritt gewagt und sich vor den Finsternissen der Nacht immer halbtot geängstigt.

Auch jetzt wurde sie von jener törichten, peitschenden Furcht befallen, bei der es immer ist, als schleiche ein unsichtbares Wesen hart hinter einem her ... Und diese Furcht trieb sie vorwärts – erhöhte in ihr das Gefühl von Not und Jammer – steigerte ihre Lage bis zur Unerträglichkeit.

Unter den Türen einiger Zimmer kam über die Schwelle noch der Schein des Lampenlichtes heraus.

Da war Ursulas Zimmer ...hell ...da Donats ...dunkel ...da Wolfs ...hell. Und als sie das Ohr an die Tür legte, hörte sie: er pfiff leise. Und es raschelte Papier.

Sie klopfte. So leicht und fein und leise, wie das Geheimnis klopft.

Und der Mann da drinnen hörte den raschen kleinen Klopfton und hob horchend das Haupt von seinem Brief, den er nach Hause schrieb.

Nun wieder. Er sagte nicht Herein. Auf so ein Klopfen antwortet man aus Instinkt nicht laut. Er ging zur Tür und öffnete.

»Anna...«

Sie streckte die Hand gegen seinen Mund aus, und das hemmte den Ausruf auf seinen Lippen.

»Ich muß dich sprechen,« flüsterte sie.

Er zog sie herein. Sie sah sich ängstlich um – es war ja sein und Donats gemeinschaftliches Wohnzimmer – wenn Donat da in irgend einem Lehnstuhl herumräkelte ...Aber er war nicht da.

»Was ist los? Wie siehst du aus! Gott – Anna – was glühen deine Augen...«

Er hielt sie an der Hand.

»Wolf,« sprach sie mit fliegendem Atem, »du mußt mir helfen. Ich bin sehr unglücklich. Mein Mann liebt mich nicht mehr. Er verachtet mich. Du mußt mich fortbringen von hier.«

Er starrte sie an – ein paar Sekunden lang.

Dann platzte er heraus – drastisch – ungläubig: »Ach – du bist verrückt...«

»Wolf,« fuhr sie beschwörend fort, »wenn ich doch komme und es dir sage!«

»Kind – besinn' dich doch bloß! Wie soll ich dich fortbringen jetzt! Das ist ja kompletter Unsinn – romantischer Firlefanz – du bist ja wohl ganz von dir ...So 'n Mann wie Graf Burchard mißhandelt doch seine Frau nicht. Ich kann doch nicht mit dir davon reisen ...so auf einmal...«

»Nicht jetzt – nicht in der Nacht – nein, das geht ja gar nicht. Aber wir wollen darüber sprechen ...morgen vormittag ...du und ich und Donat und Ursche ...wir gehen zusammen fort. Er hat mich mißhandelt ...moralisch. Ja. Er achtet mich nicht mehr, sagt er. Und das ertrage ich nicht – das ertrage ich nicht...«

Zuletzt schrie sie es fast und packte mit ihren beiden Händen seinen Arm.

Da wurde seine Stirn finster, und der Ausdruck von Unglaube, von Verständnislosigkeit verschwand.

»Wenn dein Mann dich beleidigt hat – mein Gott, Anna, dieser Mann?! Wie kann das sein? Ich kann es nicht glauben! Und doch – du bist so von dir ...wenn er dich beleidigt hat, so will ich mit ihm reden ...Auge in Auge ...denn Donat ist ein unmündiger Mensch ...und ich ...ich hab' ja wohl ein Recht, meine Jugendfreundin...«

Er wußte nicht aus noch ein. Auf einmal lähmte ihn wieder diese qualvolle Unsicherheit ... so, als käme von Anna her irgend etwas auf ihn zu und machte ihn zum schwachen Knaben ... so angstvoll war das.

»Nein,« flüsterte Anna erregt, »nicht mit ihm reden. Ich will fort. Er soll sehen, wer ich bin. Ich lasse mich nicht kränken.«

»Heimlich gar? Besinn' dich bloß, Anna – mach' keine Sachen, die schief aussehen! Komm, setz' dich daher ... erzähl' mal alles genau. In den besten Ehen kommt was vor. Vater und Mutter streiten sich auch mal. Na, und du weißt doch...«

Das war nicht, was Anna wollte – Rat, Zuspruch, Erwägungen, Vernunft, Vergleiche mit dem kleinen Zank von Hinz und Kunz – –

Sie wollte etwas Großes. Etwas, das ihm zeigte: So bin ich! Und was laut verkündete: Wenn du mich nicht mehr achtest, andre stehen zu mir und schützen mich...

Plötzlich fiel sie Wolf um den Hals und drängte sich gegen den Mann.

»Wolf,« raunte sie, »du hast mich doch lieb? Du wirst doch tun, um was ich bitte, wenn ich sage, es muß sein ... Weißt du noch ... an meinem Hochzeitstag trugst du mich auf deinen Armen zurück in mein Vaterhaus ... bring' mich zurück ... noch einmal...«

Als sie sich so an ihn drängte und er ihre Arme um seinen Hals fühlte, ihre Gestalt an der seinen, da erzitterte er vor Schreck und war ein paar Herzschläge lang wie benommen und hörte auf ihre raunenden Worte und empfand ihre Nähe...

Plötzlich stieß er sie von sich – rauh – daß sie fast taumelnd zurückweichen mußte.

Sein Gesicht war fahl und verzerrt. Er vermied ihren Blick.

Er hatte begriffen, was in ihm vorging, und sein junges, rasches Blut, das ihr entgegengewallt hatte, ebbte zurück und schlich ihm bleischwer durch die Adern...

»Geh',« sagte er. »Geh' zu deinem Mann!«

»Wolf...«

»Was kommst du zu mir klagen?! Was willst du von mir?! Wenn ich auch so gut wie dein Bruder bin ... Geh' zu deinem Mann – vertrag' dich mit ihm – oder nicht ... ich kann dir nicht helfen ... was du willst, ist häßlich gegen ihn...«

Er ballte seine Fäuste.

Und auch in ihm bäumte sich der Mann feindlich und vor sich selbst Rettung suchend auf gegen das unredliche Weib...

»Du willst mich zu deinem Werkzeug machen,« sagte er hart. »Das nehm' ich dir so übel, daß ich morgen fortgeh' – ja, wir gehen fort – ich und Donat und Ursche...«

Seine Stimme brach. Er wendete das Gesicht ab.

Die da war das Weib eines andern Mannes! Und welchen Mannes!

Er wollte sie nicht einmal mehr ansehen – aus Furcht – und diese Furcht empörte ihn, daß er meinte, es sei Haß ... »Liebst du mich nicht – hast du mich nicht lieb?« rief sie, »und willst mir nicht helfen?«

»Nein! Ich will, daß du gehst! Ich will, daß du mich in Frieden läßt! Ich will gar nichts von dir wissen! Geh' – geh' – zu deinem Mann!«

Sie stand noch – ein – zwei bange, trotzige Augenblicke lang...

Er kehrte sich ab und trat ans Fenster und stierte in die Nacht hinaus, mit zusammengebissenen Zähnen und einem einzigen Gedanken, der unaufhörlich, unaufhörlich in ihm kreiste: Ein anständiger Kerl bleiben – ein anständiger Kerl bleiben...

»Wolf!« flüsterte es hinter ihm, heiß und bittend.

»Geh'!« schrie er wütend.

Und da verlor sie jeden Halt. Sie lief davon – besinnungslos schlug sie die Tür hinter sich zu, daß es durch die nächtliche Stille knallte.

Mit eiligen Füßen, von Zorn, Scham, Angst getrieben, rannte sie den langen, dunklen Korridor hinab und dann durch die fahlbunten Lichtflecke, die der Mondschein durch das farbige Glasfenster warf, die Treppe hinunter.

Sie kam wieder in dem Zimmer an, wo sie vorhin mit ihrem Gatten gekämpft.

Nichts hatte sich da verändert. Es war friedlich, traulich hell. Die Tür zu seinem Zimmer war geschlossen – aus ihrer Schlafstube kam das etwas rosiger getönte Licht, das dort still hinter der weißen Lampenkuppel und dem rötlichen Schleier brannte.

Sie ging in ihr Schlafzimmer. Ohne Zaudern. Wie eine, die genau weiß, was sie will.

Mit sichern Schritten trat sie an ihren Schrank. Dort in einem Fach stand die Schmuckkassette. Ohne mit den Händen zu zittern, nahm sie aus dieser das Fläschchen, das sie damals dem Doktor Schüler entwendet hatte.

Der eigentliche Mensch in ihr – der gesunde, der sich schwer emporzuringen hatte aus dem Dornengestrüpp von Torheiten und Phantastereien, von Eitelkeiten und Trotz – der sagte deutlich: Das willst du ja gar nicht ... das ist ja nur eine Komödie ...

Aber die »Zuschauerin« in ihr – die raunte: Tu's! Triff ihn! Trumpfe aus! Imponiere ihm! Zeig's auch Wolf! Der ist so feig – will dir nicht einmal helfen – du bist von allen verlassen.

Der gesunde Mensch sagte wieder ganz deutlich: Das war ja nur ein Wort, daß er dich nicht mehr achtet – er liebt dich ja. Suche den Weg zu ihm – trachte, dich ihm klar zu machen – zeig ihm deine innern Feinde – nimm seine starke Hand. Und schäm' dich – daß du den reinen, jungen Menschen in Not gebracht ...

Die »Zuschauerin« aber stachelte auf: Wie lächerlich ist all diese Männerliebe, wenn sie dir nicht einmal zu Füßen liegen will – tu's, erschrick sie auf den Tod – das sei ihre Strafe ...

Das wirbelte durch ihr Hirn in rasender Schnelle.

Und im Triumph des letzten Gedankens nahm sie das kleine Fläschchen und trank es aus.

Die lächerlichste aller Empfindungen durchschüttelte Anna.

Das schmeckt ja scheußlich, dachte sie ganz banal.

All die echten und all die künstlichen Aufregungen der letzten Stunden sanken in sich zusammen, waren für Minuten wie nie dagewesen, vor dieser ganz gewöhnlichen Peinlichkeit.

Mein Gott – wie schmeckte das bitter ... Und der Nachgeschmack auf der Zunge war so herb, so gallig, daß immer wieder ein Zusammenschaudern ihr das Gesicht verzog und die Schultern bewegte.

Sie ging an ihren Nachttisch. Auf seiner Platte stand eine Wasserflasche und ein Glas.

Anna schenkte sich etwas Wasser ein. Als sie das Glas aufnahm, blieb irgendwie das Spitzendeckchen der Nachttischplatte an ihrem Ärmel hängen.

Die Flasche und einige andre kleine Gegenstände, die da gestanden hatten, fielen polternd zu Boden. Der Teppich machte, daß die Töne nur dumpf waren.

Aber Anna erschrak entsetzlich.

Es war, als erweckte dieser Schreck sie ...

Sie stand wie entgeistert ... besann sich ... ihr schwindelte.

Was hatte sie getan! Mein Gott ... nein, es war ja nicht möglich – nur eine Einbildung ... Aber der gallenbittere Geschmack ... der war doch da ...

Schlotternd trank sie das Wasser ... der Geschmack linderte sich etwas – er wich noch nicht.

War das Gift? Hatte sie wirklich Gift genommen ...

Und merkwürdig war es ... so als ob Wolf noch einmal ganz laut zu ihr sagte: »Du bist verrückt ...«

Das war ja wirklich Wahnsinn ...

Aber vielleicht schadete es gar nichts ... so ein kleines Fläschchen voll ... für einen großen Menschen ...

Da fiel ihr ein, daß sie es oft und oft bei der Unglücksgeschichte des Doktors Schüler hatte erzählen hören ... nur ein paar Tropfen wären es gewesen ... Wie viele doch noch? Sie konnte sich nicht besinnen – auf keine Weise ... Ihr Herz klopfte rasend.

Wenn nur der bittere Geschmack auf der Zunge nachlassen wollte ...

Aber gewiß, es schadete nichts ...

Sie schauderte.

Sterben?! Ach mein Gott – sie dachte nicht daran, zu sterben.

Das war ja alles Unsinn ... Wolf hatte recht: in jeder Ehe kommt mal was vor ...

Sie hatte es ja auch eigentlich nicht darum getan. Warum denn?

Ganz wirr sah sie sich um ... Warum? Sie schrak davor zurück, sich die Antwort zu geben. Denn nun wußte sie sie genau. Ganz merkwürdig klar sah sie mit einem Mal ihr ganzes Leben vor sich, seit ihren Kindertagen.

Sie hatte sich immerfort eine Fata Morgana vorgezaubert und gedacht, das sei die Welt – aber in so einem Luftgebild steht alles auf dem Kopf...

Sie hatte in ihrer Kindheit schon, da ihr Herz und ihr Verstand nicht die rechte Nahrung bekamen, sich an den Genüssen der Zukunft gesättigt – in der wollte sie herrschen, glänzen, bewundert sein, ihrem Willen nachleben, sich für die Leere ihrer Jugend an dem Inhalt endloser Erlebnisse entschädigen.

Vor ihrer Phantasie hatte es gestanden: es war ein tolles Durcheinander von blinkenden, interessanten, rätselvollen, verbotenen Dingen, und das wirbelte rundherum um Anna, in unklarem Schimmer von allerlei Farben, und sie sah hinein und griff hinein nach Herzenslust.

Zahllos und wahllos hatte sie gelesen, immerfort gelesen, gute und schlechte Bücher durcheinander. Und in jeder bedeutenden Frau, die Macht ausübte über ihre Umgebung, sah sie sich und hatte kindische Vorstellungen davon, zu was für besonderen Erlebnissen sie noch berufen sei.

Und da erlebte sie eine Niederlage, in ihrem ersten, ganz reinen, ganz zarten Empfinden. Und der Mann, dem ihre junge Seele sich öffnen wollte – der beachtete sie gar nicht.

Das pflanzte neben die haltlosen Wucherranken ihrer Phantasie dann den starren Eisenpfahl des Trotzes, dieses gegenstandslosen Trotzes, der ein großer Verderber für junge Seelen ist.

Dann kam Graf Burchard. Und neu flammte das Bewußtsein auf, daß sie zu Besonderem berufen sei. Nun wollte und konnte sie es diesem jungen Manne, der sie verschmäht hatte, einmal zeigen...

Und das alles hatte sie bis hierher gebracht, bis zu dieser Torheit, die so komödiantenhaft lächerlich war, daß Anna sich vor sich selbst hätte verstecken mögen. Lächerlich, zum weinen lächerlich war es gewesen...

Der Geschmack auf der Zunge verlor sich. Anna wurde ruhiger.

Es schadete nichts. Gewiß nicht...

Sie setzte sich auf den Rand ihres Bettes und faltete die Hände im Schoß.

Und sie begann über sich Gericht zu halten.

Die »Zuschauerin« war davongeflogen. Für immer. Da saß das junge Menschenkind allein in der Nacht und räumte in seinem Innern auf.

Sie machte sich klar, daß sie nichts gewollt hatte bisher, als eine gewaltige Rolle spielen, vor sich und andern...

Das hatte kein rühmliches Ende genommen.

Ob wohl alle jungen Menschen gleich den geraden, rechten Weg in die Welt der Tatsachen finden? Ob wohl viele erst so toll herumfahren wie auf goldenem Wagen im Zauberwald und sich dann sehr wundern und wehtun, wenn sie gegen den Stacheldraht der Wirklichkeit stoßen?

Das kam wohl auf die Anlage und die Erziehung an. Für die Weichen mochte immer die Gefahr sein, zu verträumen, für die Härteren, daß sie in selbstgefällige Herrschbegier gerieten ... für die Phantasievollen, daß sie ins Abenteuerliche kämen...

Ach, wie bin ich erzogen, dachte Anna, gar nicht – gar nicht! Gottlob, daß ich den reifen, bedeutenden Mann habe. Auf was für Wege wäre ich noch neben einem jungen gekommen! Wie schlecht von mir, zu Wolf zu laufen ... Nun hab' ich ihn verloren ... er findet es unanständig, wenn eine Frau über ihren Mann klagt – das darf sie nicht, selbst zum besten Freund nicht. Und außerdem...

Sie erglühte in der tiefen Einsamkeit. O Gott ... wie schlecht. Sie hatte es doch gespürt und geahnt, was dem jungen Menschen selber nicht klar war: daß er für sie mehr empfand, als er durfte. Und das hatte sie sich dienstbar machen wollen ... Und nun hatte er begriffen ... ihr Fraueninstinkt sagte es ihr ... und nun litt er.

Er würde fliehen.

Und mit ihm ging Heimat und Jugend von ihr – sie stand dann allein neben ihrem Mann.

Seine Achtung, seine Liebe mußt sie wieder haben. Sonst war das ganze Leben fortan ja unerträglich.

Und tapfer nahm sie sich vor, morgen mit ihm eine Aussprache zu suchen und sich nicht zu schonen.

Nur dies eine durfte er nie erfahren. Das war zu komödiantenhaft – daß sie Gift genommen hatte. Das mußte ihm doch verächtlich sein. Dies bißchen – nur so ein Fläschchen voll! Aber natürlich, irgend eine Wirkung würde es schon haben. Vielleicht schlief man lange, lange danach.

Dann würden sich wohl alle sehr wundern … Aber sie sollten doch nicht erraten …

Und Anna stand auf, nahm das leere Fläschchen und ging damit an den Ofen im Hintergrund des Zimmers, wo ein halb eingeschlafenes, karges Feuer, dem Frühling sorgsam angemessen, sein bißchen Glut unter viel toten Kohlen barg.

So – das war besorgt …

Aber in diesem Augenblick begann alles ringsum so zu flimmern und zu schwanken …

In ihrem Ohr hub ein feines, sehr hohes Singen an … Ihr Herz klopfte rasend.

Ein wahnwitziger Schreck packte sie.

Noch stand sie und horchte in sich hinein … nur noch im halben Bewußtsein …

Ja, das Herz raste – hohe, schneidende, langausgesponnene Töne waren in ihrem Ohr … ein Schwindelgefühl erfaßte sie … die Angst steigerte es …

Sie bildete sich ein, die Luft verginge ihr … ihr Kopf stände wie in Flammen …

Das war das Gift … der Tod … er kam … er kam doch …

Sie schrie auf. Sie lief an ihres Gatten Tür.

»Burchard – Burchard …«

Und er öffnete schon; denn er hatte ja in heißer Sehnsucht gewartet, ob sie nicht komme und flehe: Vergib – ich habe den andern nicht mehr lieb – nur noch dich …

»Burchard,« schrie sie und warf sich in seine Arme, »hilf mir, rette mich …« »Was ist dir, mein Kind? …«

Er hielt sie, von jähem Schreck erfaßt – doch noch ohne Verständnis …

»Rette mich – ich muß sterben … ich habe … ich bin … Burchard, ich habe Gift genommen.«

Und halb ohnmächtig lag sie in seinen Armen, schwer atmend mit glühendem Gesicht.

Das Entsetzen, das über ihn kam, ließ seinen Herzschlag stocken. Er stand wie erstarrt …

»Rette mich …« flüsterte sie und sank aus seinen Armen an ihm nieder, als wollte sie zu seinen Füßen um Hilfe stehen.

Sie war wie von Sinnen.

»Nicht sterben! Lieber Gott im Himmel, nur nicht sterben!«

Er neigte sich und half ihr wieder auf. Er nahm sich zusammen, mit eiserner Kraft. Ja, helfen … retten …

Aber übermächtig drängte sich eine Angst noch vor, behauptete sich sekundenlang als das stärkste Gefühl.

»Warum, Anna?« stöhnte er und trug sie durch das Zimmer, hinüber auf ihr Bett, »warum … warum? Weil ich hart mit dir war …«

Da rannen zwei schwere Tropfen unter ihren Lidern hervor …

»Weil ich schlecht bin … ganz schlecht …«

»Anna!«

Und er drückte sie leidenschaftlich an sich.

»Sprich,« flehte er, »sag’, womit – wie war es möglich …«

Er ließ sie auf ihr Bett nieder, das Herz voll Jammer.

Er beugte sich über sie, hielt ihre Hände umschlossen.

»Sprich!« flehte er; denn ihm schien, ihr schwände das Bewußtsein. Und Wissen hieß doch vielleicht schon Rettung …

»Womit?« rief er beschwörend, als müßte seine Stimme noch in die Abgründe hineinbringen, darin sie zu versinken schien.

Sie hörte seine Stimme durch das unerträgliche feine Singen in ihrem Ohr, durch das dumpfe, rasche Brausen des Blutes ... Sie hatte den Willen, sich aufzuraffen ... sich zu wehren ... Nicht sterben ... nicht sterben ...

»Opium,« hauchte sie ... »Doktor Schüler genommen ...«

Und eine tiefe Ohnmacht umfing sie und schloß ihr die Lippen ... eine leise Kopfbewegung zur Seite noch ... ein aufmerksames, ganz gesammeltes Horchen auf das schneidende Singen und das dunkle Rauschen, das darunter hinströmte ... Dann wußte Anna nichts mehr von sich.

Der Mann handelte. Sein Gesicht war fahl und finster ...

Er wußte nur zwei Dinge: rasche Hilfe und kein Aufsehen ...

Mit fliegender Hast warf er an Annas Schreibtisch zwei Zeilen auf ein Blatt.

»Retten Sie meine Frau! Sie hat Opium genommen – Ihnen entwendet, wie es scheint.«

Wer sollte das hintragen durch die Nacht ... unten, Campell wachte ... Mimi auch ... sie warteten im Dienerschaftszimmer sicherlich darauf, daß ihre Herrschaft ihre Dienste zum Zubettgehen brauchte. Es war ja kaum elf Uhr ...

Dies Blatt durfte nur in die Hände eines ganz Treuen, Vertrauten gelegt werden ... Doktor Schüler war ein Ehrenmann ... ohne daß man ihm Versprechungen abnahm und überhaupt ein Wort davon verlor: er würde schweigen. Aber er konnte sich in dem ersten Schrecken unwillkürlich verraten, gerade weil es sich um dieses Gift handelte ... weil Anna es ihm genommen ...

Nein, einem Diener ließ sich das nicht anvertrauen.

Wenn er selbst ginge?

Aber da waren ja Wolf und Donat ... sie gehörten zu Anna ... sie hatten ein leidenschaftliches Interesse daran, mit zu wachen, daß ihre Untat verborgen bliebe.

Und schon war der Mann unterwegs, und schon klopfte er an dieselbe Tür, an die vorhin seine Frau so geheimnisvoll gepocht hatte. Aber er wartete auf kein Herein, er öffnete sogleich.

Wolf fuhr zurück ... Rastlos, gequält, in Zorn über sich selbst, leidvoll, in tausend Zweifeln, ob er recht getan, Anna so schroff fortzuweisen, war er in seinem Zimmer hin und her gerannt.

Nun kam ihr Mann ... Auch um zu klagen? über sie? Oh, Wolf wollte ihm das nicht raten ... er würde jeden niederschlagen, der Anna ein Haar krümmte ...

»Wolf,« sprach Graf Burchard atemlos, »laufen Sie – schnell, schnell – hier, das zum Doktor Schüler ... bringen Sie ihn her. Anna ist krank ... ich habe es gleich aufgeschrieben, was ... wegen der Gegenmittel ...«

»Krank ... krank ... wie kann das sein ... eben noch ...«

Nein, sie nicht verraten ... sie nicht bloßstellen vor ihrem Mann!

»Ich sag' Ihnen morgen, was – es ist ... denken Sie nicht – fragen Sie nicht ... Eile ...«

Wolf hatte schon den Brief in der Hand. Und wortlos, blaß, mit funkelnden Augen lief er davon. Graf Burchard war an das Bett seiner Frau zurückgeeilt ... sie lag noch, wie er sie vor zwei Minuten verlassen hatte, ... scheinbar ohne Besinnung, mit kurzem, stoßendem Atem, als fieberten ihr alle Pulse ...

Der Gedanke an all die Menschen in seinem Hause durchblitzte ihn ... Anna schützen, ob sie nun eine Sterbende war, oder ob sie gerettet ward – sie schützen, daß sich kein raunendes Geflüster über ihre Tat erhob ...

Er klingelte.

Einige Minuten verrannen. Dann kamen sowohl Campell als auch Mimi. Er hatte für beide das Zeichen gegeben.

Er stand im kleinen Wohnzimmer, aufrecht, sehr bleich, mit vollkommen gefaßter Miene. »Meine Frau ist erkrankt. Herr v. Pallau ist schon unterwegs zum Arzt. Bleibt in der Küche wach – wenn etwas nötig werden sollte ...«

Mimi, die sich berechtigt glaubte, als Jungfer der Gnädigen, zu ihr zu eilen, wandte sich dem Zimmer zu, wo sie die Herrin kurzatmend, glühend, mit geschlossenen Augen auf dem Bett liegen sah. Graf Burchard machte eine Handbewegung, als wollte er zur Geräuschlosigkeit dem Schlaf gegenüber mahnen.

»Es scheint, die Gräfin schlummert,« flüsterte er. »Sie können ihr im Moment nicht helfen. Haltet euch nur wach und bereit. Und daß unsre Gäste nicht gestört werden.«

»Soll ich Komtesse Herdeke wecken?« fragte Campell leise.

Eine kurze Schwäche zuckte durch des Mannes Herz. Die treue, alte Schwesterseele – die sein ganzes Leben mit ihm zusammen getragen hatte – – wie würde sie erbeben, wenn sie wüßte – wie aber auch vielleicht Anna verdammen – und ihr vielleicht nie verzeihen, daß der Bruder um ihretwillen jetzt litt...

Anna schützen ...»Nein,« sagte er, »wir wollen meine Schwester nicht erschrecken.« Und er setzte sich neben das Bett seines unseligen Weibes.

War sie bewußtlos? Schlief sie? Würde diesem überhastigen Leben, das offenbar jetzt durch ihre Adern zuckte, bald die tiefe bleierne Ruhe der Opiumvergiftung folgen?...

Er wartete und wachte ...seine gequälte Seele bebte vor dem Moment, wo vielleicht ein plötzliches Erstarren diesen schönen jungen Körper lähmen würde.

Wunderbare Erinnerungen kamen ihm. Er entsann sich der ganz zweifellosen Sicherheit, in welcher er sich entschlössen hatte, um Anna zu werben. Keinen Augenblick hatte seine Liebe mit dem Verstand Kämpfe auszufechten gehabt. Keine Warnerstimme erhob sich in seinem Innern. Und auf die leisen Sorgen seiner treuen Schwester hatte er geantwortet: »Ich bin nicht der Mann, mich durch eine junge Frau unglücklich machen zu lassen; ist Anna unreifer, als ich vermute, so werde ich sie heranbilden.«

Nun hatte sich seine allzu große Zuversicht wohl gestraft!

Hier saß er, ein unglücklicher Mann, und wachte am Bett der Frau, die sich vergiftet hatte, weil sie einen andern liebte; weil diese ihre Liebe erraten worden war.

Denn so sah er es, so mußte er es sehen.

Hätte Renate mit ihrer von Mißgunst allezeit so geschärften Klugheit doch geschwiegen! Wenn er ahnungslos geblieben wäre – immer weiter beglückt von dem Wahn, Anna liebe ihn auf ihre Art – vielleicht hätte sie mit der Zeit still in sich jene andre Neigung begraben und überwunden ... Das Wort fiel ihm ein:

»Ein Wahn, der mich beglückt.
Ist eine Wahrheit wert,
Die mich zu Boden drückt.«

Nein – er erstickte das in sich. Das waren feige Gedanken ... Es hieß, fest und klar dem Unglück ins Auge sehen.

Dies war ein Wendepunkt im Leben dieses jungen Geschöpfes ... Man erhebt sich nicht von einem Lager, an dem der Tod stand, zu neuen Lügen.

Wenn sie gerettet wurde, mußte sie offen ihre Seele vor ihm ausbreiten. Und wenn er fand, daß die Liebe zu dem andern zu sehr alles durchsetzte, daß gar kein Bestand für irgend einen Gedanken oder ein Gefühl war außer ihr, ohne sie – dann mußte er sein Weib freigeben.

Dann war es würdiger für ihn und für sie, sie trennten sich.

Er konnte sie nie mehr küssen, ohne davor zu zittern, daß sie dabei an den andern denke. Er konnte sie nicht mehr in seinem Hause ihrer Pflichten walten lassen, ohne zu denken, sie möge sich dabei vielleicht nach einer Hütte mit jenem andern sehnen.

Wohin eilten seine Gedanken? ...in eine Zukunft, die es vielleicht nicht mehr gab...

Was schlich jetzt durch die Adern der Frau?

Ihm schien, sie werde stiller ...er sah es mit Entsetzen ...kein Zweifel, die stoßenden, fieberischen Atemzüge ebneten sich ...Kam nun die Wirkung des Giftes? Begann es leise und grausam alle Lebenserscheinungen zu lähmen? Fing jene fürchterliche Stille an, sich im Körper zu verbreiten, die Schlaf scheint und Tod ist? Würden sich diese strahlenden, schönen Augen nie mehr öffnen?

»Anna!«

Aber auf den flehenden Anruf kam keine Antwort.

Ihr Mund blieb stumm. Ihre Lider waren geschlossen.

Wollte sie nicht antworten? Oder konnte sie es nicht mehr?

Waren ihre Sinne schon gelähmt? Drang der Laut der heißen Sorge nicht mehr in ihr Ohr? Entsetzlicher Gedanke!

Sie sollte leben. Nur leben, um jeden Preis. Auch zu seinem Unglück. Lieber wollte er leiden, sein ganzes ferneres Dasein, als sie sterben sehen!

So jung ... Und wie spurlos würde ihr Dasein verwehen. Nur in seinem eigenen Herzen konnte sie weiter leben. Sonst in niemandes. Es war ihr noch nicht vergönnt gewesen, mit dem Pfunde, das die Natur ihr gegeben, zu wuchern. Alles in ihr war erst Verheißung gewesen. Unter seiner liebevollen Leitung sollte sich erst alles erfüllen, was ihre Art versprach.

Und nun sollte sie zerbrechen an der überspannten Torheit, die ihre unreife Jugend in einem Augenblick völliger Sinnlosigkeit beging? Nur einer tauben Blüte sollte ihre Jugend geglichen haben?

Es wäre zu hart gewesen. Er hatte es ja begreifen müssen – voll Todesangst bereute sie die rasche Tat – ihr verzweifelter Ruf: »Rette mich« sagte genug.

Aber das Schicksal hat solche dämonische Launen. Es nimmt den Menschen beim Wort. Und am liebsten beim unbedachten Wort ... Es unterscheidet nicht zwischen besonnener und unbesonnener Tat. Es hat, gerade wie das von Menschen geschaffene Gesetz, das unbarmherzige Prinzip: Unkenntnis schützt nicht vor Strafe ...

Wie bleiern gingen die Minuten ... wenn nur erst Rettung käme! Und wenn noch Menschenkraft hier retten konnte, war es gerade die des Mannes, den er gerufen hatte ... das war seine traurige Sonderwissenschaft ... Opiumvergiftung.

Warum kam er noch nicht?

Ach, es vergingen ja erst Minuten, seit der treue junge Mensch in die Nacht hinausgestürzt war, um Hilfe zu holen.

Barhäuptig, in keuchender Eile stürmte Wolf vorwärts. Es war in seinem Lauf etwas von der wilden Kraft eines Tieres, das in stummer Not flieht. Ihm war entsetzlich zumut. Er durchlitt die erste wirklich schwere Stunde seines Lebens. Einen Augenblick kam er sich wie ein Verbrecher vor, weil seine Sinnlichkeit sich für das Weib eines andern Mannes entflammt hatte. Dann wieder schalt er sich roh und plump, weil er ein offenbar verängstetes und vor Erregung verwirrtes Weib so schroff von sich gewiesen.

Was hatte Anna empfinden müssen, als er, in dem sie so etwas wie ihren älteren Bruder sah, sie einfach fortjagte? Sie konnte ja nicht ahnen, was in ihm vorging – daß er über sich selbst zu entsetzt war, um noch auf seine Handlungsweise zu achten.

Wie unbegreiflich! Er kannte doch Anna seit dem Tage, wo man sie in ihrem Taufkleidchen ins Zimmer gebracht hatte; und er, der kleine Junge, hatte sich an jenem Tage sehr den Magen verdorben, weil sein Papa ihm zu viel Konfekt von der Taufschüssel zusteckte. Ja, seit damals kannte er sie. Seit zwanzig Jahren.

Und als Knabe und als Jüngling und auch später, nachdem er von seinem Jahr bei den Gardedragonern wieder heimgekommen, immer sah er sie voll herzlicher Freundschaft, aber in völliger Ruhe neben sich.

Und wenn davon die Rede war, daß er sie heiraten könnte, oder er selbst einmal flüchtig daran dachte, schloß er das immer mit einem lachenden »Nur ja nicht« ab. Er wollte natürlich niemals heiraten, ohne bis über die Ohren verliebt zu sein. Und wie kann man in eine verliebt sein, mit der man sich als Junge mal geprügelt hat! Und Anna hatte auch immer so etwas Apartes an sich – als stände sie über ihm. Das erkannte er auch an ... unbedingt ... von jeher ...

Wie unbegreiflich! Und um dieser selben Anna willen brach ihm jetzt beinahe das Herz?

Das hatte ihn ja wohl so beschlichen und überfallen ...

Wenn er das geahnt hätte ... wenn das nur ein halbes Jahr früher in ihm aufgewacht wäre ...

Dann hätte er sich Anna erobern können.

Nun war sie nicht einmal glücklich mit ihrem Manne ... Das freilich begriff er nicht. Er verehrte den Grafen Burchard unendlich.

Von neuem wurde er wütend auf sich, daß er Anna so hart fortgewiesen. Er hätte sie zum Sprechen bringen müssen, um zu erfahren, was eigentlich vorgefallen sei ...

So jämmerlich unzuverlässig hatte er sich ihr erwiesen – in einer Lage, in der sie auf den Freund ihrer Jugend rechnete – und vertrauend zu ihm kam, jagte er sie fort, weil ... ja, weil seine sündhafte Aufwallung ihn so entsetzte ...

Wenn er es aber recht bedachte ... es ging ihn gar nichts an, was da vorgefallen war ... zwischen Eheleute soll man sich nicht stecken. Es war unrecht von Anna, über ihren Mann klagen zu wollen ... Ja, es war doch gut, daß er sie fortgewiesen hatte ...

Er stolperte – und darüber hielt er in seinem stetigen, raschen Lauf einen Augenblick inne. Der Nachtwind strich ihm kühl an die Stirn.

Wolf schritt weiter, etwas langsamer, von neuen, noch schwereren Gedanken befangen.

Der Wald zu seiner Linken stand in der geheimnisvollen Unruhe der Nacht. Die Natur schläft niemals. Durch die Wipfel mit ihren aufspringenden Knospen ging der geschäftige Wind in rauschenden und knarrenden Bewegungen. Unten zwischen den Stämmen schien sich allerlei zu rühren, mit schleichenden Tritten, gleichmäßigem Atem, kurzen, gedämpften, unzusammenhängenden Lauten. Und es quoll ein würziger, starker Hauch aus dem Dunkel, so als ob die Luft förmlich dick wäre von Gerüchen. Das feuchte Moos dunstete seinen erdigen Atem aus. Aber daneben roch es auch nach Waldmeister und jungem Laub.

Die ganze Frühlingskraft der jungen Pflanzen strömte schwelgerisch in Düften aus. Die Laute der Nacht, die aus dem verborgenen Leben des Waldes hervordrangen, waren wie die Einzelstimmen, die kurz und leise sich über der Unterströmung einer unendlichen, gleichmäßigen Melodie erhoben.

Drüben, rechts in der Tiefe, rauschte das Meer in seiner ewigen Sisyphosarbeit gegen den Strand. Die uferlose Weite, die dort in der Nacht aufgähnte gab dem nächtlichen Wanderer ein seltsames, schauriges Gefühl.

Den Wald und seine Enge zwischen den Stämmen und die Finsternis darin mit all den tausend flüsternden, knirschenden Schleich- und Fall- und Rauschtönen, den kannte er – der war ihm vertraut ...

Aber dieses ungeheure Loch in der Nacht ... das weite, weite Meer, dessen Horizont man nur erriet, weil die Sterne da aufhörten ... diese Riesenfläche von Schwarzblau aus Wasser und Himmel – die kam ihm vor wie der Schlund der Unendlichkeit ...

Wie viel Rätsel gibt es doch in der Natur, dachte er. Das sieht dann auch oft aus wie Unberechenbarkeiten ...

So etwas Unerklärliches mußte auch in ihm vorgegangen sein. Der Mensch ist ja auch nur ein Sklave der Natur – ein ihr noch unterhaltenderes, weil vielseitigeres Stück Spielzeug als Stein und Pflanzen, ja selbst noch als das Tier ...

Unser einer kann sich darüber den Kopf zerbrechen ... das ist es ... das macht es schwerer ...

Nun kam er ins Freie. Am Gelände voraus, das sich erhob, lag das Dorf schlafend hingestreckt.

Der Doktor Schüler schläft natürlich auch schon! schoß es Wolf durch den Kopf. Und da erst, als er das dachte, kehrten seine Gedanken zu dem eigentlichen Grund dieser nächtlichen Wanderung zurück.

Das andre hatte ihn förmlich hypnotisiert ... das hatte gleich den Schreck über Annas Krankheit wieder verschlungen – diese entsetzliche Erkenntnis, daß man reinen Herzens dennoch eine unreine Flamme in sich aufglühen sehen kann ... Wie sonderbar, wie sehr erschreckend das doch war, diese plötzliche Erkrankung! Eine viertel Stunde oder höchstens eine halbe Stunde vorher war Anna noch bei ihm gewesen. Zwar ganz entsetzlich aufgeregt, aber doch gewiß nicht krank ...

Wenn sie vor Ärger krank geworden wäre? Auch vor Ärger über ihn, der so rauh zu ihr gewesen war und auf ihre abenteuerlichen Reden nicht hatte eingehen wollen?

Aber das verwarf er, nachdem er sich einige Augenblicke reuevoll darüber gequält hatte.

Allerlei Streitereien, die er als Jüngling mit dem Backfisch Anna gehabt hatte, fielen ihm ein. Und obschon jene fernen Vorfälle gar keinen Maßstab abgeben konnten für das Heute, schloß Wolf doch daraus, daß Anna gar kein Talent habe, sich gleich krank zu ärgern. – Unbegreiflich!

Und weshalb hatte Graf Burchard ihm nicht einfach eine mündliche Bestellung mitgegeben? Er war doch kein Kind. Er konnte sich doch auf sein Gedächtnis verlassen.

Eine Idee durchzuckte ihn ... er blieb plötzlich stehen. Vielleicht war Graf Burchard zu delikat gewesen, es ihm zu sagen ...

Woran erkranken so junge Frauen zuweilen so plötzlich? ..

Gewiß ... es handelte sich um eine vernichtete Hoffnung ... Anna hatte irgend einen ehelichen Zank gehabt mit ihrem Mann ... war vielleicht schon in großer nervöser Erregung – und das entschuldigte sie auch für ihren törichten Versuch, den Gatten durch ihr Fortgehen strafen zu wollen ... und dann war sie plötzlich erkrankt ... Ja, so hing es zusammen! Er konnte sich vor Erschütterung kaum fassen ... Ihm war, als begriffe er jetzt erst ganz, daß Anna die Frau eines andern Mannes sei. Die Hoffnung, die heute dahinstarb, konnte bald neu erblühen. Gewiß – eines Tages würde Anna ihrem Gatten ein Kind schenken ... Mutter werden ...

Und ihm war, als wandelte ihre Gestalt fort aus dem Garten ihrer gemeinsamen Jugend – über eine tiefe Schlucht schwebte sie hinweg – drüben öffneten sich andre Gärten, und fremde Blumen blühten darin, die er, ihr Jugendgespiel, nicht gemeinsam mit ihr pflücken konnte.

Und unter dieser Vorstellung erlosch alle quälende Unruhe in ihm. Tränen standen in seinen Augen. Er fühlte es: er mußte und würde fertig werden mit dieser Leidenschaft, die ihn so jäh gepackt hatte. Wenn sie nur glücklich wird! dachte er nun. Und wenn diese Erkrankung nur nicht schlimm wird!

Fester schritt er aus.

Nun war er im Dorf.

Über so einer Anzahl von Wohnstätten, die alle stumm, verschlossen, dunkel in der Nacht daliegen, schwebt es immer wie eine Wolke von Unheimlichkeit.

Am Tage scheint es, die Häuser haben sich traulich angebaut – eins die gesellige Nähe des andern suchend. In der Nacht scheint es, die Furcht vor Unheil habe sie getrieben, sich nahe bei einander zu versammeln, damit sie Beistand finden, wenn auf eines von ihnen der Schrecken eines Unglücks niederfällt.

Und vor jeder verschlossenen Tür hockt eine graue Gestalt – das Geheimnis des Hauses – und scheint mit großen Augen zu wachen und Fragen zugleich zu stellen und zu verbieten.

Wer weiß, wie viel Schuld und Unglück da überall wohnen? Hell im Mondenschein lag das kleine Häuschen des Doktors. Auf den weißen Hauswänden klebten die grünen Fensterläden wie Plakate. Das rote Ziegeldach war so klar beleuchtet, daß man die von Regen und Staub dunkleren Rillen zwischen den Rundungen der Dachsteine erkennen konnte.

Mit jener Deutlichkeit, mit der das Gedächtnis im Bedarfsfalle eine vordem als ganz gleichgültig halbüberhörte Kleinigkeit wieder aus seiner Tiefe hervorbringt, besann sich Wolf plötzlich, daß von der engen Bescheidenheit des Doktorhäuschens gesprochen worden war. Rechts von der Haustür eine Wohnstube und eine Studierstube, links ein Zimmerchen, die Küche und wieder ein Zimmerchen.

Er beschloß, an den ersten Fensterladen links zu pochen, einerlei, ob er damit den Vater oder die Tochter aus dem Schlaf weckte. Der Zufall führte seine Hand richtig. Der Mann drinnen, der über all seinen gramvollen Grübeleien immer erst nach stundenlangem Umherwälzen Schlaf fand, machte sofort Licht. Wolf sah es. Die beiden kleinen Herzen, die als Öffnung in die beiden Flügel des Ladens geschnitten waren, sahen mit einem Male nicht mehr schwarz aus, sondern so, als wären sie von Flittergold.

Nach wenig Augenblicken hörte er ein Geräusch an der Haustür. Sie öffnete sich leise. Doktor Schüler erschien auf der Schwelle, halb angekleidet, mit der Hand den Rock auf der Brust zusammenhaltend. Als er den großen, blondbärtigen Mann sah, dachte er erstaunt und erschreckt: Einer vom Schloß!

Denn er wußte zwar nicht, wer Wolf war, hatte ihn aber mit dem Grafen Burchard zusammen reiten sehen. Seine Tochter hatte ihm auch von allen Gästen erzählt. Er aber vergaß die Namen wieder. Jene ferne, fröhliche Welt ging ihn nichts an!

»Graf Geyer bittet, Sie möchten sofort kommen, die Gräfin ist krank,« bestellte Wolf hastig, »hier ist ein Brief. Es steht darin, was ihr fehlt.«

Die Gräfin krank? Und er sollte helfen? Man vertraute ihm? Noch dazu, wo es sich um die kostbarste Gesundheit handelte? Wenn er nur helfen könnte! Welche Aufregung ... Seine Hände zitterten ein wenig, als er den Brief nahm.

»Wollen Sie nicht hereinkommen?«

»Danke,« sagte Wolf, »ich gehe hier auf und ab. Machen Sie nur schnell!«

»Ja, ja ...« Und Doktor Schüler war schon wieder in seinem Zimmer und zog sich an, mit der Raschheit, die er als Arzt gewohnt war ... Das hatte er nicht verlernt ...

Nun der Brief des Grafen. Wahrscheinlich umsichtigerweise geschrieben, damit der Doktor gleich aus seiner Hausapotheke das Nötige mitbringen könnte ...

Wenn es nur vorhanden war. Da er nicht mehr praktizierte, hatte er ja nur noch dies und jenes ...

Er wurde bleich und starr ... er hatte gelesen.

Verfolgte ihn denn ein Fluch? Sollte er denn zugrunde gehen an diesem einen fürchterlichen Gift ...

Diese junge, schöne, strahlende Frau, die auf den Gipfeln des Glücks einherzuschreiten schien, hatte sich bei ihm ein Fläschchen Opium genommen?!

Das mußte damals geschehen sein, als sie ihren Arm von ihm untersuchen ließ ...

War sie so unglücklich? Neben einem Mann wie Geyer? Undenkbar. Oder hysterisch? Oder was war dies alles ...

Aber man hatte sich an den rechten Helfer gewandt! Ja, er besaß das Mittel, das sie retten konnte, mußte – wenn man ihn rechtzeitig gerufen hatte ...

Es kam über ihn wie ein Rausch.

Welche Verknüpfung des Schicksals! Er glaubte tiefe, sinnvolle Zusammenhänge zu spüren ... Es war ihm beschieden, ein Menschenleben zu retten. Und gerade aus den Krallen desselben Feindes, dem er einst ein andres Leben fahrlässig überantwortet haben sollte.

Welch ein Ausgleich ...

Nein – kein neuer Fluch war auf ihn gefallen ...

Aus diesem Unglück gebar sich ihm vielleicht ein neues Dasein. Wenn er dem edlen Mann die geliebte Frau rettete ... Welch unnennbare Freude! Er würde wieder Mut gewinnen, sich wieder zutrauen, an das Bett kranker Mitmenschen zu treten.

Das erschütterte ihn so, daß Tränen über seine Wangen liefen. – Gewiß, er würde sie retten!

Da in seinem Schränkchen stand ja das unfehlbare Gegengift ... Schnell, nur schnell ... daß er nur Füße hatte und keine Flügel ...

Dennoch hatte er in seiner tiefen Gemütserschütterung ein oder zwei Minuten länger gebraucht, als dem Wartenden draußen erträglich schien.

»Doktor!« rief es von draußen mahnend.

»Ja – ich komme ... da bin ich.«

Er zog die Tür hinter sich zu. Und schnell, schweigend und schweratmend gingen die beiden Männer durch die Nacht.

Wolf tat keine Frage, keine einzige. Und der alte Mann verriet sich nicht, mit keinem Seufzer.

Ihr Zartgefühl schonte das Geheimnis, das Graf Burchard mit dem Brief zwischen ihnen errichtet hatte. Der jüngere Mann war ganz fest in der Idee befangen, die ihm vorhin gekommen war, und er hätte es indiskret gefunden, darüber zu sprechen.

Doktor Schüler aber nahm von selbst an, daß Graf Burchard das Geheimnis seiner Frau zu bewahren wünschte ... die Kenntnis davon hätte der Phantasie aller Welt Tür und Tor geöffnet ... welche Schlüsse mußte man ziehen ... wie viel Unglück vermuten ...

Ich werde sie ihm retten, dachte er inbrünstig.

Sophie Schüler schreckte auf. Sie hatte vielleicht seit einer halben Stunde erst in tiefem Schlaf gelegen.

Früh ging man in dem kleinen Haus zur Ruhe; denn man begann den arbeitsreichen Tag schon um sechs Uhr. Sophie war abends dann müde, mehr noch von den Leiden als von den Arbeiten des Tages. Selbst mit allen Erregungen einer hoffnungslosen Liebe kämpfend, mußte sie ihre ganze Kraft auf die eine Aufgabe sammeln, den armen Vater fort und fort mutig zu erhalten.

Trost spenden, ist ein heiliges Amt. Mut zusprechen, eine schöne Aufgabe. Aber Jahr um Jahr, Tag für Tag immer Trost für immer die gleiche Qual finden, immer das ermutigende Wort für immer dieselben Zweifel – das war eine Riesenlast, die das Geschick auf das Gemüt des jungen Mädchens gelegt hatte. Oft dachte sie: Wie finde ich noch Worte? Wie noch Gründe? Aber die Barmherzigkeit und Kindestreue machten ihre Beredsamkeit schier unerschöpflich. Immer wieder fand sie ein gutes, tapferes Wort. Immer wieder richtete sich an ihr der Mann auf, den, mehr als das tragische Ereignis, die Berufslosigkeit aufrieb.

Er hatte keine Mittel zum Vergessen. Keine zum Gutmachen. Nach jenem Ereignis fehlte ihm eben die zähe Kraft, die sich auch gegen widrige Schicksalsströmungen behauptet. Er, der sich in tiefster Seele als ein Unschuldiger fühlte, hatte nicht die Stirn des Unschuldigen gehabt, kühn dem Gerede zu trotzen, bis es angesichts nützlicher Taten verstummte.

Das war der verkehrte Zug im Spiel seines Lebens gewesen...

Sophie dachte oft: Das ganze Geheimnis eines erfolgreichen Kampfes ums Dasein liegt vielleicht nur darin, daß man an sich selbst glaubt. Vater hat nicht an sich geglaubt.

Sie verstand diese Schwäche nur zu gut. Ihr eigenes Wesen stand unter dem Druck einer fast unüberwindlichen Zaghaftigkeit. Sie fühlte, sie sei imstande, ihr ganzes Leben lang für den Geliebten zu dulden.

Aber ihm zu folgen, ihn nur zu ermutigen in dem Kampf um ihre endliche Vereinigung – dazu war sie nicht fähig.

Sie glaubte die Größe ihrer Liebe durch Entsagen zeigen zu müssen. Und als heute abend der Brief gekommen war, in dem Stephan ihr schrieb, daß seine Verwandten ihrer Heirat widerstrebten, da war ihr, als hätte nun alles Schwanken ein Ende.

Sie wollte ihm sein Wort zurückgeben. Nun ganz gewiß! Sie wollte sich nicht wie ein Bleigewicht an seine Laufbahn hängen.

Erst da sie die letzte Hoffnung verlor, fühlte sie ganz, wie stark diese doch gewesen war. Ihr Herz hatte ganz in seinen geheimsten Tiefen doch gehofft, Graf Burchard würde ihnen helfen, sich auf ihre Seite stellen, ihrer Verbindung kein »Nein« entgegensetzen.

Gewiß hatte Stephan recht: ohne den Einfluß der Gräfin Anna wäre es anders gekommen ... Oh, sie fühlte es an jenem Nachmittag, da die junge Frau kam, um ihren Vater zu konsultieren, ganz deutlich: Anna Geyer war ihr und Stephan feindlich gesinnt!

Das weiche Herz von Sophie Schüler war nicht gemacht, zu hassen. Die starke Kraft, die der Haß fordert, war nicht darin.

Sie verstand nur zu lieben und zu opfern...

Und doch – alles, was sich an Gefühlen, die von fern dem Haß verwandt sein mochten, nur in ihr aufbringen ließ, sammelte sich und kehrte sich gegen die Frau.

Die Tränen, die um den Verlust des Geliebten flossen, bekamen bitteren Beigeschmack. Anstatt zu lindern, quälten sie, weil sich die Weinende nun nicht mehr bei dem Schicksal allein beklagte, sondern weil sie sich mit Vorwürfen gegen einen Menschen wandte.

Endlich aber, müde vom traurig anstrengenden Tag, der hinter ihr lag, war sie doch eingeschlafen.

Und nun schreckte sie auf. Sie sann dem Geräusch nach, dessen Nachhall in ihrem Ohr lag.

Es wurde ihr klar. Ganz gewiß, es konnte nur das Zuklappen einer Tür gewesen sein. War ihr Vater krank? Trieb ihn die Unruhe seiner Gedanken jetzt auch nachts rastlos umher?

Sie machte Licht und zog sich rasch an – dabei fortwährend horchend...

Dem Ohr, das in das nächtliche Schweigen eines Hauses hineinhorcht, ertönen immer zahllose Geräusche, die sich nicht voneinander sondern, nicht bestimmen lassen ...Es schien zu schleichen und zu schlurfen – da knisterte es und da krachte es ...über den Flur huschten Schritte, und auf dem Boden polterten derbere Geräusche ...Sophiens Finger bebten. Auf die sonst Furchtlose legte sich ein Gefühl schauriger Angst. Die Hand zur Schale gebogen, um das Licht, das die Rechte trug, zu schützen, trat sie auf den Flur.

Vor dem Schein des Lichtes verkrochen sich auf einmal alle Lärmgeister. Kühle und Stille webten in dem kleinen, länglichen Flur, und das Licht malte auf dem Ziegelfußboden einen orangefarbenen, bizarr geformten Fleck und an die Kalkwand den ungeheuren Schatten der gewölbten Hand.

Sophie horchte an ihres Vaters Tür. Dahinter war es stumm. – Es ist aber, als ob es verschiedene Grade des Schweigens gebe. Dieses war nicht das Schweigen im Zimmer eines schlafenden Menschen. Es war ein andres: ganz totes, kaltes ...

Sophie riß die Tür auf. Ihr Vater war fort.

Wirklich – ihn hatte die Unrast nicht schlafen lassen?

Ärmster Mann!

Nun erst bemerkte sie, daß die Tür zum Wohnzimmer nur angelehnt war. Und sie wußte gewiß, daß sie am Abend, wie immer, alle Türen verschlossen hatte.

War ihr Vater in sein Studierzimmer gegangen? Fing er nun an, auch nachts zu lesen, zu forschen?

In tiefster Bekümmernis ging sie weiter – fast sicher, ihn an seinem Schreibtisch zu finden.

Auch das Studierzimmer leer?

Der Arzneischrank stand auf ...Sophie sah es und erinnerte sich, daß er geschlossen gewesen war.

Da kam ihr die Idee, daß man ihren Vater vielleicht geholt habe...Mein Gott – möchte es etwas sein, wo es in seiner Macht liegt, zu helfen! dachte sie von ganzem Herzen, damit dem Erkrankten Gutes geschähe, und ihrem armen Vater auch ...Was war denn das – ein zerrissener Briefumschlag auf der Erde – ein Briefbogen auf dem Tisch unter dem Arzneischrank?

Wenige Zeilen – mit großen, eiligen Buchstaben hingeworfen ...Und Sophie nahm das Blatt und las ...

Den Schrei, der sich aus ihrer Brust herausdrängen wollte, erstickte das Entsetzen ...

Anna Geyer hatte Gift genommen? Opium? Und es hier entwendet? Hier aus der kleinen Zahl von Fläschchen, die da auf dem Borde standen, eins genommen?

Aber das war ja gar kein Opium!

Fromme Tochterliebe hatte betrogen – und dem armen Manne die Fläschchen mit einer Flüssigkeit von derselben Farbe gefüllt.

Einmal hatte er seitdem damit Versuche gemacht und, da er die Flüssigkeit nicht schmeckte und da sie geruchlos war, den Betrug nicht gemerkt ...Sophie zitterte immer vor dem nächsten Mal und vor der Entdeckung.

Und nun war ihr Vater unterwegs, um Anna zu retten? ...Nein, um sie zu töten!

Mit dem Gegengift ...

Ach, das unglückliche Mädchen kannte zu genau all die Mittel, die versucht werden konnten, um einen Vergifteten zu retten – den Wirkungen des Opiums entgegenzuarbeiten.

Seit einigen Jahren hatte sie so viel darüber gehört und gelesen ...Dieses düstere Wissen war ihr so vertraut geworden wie ein Abc. Sie wußte, daß man dem Vergifteten zunächst den Magen auspumpt.

Wenn eine Magenpumpe zur Stelle war ...Das war sie nicht. Sophie wußte es genau. Ihr Vater war keineswegs mehr im Besitz aller ärztlichen Instrumente – er bedurfte ihrer ja gar nicht, er übte ja seinen Beruf nicht mehr aus ...

Und wenn dieses Instrument nicht zur Hand war, oder wenn es zu seiner Anwendung zu spät, dann mußte dem Gefährdeten das Gegengift eingeflößt werden ...

Atropin!

Furchtbar – furchtbar ...Ihr Vater würde zum Mörder anstatt zum Retter werden.

In dem glühenden Verlangen, zu helfen – in der Gier, dem Tode ein Menschenleben abzujagen, würde er der Frau sofort das Atropin einflößen ... und sie damit töten.

Das kostete zwei Menschenleben – keine Stunde würde er das Entsetzliche überleben...

Vielleicht war es schon geschehen ... ein Schlaftrunkener kann die Zeit nicht messen ... wie lange mochte es her sein, daß sie jenen dumpfen Ton vernommen, der vom Zuschlagen einer Tür herzurühren schien...

»Barmherziger Gott ... laß mich noch zur rechten Zeit kommen...« Und sie rannte in die Nacht hinaus.

Anna fuhr aus ihrem ohnmachtähnlichen Zustand empor.

Sie blickte in wilder Angst um sich.

»Anna ... wie ist dir?« fragte der Mann und nahm ihre Hand.

Sie begegnete dem liebevollen Blick des Gatten – sie sah den unaussprechlichen Schmerz darin.

»Verzeih mir – verzeih mir...« stöhnte sie.

»Der Doktor wird gleich hier sein,« sagte er verheißend.

»Ich schäme mich tot – vor ihm – vor allen – am meisten vor dir,« brachte sie heraus.

»Denke jetzt nicht,« bat er, »quäle dich nicht!«

Sie griff nach seiner Hand. »Ich muß leben,« flehte sie ihn an, als wäre er der Herr über Tod und Leben. »Ich muß. Um gut zu machen. Was ich bis jetzt...«

Der eigene Jammer mischte sich ihm qualvoll mit der Barmherzigkeit für sie ... Er sah, wie sie litt. – Ihre Seele wand sich – nicht nur in Furcht vor der düsteren Gewalt, die sie sich nahe glaubte – fast mehr noch in der Reue über ihre Torheiten.

»Meine Anna,« sagte er tröstend.

»Laß mich! Du verachtest mich,« stieß sie heraus, »du hast recht.«

»Wie sollt' ich ein junges, werdendes Menschenkind verachten!«

»Ach – du bist so gut und groß...«

Wieder lag sie still. Wieder horchte sie in sich hinein.

Und da ihre Seele aus den Fugen war, da grauenhafte Angst ihr alle Sinne trübte, glaubte sie, in sich wahrzunehmen, was ihre Phantasie ihr vorspiegelte: die Wirkungen des Giftes, die kommen mußten, begannen nun...

Der Tod kam auf sie zugeschlichen – leise – langsam – mit unfehlbarer Sicherheit nahm er seinen Weg.

Wie schwer schon ihre Hände... wie bleiern schon ihre Füße... welch Summen und Sausen im Kopf...

Der ganze Körper wie gelähmt...

»Burchard,« flüsterte sie.

Er neigte sich über sie ... Er nahm ihren Oberkörper in seine Arme ... auf dem Bettrand neben ihr hockend...

Sie erlag der wahnwitzigen Angst ... eine tiefe Ohnmacht umfing sie abermals... ihre Lippen wurden farblos, und auf der blassen Stirn erschien der kalte Schweiß. Mit Entsetzen sah der Mann die leichenhafte Farbe des Gesichtes – fühlte die Kälte der Hand...

Und gerade in diesem Augenblick trat Doktor Schüler in das Zimmer.

»Rasch,« schrie Burchard, »sie stirbt...« Er ließ sie sanft auf ihr Kissen nieder.

Stumm vor Erregung trat der alte Mann über die Schwelle.

Eine große Stunde schlug für ihn ... Er näherte sich dem Bett und erschrak ... Einer Sterbenden gleich lag die junge Frau da.

Kam er zu spät? Barmherziger Gott – nur das nicht ... Nein, nur das nicht! Wenn sie nur noch imstande wäre, zu schlucken – wenn es nur noch möglich wäre, ihr das Atropin einzulösen...

Er beugte sich über Anna ... er nahm ihre Hand...

Er horchte auf den Herzschlag – zählte den Puls ... befühlte die Haut ... hob das Augenlid ... bewegte ihren Arm...

In atemloser Spannung folgte Graf Burchard seinem Tun...

Eine kurze, schreckliche Verwirrung bemächtigte sich des alten Mannes … Was war das? Sah er falsch? Fehlte ihm die Sicherheit? Nahm ihm die Gemütserschütterung den klaren Blick? Stand er hier als ein Pfuscher? Täuschte ihn seine Beobachtung? Wollte der schreckliche Unglaube an sein Können ihn übermannen? Hier, in diesem tödlich ernsten Augenblick?

Was er sah, waren nicht die Symptome einer Opiumvergiftung …»Ich kann ihr kein Atropin geben,« murmelte er vor sich hin.

»Warum nicht – o Gott – Doktor – kein feiges Besinnen – kein Zaudern – retten Sie mein Weib…« rief Graf Burchard. Eine entsetzliche Angst befiel ihn. Immer hatte er dagegen gestritten, wenn es hieß, Doktor Schüler sei infolge seines Unglücks nicht mehr ganz klar. Nun packte ihn die Furcht, es möge doch so sein.

Dann war keine Rettung für Anna von ihm zu erwarten…

Feige, zitternd, verwirrt würde er sie sterben lassen, anstatt ihr zu helfen.

»Ich beschwöre Sie! Das Gegengift! Das Gegengift!«

Aber dem alten Mann ward es hell, ganz hell.

Jede Angst wich von ihm – seine Vergangenheit war nicht mehr da. – Er hatte hier zu bestimmen – er war der Arzt – ihm hatte man zu gehorchen.

Während er in seinen Beobachtungen und Untersuchungen fortfuhr, sprach er ab und zu ein rasches Wort dazwischen.

»Die Gräfin kann kein Opium genommen haben!«

»Sie hat es doch,« rief Graf Burchard händeringend, »ich weiß es gewiß. Sie selbst hat es mir gestanden … ein Fläschchen voll, das sie Ihnen entwendete.«

Wieder eine Pause von Sekunden.

»Wo ist es? Zeigen Sie es!«

Wo war die kleine Phiole? Nicht auf dem Nachttisch … nicht auf der Toilette … nicht auf der Erde…

Sie war nicht zu finden.

Doktor Schüler wendete keinen Blick von der starr und bleich daliegenden Frau … Jetzt hob sich ihre Brust … ein schwerer Atemzug kam herauf … Für ihres Gatten Ohr ein Stöhnen – vielleicht das des Todes.

»Das Gegengift!« Er schrie es heiser.

Aber unbeirrt fuhr der andre fort: »Suchen Sie … ich muß das Fläschchen haben … sehen Sie im Papierkorb nach … im Kohlenkasten … im Ofen…«

Mit fiebernder Hast befolgte Graf Burchard die Befehle.

Der Papierkorb war ganz leer. Einen Kohlenkasten gab es nicht. Graf Burchard riß den Ofen auf.

Unter den toten Kohlen glomm eine leise Glut.

Und oben auf den Kohlen lag ein kleines Etwas … ein Reflex blitzte darauf, als das Licht der Lampe es beleuchtete…

Die Phiole.

»Hier,« sagte der Mann mit bebender Stimme – »hier – glauben Sie es nun?…«

Doktor Schüler wurde leichenblaß.

Ja, dieses Fläschchen kannte er nur zu genau – ein paar seiner Geschwister standen in der Studierstube auf dem Borde.

Er nahm es. Es war sehr heiß – man konnte es kaum halten … Und es war ganz und gar ausgetrocknet. In seinem Halse saß viel Asche.

Von seinem früheren Inhalt ließ sich nichts mehr feststellen – wenigstens nicht durch Geruch oder Geschmack.

Aber sagte nicht die Gestalt der kleinen Phiole alles?…

»Geben Sie nun das Gegengift!« befahl Graf Burchard drohend, »werden Sie nicht aus Feigheit und Bedenklichkeit zum Mörder meiner Frau!«

Der Mann starrte auf das Fläschchen in seiner Hand.

Dies war ein Beweis. Der wollte alle Beobachtungen Lügen strafen.

Seine Wissenschaft sagte ihm: diese Frau kann kein Opium genommen haben. Die Phiole sagte: sie hat es doch genommen. Seine Wissenschaft sagte: du wirst zum Mörder, wenn du der Frau das Gegengift gibst. Die Phiole sagte: du wirst zum Mörder, wenn du es ihr nicht gibst.

Aber seine klare Sicherheit, die ein paar Herzschläge lang gefährdet schien, verließ ihn nicht. Und allen Beweisen zum Trotz – – nein, und wieder nein …»Ich sehe keine Symptome – ich sehe nur eine Frau, die eben aus schwerer Ohnmacht zu sich kommt,« sagte der alte Mann fest.

Nun war es für den Grafen Burchard entschieden.

Es fehlte Doktor Schüler an Mut zum Einschreiten!

O mein Gott – wie viel unnütze Zeit verloren …

Er stürzte hinaus. – Im Korridor stieß er auf Wolf.

Der ging da stetigen Schrittes rastlos wie ein Wächter hin und her. »Gefahr?« stieß er heraus.

»Höchste! Campell soll in den Stall laufen – anspannen lassen – zum Doktor in die Stadt – Schüler ist wie von Sinnen …«

»Ich fahre selbst,« sprach Wolf kurz.

Die Männer wechselten einen festen Händedruck. Jeder hatte das Bedürfnis, vom andern Trost zu empfangen.

Graf Burchard kehrte in das Zimmer seiner Frau zurück.

Er sah, daß der Doktor ihr etwas unter die Nase hielt …Es war Annas Englisches Salz, das er eben auf dem Tisch neben dem Bett entdeckt haben mochte. Welche Lächerlichkeit …

»Lassen Sie starken Wein bringen,« befahl der Doktor.

Graf Burchard klingelte. Ein paar Augenblicke später hatte Mimi das Befohlene herbeigeschafft …

Im Glase stand der dunkle Wein – ein rotglühender Reflex blitzte auf der kristallenen Rundung. Graf Burchard verzehrte sich in verzweifelter Ungeduld, als er sah, daß der alte Mann Annas Kopf hob und ihr den Wein einzuflößen versuchte.

Aber was war das …Annas Farbe kam zurück …die tiefen Atemzüge klangen, als ob eine große Last von ihrer Brust gehoben ward …

Nun schlug sie die Augen auf.

Fremd, verwundert sah sie in das bärtige, alte Männergesicht, das mit wachsamen Augen über sie gebeugt war.

Allmählich ging der Ausdruck der Verwunderung in den des Schreckens über. Wieder blickte sie wild um sich.

»Retten Sie mich!« schrie sie auf und umklammerte den Arm des Doktors.

»O mein Gott!« murmelte Graf Burchard.

Die zornige Sicherheit, in der er annahm, daß der alte Mann sinnlos handelte und zu feige wäre, entschwand ihm doch.

Noch einmal flehte Anna …ihre herzzerreißende Angst erfüllte den Mann mit Erbarmen.

Aber fest und ruhig sprach er: »Sie haben keine Opiumvergiftung.«

»Sie sagten es mir doch selbst, daß in jenen Fläschchen Opium sei.«

»Ja, das sagte ich. Und das war es. Und wenn Sie es getrunken haben, stehe ich vor einem Rätsel. Ich kann aber nur handeln, wenn ich Symptome sehe. Ich sehe keine …«

Graf Burchard war ja ein Laie – er maßte sich nicht an, Symptome zu kennen. Nun aber fing er an zu begreifen …was auch Anna genommen hatte, Opium konnte es nicht gewesen sein. Aber vielleicht irgendein andres Gift …Was mochte der Doktor da alles bei sich bewahren … War die Gefahr nicht noch größer, weil man nichts wußte …? Der Feind, der erkannt ist, läßt sich leichter in die Flucht schlagen als ein im Dunkeln schleichender …»Besinnen Sie sich, Doktor, was hatten Sie da alles auf Ihrem Borde?« beschwor er den Mann.

Der hörte gar nicht. Er sah nur Anna, dachte nur Anna …

»Wie fühlen Sie sich?«

»Ich weiß nicht …« stammelte sie.

»Also gut. Und nur aufgeregt. Wir werden lauwarme Kompressen auf Herz und Brust legen – das beruhigt die Nerven. So – so …« Und er streichelte ihr die Hand.

Dies ernste, sichere Wesen, der klare Blick taten Anna wohl. Aber doch ... ihre Gedanken waren wie mechanisch nur auf das eine gerichtet. »Retten Sie mich!« murmelte sie noch einmal.

Doktor Schüler hob lauschend den Kopf. Ihm war, als habe es gerufen: Vater – Vater ... Als sei das die Stimme seiner Tochter gewesen, die draußen nach ihm schrie ...

Als Sophie in rasendem Lauf bis vor das Schloß gekommen war und den Weg durch die Anlagen davor nahm, sah sie oben die kleine Reihe heller Fenster im ersten Stock. Das waren die Räume ... da war vielleicht schon das Furchtbare geschehen.

Und sie rief hinauf, als müßte sie ihre Warnerstimme als Herold voranschicken ...

Vorn das Portal geschlossen – die Halle dunkel ...

Sie lief an der Front entlang, bog um die Ecke – da – der Seiteneingang stand offen, als sei eben jemand heraus gestürzt und habe in der Hast vergessen, die Tür zu schließen. Der lange Korridor war hell. Als sie ihn hinunterhastete, kam sie am Dienerschaftszimmer vorbei.

Campell rief: »Wer ist da? Was wollen Sie?«

Weiter. Das Treppenhaus befand sich in der Mitte des Baues, der Korridor lief daran vorbei. Gerade kam Mimi treppab.

»Mein Gott – das Fräulein Schüler – was wollen Sie? – Ihr Papa ist oben – da dürfen Sie nicht hin.«

Und sie hielt sie ohne weiteres am Kleide fest.

»Lassen Sie mich. Ich soll – ich muß eine Medizin bringen ...« keuchte Sophie und rannte weiter.

Nun öffnete sie die Tür. Nun sah sie Anna auf dem Bett – die beiden Männer davor – –

Sie stürzte herzu.

Sie hob die Hände ...

»Es ist kein Opium,« schrie sie, »es ist kein Opium!«

Und dann war ihre Kraft zu Ende. Sie brach in die Knie. Fassungslos, vollkommen erschöpft, lehnte sie die Stirn gegen die Fußwand des Bettes und rang mit ihrem keuchenden Atem.

Kein Opium!

Doktor Schüler sandte einen heißen Dankesblick nach oben.

»Was war das dann?« rief Graf Burchard und packte die Kniende hart an die Schulter, »sprechen Sie – so sprechen Sie doch!«

»Nur Chinin,« stammelte Sophie.

Und dann war es, als ob alle diese vier Menschen den Atem anhielten ... die Erlösung aus Todesangst ... die Furcht vor den Folgen des frommen Betruges – die Erkenntnis, betrogen zu sein, das ließ sie verstummen – wohl eine lange spannungsvolle Minute. Dann brach das Mädchen in heiße Tränen aus.

Ihr Vater half ihr auf. Vom wilden Lauf, von der noch wilderen Angst war sie wie zerbrochen.

Sie klammerte sich an ihn und weinte an seiner Schulter.

Er hielt sie fest umschlossen. Seine Blicke waren in unbestimmte Fernen gerichtet.

Er sah nicht mehr, was hier um ihn war – hatte vergessen, daß er nicht allein mit seiner Tochter hier stand.

So blind verrannt war er in die Gedanken über sein Unglück gewesen, daß sein gutes, kluges Kind schon zum Betrug gegriffen hatte, um ihm mit frommen Täuschungen aufzuhelfen?

In krankhafter Einseitigkeit hatte er fanatisch nur über den »Fall« nachgegrübelt, sich in allerlei fruchtlosen Experimenten verloren. Und darüber war in seinem Kinde die Angst erwacht, daß sein Verstand in Gefahr sei? Man täuscht nur einen, den man aus solchen Gefahren noch zu retten hofft.

Armes teures Kind! Welch ein Licht warf das plötzlich auf all die Opfer, die sie ihm gebracht, auf all die Leiden, die sie in treuer Kindesliebe um ihn getragen!

Aber, gottlob – wenn er in Gefahren gewesen – die Stunde, die er eben erlebt, hatte ihn daraus befreit!

Am Bette der unseligen Frau, die aus Gott weiß was für geheimen Ursachen den tollen Vergiftungsversuch gemacht hatte, da empfand er sie wieder, jene ruhige Sicherheit des Arztes, der auf sein Können vertraut.

Seinem geliebten Kinde das Leben froh zu machen, lag nicht in seiner Macht. Aber schwerer wollte er es ihr auch nicht mehr machen … Sie sollte wieder einen tätigen, mutvollen Vater als Schützer neben sich sehen.

»Bist du böse?« flüsterte sie. »Nein, mein Kind,« flüsterte er zurück, während seine tiefe Erschütterung ihm Tränen in die Augen trieb, »ich danke dir vielmehr. Wer weiß, ob ich sie noch hätte retten können, wenn es doch Opium gewesen wäre …«

Graf Burchard saß auf dem Bettrand und küßte Annas Hände. Ein unsägliches Freudegefühl überwältigte ihn fast.

Alles war nur wie ein Phantom gewesen – ein wüster Traum – es war vorbei – verweht – sein Weib lebte – war nicht einmal in Gefahr …

Sie aber barg ihr Gesicht in den Kissen und weinte Tränen der Erlösung und der Scham.

Sie meinte, nie wieder ihrem Gatten oder einem andern Menschen frei ins Gesicht sehen zu können.

Vorher hatte die Reue sie schon fast von Sinnen gebracht. –

Nun kam noch etwas viel Schwereres dazu: die Lächerlichkeit.

Die grausamste aller Erzieherinnen. – – Und alles, was noch von Resten und Ansätzen zum Hochmut, zur Einbildung, zur Selbstliebe in Annas Seele sich versteckt haben mochte, um sich gleichsam lebenskräftig für ein späteres Wiedererwachen zu halten, spottete die hinweg.

Und gerade vor diesen beiden Menschen, über die sie sich hoch erhaben geglaubt hatte, gerade vor diesen stand sie nun so armselig, so kläglich da …

Graf Burchard begriff völlig, welche qualvollen Erschütterungen durch das Wesen des jungen Weibes gehen mußten. Keine Geduld konnte langmütig genug sein – keine Zärtlichkeit schonend genug, um ihr über diese Stunden hinwegzuhelfen …

Für jetzt aber gab es noch eine dringende Pflicht … Er sah Vater und Tochter sich nun voneinander lösen. Der Augenblick war gekommen, der heißen Dankbarkeit Worte zu geben.

Graf Burchard stand auf.

Er streckte dem alten Mann beide Hände hin.

»Sie haben mir mein Weib gerettet. Anders zwar, als ich dachte, daß es geschehen sollte. Den Beweisen zum Trotz … meinen Bitten zum Trotz weigerten Sie sich … O mein Gott, lieber Doktor … wenn Ihre Sicherheit Sie verlassen hätte … was wäre geschehen! Es ist nicht auszudenken! Und Sie, mein teures Fräulein … allein durch die Nacht kamen Sie, um Unheil zu verhüten. Keine Dankbarkeit kann groß genug sein …«

Doktor Schüler drückte fest und warm die Hand des Mannes.

»Kein Wort von Dankbarkeit! Ich bin belohnt. Ich fand mich selbst wieder,« sprach er.

Und das Mädchen sah ihn mit fast feindselig funkelnden Augen an. »Wir wollen keine Dankbarkeit. Wir taten, was Menschenpflicht ist.«

Eine schwere Verlegenheit bemächtigte sich des Grafen Burchard. Ihm fiel plötzlich die ganze Verknüpfung der Verhältnisse ein …

Diesem selben Mädchen raubte sein Machtwort den Geliebten … Deshalb sah sie ihn so feindselig an … vielleicht haßte sie ihn und haßte Anna und war doch gekommen, sie zu retten …

Tapferes, edles Mädchen!

Er hielt ihr seine Hand hin. Sie aber sah über diese Hand hinweg. Die tolle Angst war gegenstandslos geworden, die Frau lebte, ihr Vater war nicht zum Mörder geworden … nun hatte sie ihre Ruhe wiedergefunden, und deutlich stand es vor ihr, daß dieser Mann und die törichte Frau dort ihr und dem Geliebten kein Glück gönnten.

»Komm, Vater,« sagte sie, »mir scheint, du kannst hier nicht mehr nützen.«

Sie gingen, überhastig, als hätten sie das brennende Verlangen, nur schnell dieses Haus zu verlassen, seine Herren nicht mehr zu sehen.

Und es schien, als wäre mit ihnen noch etwas andres gegangen: die große Erregung, die den Mann in Atem gehalten...

Grau und nüchtern standen auf einmal die Tatsachen da...

Es gab keine Gefahr mehr und keine Todesangst. Nur noch das jämmerliche Elend der Wirklichkeit. Und dieser mit stolzer Stirn zu begegnen, erforderte einen ganzen Mann. – –

Graf Burchard war wieder allein mit seiner Frau und sah sie an – lange, mit einem schmerzlichen, nachdenklichen Blick. Was es zwischen ihnen klarzustellen gab, mußte morgen geschehen...

»Soll Mimi bei dir wachen?« fragte er sanft.

Er bedachte wohl, daß ihre Nerven sich in unerhörtem Aufruhr befunden hatten, und daß sie vielleicht Furcht vor der Einsamkeit haben mochte.

»Nein!«

»Soll ich bei dir bleiben?«

Ja, ja! hätte sie flehen mögen, aber sie traute sich nicht.

»Nein!«

»Wünschest du noch irgend etwas?«

»Ja – bitte – – all die Menschen – was soll ich morgen...« sie weinte heftiger in ihr Kissen hinein. Er verstand genau, was in ihr vorging.

Tröstend sprach er: »Du wirst morgen in deinem Zimmer bleiben. Die Gäste werden abreisen, weil die Hausfrau erkrankt ist.«

»Du bist so gut.«

Da übermannte es ihn. »Ich habe dir kein Glück geben können,« rief er und bedeckte seine Augen mit der Hand.

Annas Tränen stockten. Sie wandte sich zu ihm ... richtete sich halb auf ... »Kein Glück?« fragte sie, »o Gott – mehr als ich verdiente ... Und nun ist es vorbei...«

Er kniete schon neben ihrem Bette.

»Vorbei? Weil du einen andern liebst?«

»Weil ich zu kleinlich und zu gering bin für dich...«

Er nahm ihre Hände. Er sah ihr mit heißen Blicken in die Augen. Seine ganze Seele flammte auf in dem einen Wunsch: Sei mir nur jetzt wahr und klar!

»Du liebst Stephan? Du hast ihn schon damals geliebt!«

»Nein, ich liebe ihn nicht. Ich schwöre es dir. Einmal vielleicht – war ich im Begriff, ihn – zu lieben. – Das ist vorbei – längst. – Wie könnt' ich ... ich bin doch dein Weib.«

»Ist es wahr, Anna? Wahr?« Er schloß sie in seine Arme. Sein ganzes Herz war voll Jubel. »So wird alles gut werden zwischen dir und mir...«

Aber trostlos schüttelte sie den Kopf. – Der Fall, den sie getan hatte, schien ihr zu tief. Davon gab es keine Erhebung. Matt und ergeben duldete sie seine Küsse. Ihre Leblosigkeit ermahnte ihn zur Fassung. Das arme junge Geschöpf bedurfte der Ruhe...

In seine Seele war die Zuversicht zurückgekehrt. »Schlafe,« flüsterte er, »morgen geht dir die Sonne wieder auf.« »Niemals mehr ... niemals mehr.«

Als er sich endlich von ihr losgerissen hatte, besann er sich darauf, daß sie ja nicht allein auf der Welt waren. Da wachten Dienstboten – Wolf holte einen Arzt, den man nicht mehr brauchte...

Er ging hinaus. Was er fand, erleichterte es ihm, Anna die ungestörte Einsamkeit für die nächsten Tage zu sichern.

Im Korridor standen Herdeke und Greti Wenderoth und fragten Campell aus. Gerade kam Herr v. Reinbeck im Schlafrock die Treppe herab.

Das Laufen und das Türengehen, das ganze eilige Hinundher hatte doch die Schläfer alle nach und nach erweckt. Und durch alle Räume pflanzte sich das Gerücht fort: Die junge Gräfin ist schwer erkrankt.

Herdeke empfand einen tiefen Schmerz, daß der Bruder in den bangen Stunden ihrer nicht bedurfte.

Nun sah sie ihn und eilte auf ihn zu. Er war sehr bleich, sehr ernst. Aber er sah nicht aus wie einer, der für sein Liebstes auf der Welt zittert. Sie umarmte ihn.

»Wie steht es? Was ist es? Kann ich nicht helfen?«

»Nein, Anna bedarf nur der vollkommensten Ruhe, auch in der ganzen nächsten Zeit. Doktor Schüler hat sich glänzend bewährt…«

»Was – der alte verrückte Kerl?« fragte Greti Wenderoth.

»Ich habe nie eine klarere Besonnenheit gesehen,« sagte er scharf.

»Wie wollen wir ihm danken!« rief Herdeke.

Endlich zogen sich alle wieder zurück.

Auch der andre Arzt, der mit Wolf in schärfstem Trabe durch die Nacht gefahren kam, war wieder hinauskomplimentiert. Nun war wieder Schweigen im Schloß. Auch die Leute wurden zu Bett geschickt. »Ist es Ihnen recht, lieber Wolf, so rauchen wir noch eine Beruhigungszigarette zusammen,« sagte Graf Burchard.

Ja, es war Wolf recht. Er hatte ein so großes, volles Herz – ihm schien, es werde darin stiller und heller, wenn er sich bei diesem Mann befand.

Sie saßen friedlich beisammen im Arbeitszimmer des Grafen. Ihr Gespräch blieb karg. Jedem war die Persönlichkeit des andern, seine Gegenwart wohltuend. Das genügte ihnen.

»Wir werden morgen vormittag abreisen,« sagte Wolf.

»Ihr auch? Reinbecks und Wenderoths gehen. Ich besprach es schon mit ihnen. Aber ihr? Soll ich nicht erst Anna danach fragen?«

»Nein, bitte nicht!« sprach der jüngere Mann mit Entschiedenheit. »Wir reisen ab.«

»Heißt das: auch Donat?«

»Natürlich. Was soll er wohl ohne uns hier?«

»Aber er ist doch Annas Bruder.«

»Ach – er gehört doch mehr zu uns. Anna entfernt sich von uns. Es ist, als wenn sie weit, weit weggehe…«

Seine Stimme bebte. Der andre sah ihn aufmerksam an.

»Sie und Ursche – ihr kommt bald wieder,« sprach er tröstend.

»Nein!« antwortete Wolf ganz schroff. Er erschrak selbst über den Ton. Verlegen lächelnd setzte er hinzu: »Doch – wenn ich auch mal erst ’ne Frau hab’! Aber so flink wird es wohl nicht gehen. Nun will ich erst tüchtig arbeiten. Anna hat gewiß recht: Vater und ich, wir sind zu viel auf Pallau. Vater soll mir Glinde überweisen. Da will ich mal zusehen, ob ich allein was kann.«

Graf Burchard hatte ein wunderbar feines Verständnis für die seelischen Vorgänge in Menschen, die ihm teuer waren. Es war ihm gegeben, sich sozusagen heranzufühlen an das Leid und die Erregungen andrer. Er spürte deutlich, daß Wolf befangen war, daß er litt.

Aber er wehrte sich förmlich dagegen, den Grund zu erraten.

Nach einer Pause sagte er: »Ich fürchte, unsre liebe Ursula reist mit Gefühlen der Enttäuschung heim.«

»Sie ist eine Weber v. Pallau,« sprach Wolf, »sie wird die Zähne zusammenbeißen und den Nacken steif halten. Und sie wird vergessen und auf ihre Weise später mit Donat ein braves Glück finden –« Und die Lippen zuckten ihm. Er dachte daran, daß er auch die Zähne zusammenbeißen müsse…

Graf Burchard stand auf. Die Uhr auf dem Kamin hatte Drei geschlagen. Das war ihm der Vorwand.

»Es ist spät. Nun wollen wir schlafen gehen.«

Auch Wolf erhob sich. Zögernd, mit niedergeschlagenen Augen stand er … er kämpfte schwer mit sich … man sah es.

Nun hob er die Lider. Da begegnete er dem tiefen, gütigen Blick des andern, der ihn erwartend anschaute. Dieses Auge schien ihm zu sagen: Was du mir auch anvertrauen willst, ich verstehe menschliches Leid und menschliche Schwachheit.

Und in einer plötzlichen, unbezwinglichen Bewegung warf der junge Mann sich ihm in die Arme. Sie hielten sich fest umschlungen.

»Anna ist doch glücklich?« raunte der eine.

»Ich hoffe zu Gott, sie wird es werden,« sagte der andre feierlich. Er gestand dem jungen Menschen das Recht zu, diese Frage zu tun.

Nicht nur, weil jener der Jugendgenosse seines Weibes war.

Am andern Morgen konnte Graf Burchard seiner Frau nur wenige Minuten widmen. Als sie ihn bei sich eintreten sah, flog ein tiefes Erröten über ihr Gesicht. Dies Erröten bezauberte ihn, er hatte aber die Klugheit, darüber hinwegzusehen. Er erkundigte sich nur rasch nach ihrer Nachtruhe.

Dann hieß es, sich den Gästen widmen, ihren Fragen standhalten, ihrer Abreise beiwohnen.

Zum Abschiednehmen von Anna wurden nur Donat und Ursche in ihr Zimmer gelassen. Anna weinte. Dieses ungewohnte Schauspiel machte auf Ursche großen Eindruck. Sie zerfloß in Tränen, und auch Donat war sehr gerührt.

Den Grund ihrer Ergriffenheit hätte keiner der drei jungen Menschen klar angeben können.

Ursula kam dann mit der Nachricht zu den andern Gästen, daß Anna schrecklich blaß und sehr nervös sei, aber nicht nach einer eigentlichen Krankheit aussähe, auch nicht einmal im Bett wäre, sondern auf der Chaiselongue läge. Ursula verstand unter Krankheit ganz was andres: dabei mußte man Fieber haben und Medizin einnehmen. Die älteren Herrschaften vermieden es aber, an Ursulas Bericht eine Diskussion zu knüpfen.

Mit tausend guten Wünschen und der Versicherung, den nun abgekürzten Besuch im Herbst wiederholen zu wollen, fuhren endlich alle davon. Wolf, Ursula und Donat in dem einen Wagen, Greti Wenderoth mit ihrem schönen Mann und den Reinbecks im andern.

Herdeke und Renate standen auf der Schwelle und winkten Grüße nach, bis die beiden Wagen umbogen, um den Weg am Wald entlang zu fahren.

»Na,« sagte Renate, »dank der Unpäßlichkeit unsrer jungen Gnädigen können wir uns hier nun bis auf weiteres mopsen.«

»Eine Bemerkung, die deinem Egoismus ganz ähnlich sieht,« antwortete Herdeke, für die das gesagt worden war.

Aber auch Burchard hatte es gehört. Und die naive Unbefangenheit dieser Bemerkung ging ihm doch zu weit.

Er hatte noch eine Aufgabe zu erledigen, ehe er sich ganz seiner Frau widmen konnte. Was gesagt werden mußte, sollte gleich gesagt werden.

Die drei Geschwister traten in die Halle zurück, Renate machte Miene, auf die in das Treppenhaus führende Tür zuzugehen.

»Bitte, Renate ... auf ein paar Worte!« rief er.

»Kann ich sie mit hören?« fragte Herdeke.

»Ich weiß nicht, ob es ihr lieb ist.«

»Oh, dann bitte ich darum. Der Ton war ja wie eine Fanfare – so, als ob ich abgekanzelt werden sollte. Das wird ja Herdeke immerhin interessieren,« sprach Renate und nahm mit hoheitsvoller Miene Platz. Ihr mokanter Ton war nicht ganz echt. Und sie wußte ganz gut, daß in ernsten Fällen Herdekens Gegenwart Schutz bedeutete. Burchard konnte sehr heftig werden. Und jetzt sah er so aus, als ob es gleich ein Unwetter geben könnte. Warum? Das mochten die Götter wissen. Nun, man würde ja hören!

Herdeke legte ihre Hand auf den Arm des Bruders. »Du siehst so böse aus. Seit zwei Tagen sehe ich dich nur mit allen Zeichen einer großen Erregung – blaß, erschrecklich ernst. Werde ich endlich erfahren, um was es sich handelt?«

»Für den Augenblick handelt es sich darum, daß ich die Pflicht habe, meine Frau den Beobachtungen Renatens zu entziehen,« rief er in aufwallendem Zorn; denn Renatens Haltung und die betonte »Ahnungslosigkeit« darin reizte ihn schwer.

»Was für Beobachtungen?« fragte Herdeke dazwischen.

Renate deutete ihr durch Achselzucken an, daß sie es nicht wüßte.

»Und da meine Frau das Haus nicht verlassen kann, um sich vor Renatens Späherblicken und Kombinationen zu schützen, so wird wohl Renate zu gehen haben,« schloß er.

Herdeke stieß einen leisen Ruf des Schreckens aus.

Renate fuhr zusammen, warf aber dann den Kopf zurück, mit der ihr eigentümlichen Bewegung, die derjenigen der Puterhähne glich. »Was meinst du? Bitte?«

»Nun – das ist unerhört,« sagte er und hielt in seinem Hinundherlauf inne, »du hast noch die Stirn, zu tun, als wissest du nicht ... Hast du mir nicht gestern mittag an einer ganzen Reihenfolge von dir beobachteter Mienen und Tatsachen, die sehr beweiskräftig schienen – hast du mir nicht eingeflüstert, daß meine Frau Stephan geliebt habe, noch liebe und eifersüchtig auf ihn sei?«

»Um Gottes willen! Das hast du getan? Renate, wie sündhaft – wie abscheulich!« rief Herdeke und rang die Hände.

»Ach, das meinst du? Himmel, darum solche Emotion? Ihr habt euch wohl darüber gestritten – Szenen gehabt? Und das ist wohl Annas mysteriöse Krankheit? Es war natürlich nicht meine Absicht, daß du ihr das gleich hintragen solltest. Aber Ehemänner! Ja, bist du denn so ein unschuldiges Lamm und bildest du dir denn wirklich ein, ein Mädchen wie Anna würde zwanzig Jahre alt, ohne den einen oder andern Schwarm gehabt zu haben, dessen Andenken sie auch nach der Ehe noch ein bißchen kultiviert? Aber über so was macht man doch keinen Lärm!«

Nur nie zugeben, daß man einen Fehler gemacht habe; damit behauptet man sich am besten – das war ihr Prinzip. Sie begriff aber auch wirklich nicht ganz, was Burchard an der Sache so »tragisch« nahm; sie war in ihrem Leben so zahllose Male ein bißchen verliebt gewesen, daß sie diese Gefühle zu den nebensächlichsten und vergänglichsten von der Welt rechnete. Es kam ja nur auf die Ehre und den Anstand an! Und hatte sie wohl ein Wort davon gesagt, daß Anna die verletzt habe? Nein, nicht von fern. Also wozu der Zorn?

Auch Herdeke tat ja, als habe sie ein Verbrechen begangen ... stand mit gefalteten Händen und murmelte: »O Gott – o Gott...«

»Selbstverständlich habe ich mich mit Anna darüber ausgesprochen, schonenderweise, ohne dich zu nennen. Ich kann dir mitteilen, daß alle deine Beobachtungen trügerisch waren. Anna denkt nicht an Stephan und hat nie an ihn gedacht.«

Gott segne die blinde Gläubigkeit verliebter Ehemänner! dachte Renate.

»Wenn meine Frau nun auch nicht weiß, daß sie von dir beleidigt worden ist,« fuhr er fort, »so weiß doch ich es. Und wie gesagt: ich habe die Pflicht und den Wunsch, Anna zu schützen. Du begreifst, daß es nach dem Vorgefallenen taktvoller ist, wenn du deinen Wohnsitz anderswo nimmst.«

Mit einem einzigen raschen Gedankenblitz beleuchtete Renate alle pekuniären Nachteile, die ihr daraus erwachsen würden.

Sie sah ihre Schwester an, und Herdeke fragte auch kummervoll: »Ja mein Gott, Burchard – nun sollen wir noch in unsern alten Tagen unser Leben umgestalten?«

»Ihr? Wer spricht denn im Plural? Ich rede mit Renate, nicht mit dir,« sagte er.

»Denkst du denn, daß wir uns trennen werden?« fragte sie.

Nun stand er erstaunt.

»Mich könntest du verlassen und mit Renate gehen?«

»Ach, du hast nun deine junge Frau.«

»Aber ihr zankt euch doch immer!«

»Wir zanken uns nie!« rief Renate mit Entschiedenheit.

Diese Behauptung machte den Mann einen Augenblick vor Verdutztheit mundtot. Und er mußte lächeln.

Herdeke wußte aber: wenn er gelächelt hatte, war er fast entwaffnet. Schnell schlug sie vor, die Frage zu vertagen, und verbürgte sich für Renate und deren im tiefsten Innern doch liebevolle Gesinnung.

Burchard kannte diese »liebevollen Gesinnungen«; aber er wußte auch, daß die Herzenskälte Renatens nicht mit eigentlicher Bosheit verbunden war, sondern daß sie aus Oberflächlichkeit, aus einer gewissen Fahrlässigkeit heraus gehandelt hatte.

Mit ungewohnter Nachsicht willigte er darein, daß die Frage vertagt werde.

Sein Herz trieb ihn zu seiner jungen Frau. Er fand sie niedergeschlagen, verweint. Sie hatte sich über sein langes Fernbleiben beunruhigt. Es ängstigte sie. Es ward ihr sofort zum Beweis, daß seine Güte, die er in der schrecklichen Nacht ihr bewiesen, nun der Kälte gewichen sei, nun den für sie vernichtendsten Urteilen Platz gemacht habe, daß die Kritik in ihm stärker geworden als die Nachsicht. Und sie gestand es gleich.

»So wird es immer sein,« klagte sie, »ich habe dir Gelegenheit gegeben, gering von mir zu denken. Nun habe ich keinen Boden mehr unter mir, habe keine feste Stellung mehr neben dir. Und bei jeder Kleinigkeit werde ich die Angst, den Verdacht haben, es bedeute, daß du mich nicht mehr lieb hast. Ich kann deine Frau nicht bleiben – laß mich gehen – gib mich frei!«

»Ich denke nicht gering von dir,« sagte er.

Er setzte sich neben sie und nahm ihre Hand. »Frage dich doch selbst,« begann er, »was sollte werden, wenn ein Mensch um einer Handvoll Jugendtorheiten willen gleich verloren gegeben werden dürfte?«

Sie lehnte ihr Haupt gegen seine Schulter. Zögernd, verschämt flüsterte sie: »Aber ich habe – ich habe mich so entsetzlich überspannt betragen...«

Das Wort auszusprechen, war doch bitterschwer. Zu einem tragischen Vergehen bekennt sich der Mensch mit besserem Mut als zu einem, dem ein Schein von Lächerlichkeit anhaftet.

Ein Lächeln flog über sein Gesicht. Er konnte sich denken, was dieses Bekenntnis sie kostete. Und es freute ihn, wie den Arzt Zeichen der Genesung beim Kranken.

»Mein Kind ... menschliche Fehler sind schwer wägbar. Wir pflegen sie ganz unlogisch zu beurteilen. Es gibt gewisse Favoritfehler, möcht' ich sagen, denen gegenüber die Nachsicht gleich bereit ist, hundert Entschuldigungsgründe zuzubilligen. Andre Fehler gibt es, denen gegenüber nur die Ungeduld und Unerbittlichkeit wach sind. Wenn wir jeden unsrer Fehler auf den Markt stellen könnten, würden wir die wunderlichsten Erfahrungen machen, wie unterschiedlich die Menge sie richtet. Auch vor unsrem eigenen Richterstuhl finden sie keineswegs mehr Gerechtigkeit. Auf die einen sind wir vielleicht gar heimlich stolz, der andern schämen wir uns. Und so scheint mir, geht es nun auch in dir zu. Du bist so ganz herunter, gerade weil du nur überspannt warst. Schlimme Taten des Zorns oder des Leichtsinns würdest du dir gewiß rascher verzeihen; denn du bildest dir ein, daß du dich ihrer nicht so sehr zu schämen hättest. Hab' ich recht? Ist es so?«

Sie nickte und schmiegte sich fester an ihn. Wie wohl das tat, aus seinem Mund so klare Worte zu hören, die ihr in die eigene Seele hineinleuchteten.

»Für mich aber, meine Anna, haben alle Fehler gleichen Rang, – soweit sie nicht ehrloser Art sind.

Ja, hast du denn gedacht, daß ich in dir ein vollkommenes Wesen erwartete? Hast du in dem Wahn gelebt, ein Charakter bilde sich, ohne durch einen Gärungsprozeß zu gehen? Welches Verdienst wäre es denn, reif, milde, klug zu sein, wenn man sich das nicht in Kämpfen zu erringen trachtete und, im Grunde genommen, bis zu seinem letzten Atemzug immer neu erringen müßte? – Wir haben tausend innere Feinde in uns. Trotz alledem ein verständiger, tüchtiger Mensch werden! Das ist eine Lebensaufgabe für die Tapferen. Die Schwachen ergeben sich ihren Fehlern. Und ich denke, meine Anna hat die Eigenschaften in sich, sich auf die Seite der Tapferen zu schlagen.« Sie fiel ihm um den Hals in erlösenden Tränen.

Wie er sie erhob! Welch neue Sicherheiten er ihr gab! Ja, zu werden, wie er hoffte, daß sie werden solle – das war eine Aufgabe – welch seliges Streben und Ringen!

»Ich will versuchen, deine Liebe neu zurückzugewinnen,« flüsterte sie.

»Du hast sie nicht verloren,« sprach er und drückte sie an sich. »Wäre das noch Liebe, die gleich erstirbt, wenn sie ihren Gegenstand auf Irrwegen sieht? Auch für die Liebe heißt es: trotzdem!«

Nun kam eine innere Freiheit über Anna. Mit flammendem Eifer suchte sie sich zu erklären und zu entlasten. Sie konnte sprechen und alles von sich sagen, was sie wußte.

Und was sie nicht wußte, wo sie sich selbst unklar war, erriet sein kluger Sinn. Er sah ihre ganze Seele vor sich, wie sie in unbewachten, ungeleiteten Jugendjahren immer nur von der romantischen Welt geträumt und von der Rolle, die sie in aufregenden Ereignissen spielen würde. Er sah mit Entsetzen, in welcher Lebensleere man dies begabte junge Geschöpf hatte aufwachsen lassen.

Weder Vater noch Mutter hatten daran gedacht, ihr einen Inhalt zu geben. Einer Pflanze gleich, war sie aufgeschossen – mochte sich ihr Wuchs biegen, wohin er wollte. Sein Herz erzitterte, wenn er sich vorstellte, daß es zu ganz andern Auswüchsen hätte kommen können...

Unter all dem tollen Gerank dieser Torheiten war doch ihre Seele rein und stolz geblieben.

Aber dann, als sie alles besprochen und beleuchtet hatten in endloser Hin- und Widerrede, dann erwachte doch von neuem die Scham in Anna. »Wären wir allein – es könnte gehen. Aber du bist nicht der Mann, der neben sich ein Weib haben darf, über das man lächelt. All unsre Gäste – deine Schwestern – die Dienstboten selbst – nein, es geht nicht. Deine Großmut will das vor dir selbst verleugnen.«

»Niemand weiß von dem Vorgefallenen – nicht einmal Wolf – geschweige denn meine Schwestern. Nur die Schülers.«

»Niemand weiß ... du hast geschwiegen ... mich geschont? ... in all deiner Angst! Oh, Burchard...«

Seine Hände hätte sie küssen mögen.

Er las aber in ihrem Blick die heiße Dankbarkeit. Er zog sie wieder an sich. »Mein geliebtes Weib,« sagte er, »mir scheint, wir fangen unsre Ehe noch einmal von vorne an.«

Sie drückte ihr Gesicht fester gegen seine Brust.

Er ahnte, was in ihr vorging – er verstand die Keuschheit, die in diesem Augenblick noch keine Worte dafür fand.

Lange standen sie in einem glücklichen, andächtigen Schweigen.

»Eine Bitte habe ich,« sagte sie dann, »und ich scheue mich nicht, sie auszusprechen: Vereinige die beiden Liebenden. Früher gebe ich mir nicht das Recht, mich meines Glückes zu freuen.«

Graf Burchards Stirn bewölkte sich. Er ging erst ein paarmal im Zimmer hin und her, ehe er sprach: »Meine Meinung in dieser Angelegenheit ist ja nicht von Übelwollen gegen die Liebenden diktiert, auch nicht unter deiner Beeinflussung entstanden. Die Tatsachen drängten sie mir auf. Und die sind doch dieselben geblieben. Fast – ich gestehe es – habe ich diese Bitte von dir erwartet. Sie freut mich, obschon ich ihr nicht willfahren kann. Ich selbst habe die Sache wieder und wieder erwogen diese Nacht – denn ich sah die Feindseligkeit in Sophie Schülers Auge. Und mein ganzes Herz sehnt sich danach, Vater und Tochter wohlzutun. Aber es ist nun einmal so: Stephan hat nichts gelernt als sein Soldatenhandwerk; ihn in einen andern Beruf übertreten lassen, wäre ein sehr gewagtes Experiment. Als Offizier kann er Sophie Schüler nicht heiraten, das Regiment würde sich dagegen wehren – es bliebe die in ähnlichen Fällen übliche Versetzung. Aber wovon sollen sie leben? Sie haben beide nichts. Das ist der Fall – klipp und klar.«

»Nein,« rief Anna leidenschaftlich, »das ist er nicht. Du bist reich. Gib ihm Geld.«

»Als verheirateter Mann muß ich zuerst an meine Frau denken und an die Zukunft ... Auf ein bloßes Kommißvermögen die beiden heiraten zu lassen, wäre zu wenig – das wäre das glänzende Elend, an dem so viele Offiziersehen kranken.«

Anna ließ nicht nach: »Und wenn deine Frau dich anfleht: Nimm das Geld, hunderttausend oder wieviel du meinst, von dem, was ihr zugedacht ist? Wenn sie dir sagt: Sie wird sich mit heißer Freude einfacher kleiden, bescheidener ausgeben, um diesen Zinsenverlust wett zu machen?«

»Das wolltest du?« fragte er ernst.

»Begreif' es, Burchard,« rief sie beschwörend, »ich habe kein Recht, glücklich zu sein, ehe ich den beiden nicht zum Glück verhalf. Ich seh' es dir an – du läßt dich überzeugen. – – Und schreibe du selbst an Stephans Oberst oder reise mit Sophie hin. – Wenn du so für sie eintrittst, wie kann sich dann das Regiment noch weigern?! Und geschieht es doch – nun, dann wird Stephan eben versetzt und du tust alles, ihm ein gutes Regiment zu besorgen.«

All dies entsprach ja dem eigenen Herzenswunsch des Mannes. Und wenn sie selbst darauf drang, daß das Geld hergegeben werde – sogar zu Opfern dafür bereit war, die er sie auch zunächst tatsächlich bringen lassen wollte – – dann konnte er kaum noch entgegen sein.

Und doch...

Würde Anna es ertragen, gerade diejenige in der Familie zu wissen, die ihre Torheit kannte – sie in der kleinen Stunde ihres Lebens gesehen hatte?

Als erriete Anna seine Gedanken, so setzte sie noch hastig hinzu, während sie tief errötete: »Daß ich selbst Vater und Tochter nicht wiedersehen mag, begreifst du. Ich weiß es jetzt: mich vor dir zu schämen, ist keine Erniedrigung! Aber gerade den beiden wieder ins Auge zu sehen ... Es läßt sich für alles eine Form finden. Auch für dies Vermeiden...«

Er unterdrückte einen kleinen Seufzer.

Also doch noch ... Nun, dieses sich Aufbäumen war vielleicht kein Hochmut mehr – es war zu begreiflich, daß ihr ganzes Wesen sich schamvoll gegen die Demütigung auflehnte, die doch in diesem Begegnen lag.

Und endlich kamen die Gatten überein, daß Graf Burchard am Nachmittag die Glücksbotschaft in das kleine Doktorhäuschen bringen und zugleich verabreden solle, daß die Verlobung geheim zu halten sei, bis die gräfliche Familie Sommerhagen verlasse, was dann schon in vier Wochen geschehen könne. So ging man einander schicklich aus dem Wege. Die Hochzeit konnte gleich nach dem Manöver hier auf Sommerhagen stattfinden und Graf Burchard mit einer seiner Schwestern dazu herkommen. Ein Vorwand für Anna, um fern zu bleiben, fand sich leicht. Auch die beiden Schwestern sollten vorerst nichts erfahren, sonst würden sie sich ja wundern, weshalb Anna nicht Stephans Braut bei sich empfange.

Mit leuchtenden Augen sah Anna ihrem Gatten nach, als er den Weg zu Doktor Schüler antrat.

Graf Burchard selbst befand sich in keiner so ganz sonnenhellen Stimmung. Er prüfte sich darauf, ob er schwach gewesen sei, ob er in dieser Sache so ganz Annas Wünschen hätte folgen dürfen. Sein Herz sagte ihm zwar immer wieder, daß es zu grausam sein würde, Anna den Verkehr mit Sophie Schüler und ihrem Vater zuzumuten; vielleicht ließ die Zeit die Erinnerung etwas weniger peinvoll werden. Jemand, der körperlich krank war, schonte man sorgsam und lange. Daß man aber auch einer Seele, die eben zu gesunden anfing, nicht gleich starke Anstrengungen zumuten durfte, war wohl zu bedenken.

Mit diesen Erwägungen gab er sich schließlich recht.

Sophie Schüler sah den Grafen Burchard auf ihr Haus zukommen.

»Vater – Graf Geyer!« rief sie von ihrer Nähmaschine aus.

Der Doktor war in seinem Studierzimmer und kam nun auf die Türschwelle.

»Der Besuch war fast zu erwarten – ob er uns die Demütigung antun wird, unser Schweigen zu erbitten?«

»Es kann sein,« sagte das junge Mädchen, »jedenfalls aber wird er uns eine Geschichte erzählen, die uns das Vorgefallene irgendwie erklärlich machen soll. Aber sieh Vater – nicht wahr? – er scheint fast heiter.«

Nun klang auch schon die Türglocke, und Doktor Schüler eilte hinaus.

Vater und Tochter konnten dann zunächst nicht den Eindruck bekommen, als wenn er um Verschwiegenheit bitten oder eine »Geschichte« erzählen wollte.

Auf des Doktors Frage nach dem Befinden der Gräfin antwortete er sehr einfach, daß es ihr trotz der durchgemachten Erregungen, in die sie sich grundlos hineingesteigert gehabt, ganz vortrefflich gehe.

Zwei Minuten später war es gesagt: Graf Burchard hielt für seinen Neffen, den Leutnant Stephan Normann, bei Doktor Schüler um die Hand von Fräulein Sophie an und fügte hinzu, daß er die finanziellen Verhältnisse des jungen Paares in geeigneter Weise ordnen werde.

Aber kein Jubelschrei, keine Dankestränen antworteten ihm.

Leichenblaß, atemlos saß Sophie auf ihrem Stuhl vor der Nähmaschine.

Mit großen Augen sah sie ihren Vater an – mit einem beschwörenden Blick. Und um ihren jungen Mund legten sich die Züge der tiefsten Bitterkeit.

Auch der alte Mann war sehr blaß geworden.

Er sah zu seiner Tochter hinüber. Lange wurzelten ihre Blicke ineinander. Sie verstanden sich, ohne ein Wort.

Dann richtete der Mann das Auge auf den Grafen Burchard, der mit plötzlicher Beklemmung dies Erblassen und Verstummen wahrnahm.

Klar und ruhig sah er ihn an.

»Meine Tochter dankt Ihnen, Herr Graf. Wir können diesen Antrag nicht annehmen. Die Verhältnisse der beiden Liebenden haben sich seit gestern morgen nicht geändert. Die Gründe, die für Sie maßgebend waren, Ihre Einwilligung zu versagen, bestehen fort. Warum wollten Sie heut' gewähren, was Sie gestern verweigerten?«

Die stille Würde des alten Mannes hatte für den Grafen Burchard etwas sehr Beschämendes. Plötzlich begriff er, daß es eine Auffassung für die vermeintliche Glücksbotschaft gab, an die er nicht von fern gedacht hatte ..

Arme und Unglückliche sind eben überwachsam: sie sehen immer danach aus, welche Demütigung denn nun kommen wird. Und wenn die Sonnenstrahlen des Glücks sich in vollen Bündeln zu ihnen herein spinnen, werden sie erst fragen: Welche kalte, böse Absicht birgt sich dahinter?

»Fräulein Sophie,« sagte er eindringlich, »spricht Ihr Vater wirklich in Ihrem Sinn? Sie lieben doch Stephan.«

»Ja,« sprach sie mit blassen Lippen, aber in ganz bestimmtem Ton, »Vater spricht in meinem Sinn. Sie wollen mir heute aus Dankbarkeit oder vielleicht gar, um unsrer Verschwiegenheit ganz sicher zu sein, gewähren, was Sie gestern verweigerten. Ich bin zu stolz, um auf diese Weise mich in Ihre Familie zu drängen. Wenn Stephan davon wüßte oder je davon erfahren dürfte: er würde meine Haltung billigen.«

Sie war aufgestanden. Auch er erhob sich.

»Ihre Worte klingen sehr herbe,« sprach er ernst, »sie enthalten auch eine Unterstellung, die mich nicht trifft. Ich habe nicht von fern daran gedacht, mich so Ihrer Verschwiegenheit zu versichern. Sie unterschätzen die ausgezeichnete Hochachtung, die ich für Ihren Vater und Sie hege. Und das, obgleich ich Ihnen diese stets bekundete – längst vor diesem unseligen Zwischenfall.«

»Verzeihen Sie meinem Kind das zu harte Wort. Sie hat eben viel, sehr viel gelitten,« bat Doktor Schüler mit zitternder Stimme. »Aber daß so etwas wie Dankbarkeit im Spiel ist, daß ohne die Vorgänge dieser Nacht Ihr Sinn sich nicht so rasch geändert hätte, werden Sie, nicht leugnen wollen.« »Nein,« gab er ehrlich zu, »das kann und will ich nicht leugnen. Meine Frau und ich – wir sind durch schwere Kämpfe gegangen, zu neuem Glück haben wir uns inniger, bewußter als vordem zusammengefunden. Eine Verkettung von Umständen zog Sie und Ihre Tochter in unsre Erregungen hinein. Sie haben sich beide als aufopferungsvoll bewährt – wir sind Ihnen dankbar. Aus der gleichen Empfindung heraus haben wir den Wunsch, Fräulein Sophie glücklich zu sehen.«

Die männliche Offenheit dieser Erklärung entwand dem alten Mann alle Waffen des Gedemütigten. Aber seine Ansicht konnte nicht geändert werden. Sie war unumstößlich; denn seine Ehre hatte sie ihm diktiert.

»Wir verstehen diese Empfindung – meine Tochter und ich – ja, Sophie, das tun wir,« sprach er mit Nachdruck, als wollte er zugleich sein Kind zur gerechten Einsicht ermahnen, »aber wir bitten, daß Sie auch uns verstehen. Wir können ein Glück nicht annehmen, das uns ohne diese Zwischenfälle nicht angeboten worden wäre. Wir können nicht einmal glauben, daß es so ein Glück ist. Wenn es aber Ihnen und der Gräfin eine Genugtuung geben kann, so darf ich Ihnen sagen, daß in einer Weise dennoch das Ereignis dieser Nacht glückliche Folgen haben wird für uns. Ich habe mich selbst wiedergefunden und den Mut, meinen Beruf wieder auszuüben. Beinahe,« schloß er mit einem ergreifenden Lächeln, »hätten Sie mich an meiner Haustür getroffen, bei der Arbeit, das Schild ›praktischer Arzt‹ daran zu befestigen.«

Graf Burchard war gerührt. Er verstand den Stolz, die Würde dieser vielgeprüften Menschen. Sie wurden ihm in dieser Stunde teuer.

»Dies zu hören, ist mir eine tiefe Freude,« sagte er bewegt, »eine ebenso innige würde es uns sein, wenn Fräulein Sophie...«

»Kein Wort mehr,« bat sie in leidenschaftlichem Schmerz, »fühlen Sie denn nicht die unsägliche Bitterkeit, die für mich darin liegt...jetzt soll mir das Glück gegönnt werden – nur weil Ihre Frau eine Torheit beging ...wie kann ich – wie kann ich! Oh, verzeihen Sie mir – ich fühle Ihre Güte – aber ich kann nicht darüber weg – immer, immer wär's, als ginge jemand neben mir und spottete: Darum – darum! ...Wie, wenn es Ihrer Frau nun nicht eingefallen wäre, eines der Fläschchen zu nehmen?...«

Sie brach in heißes Schluchzen aus.

Und er fühlte wohl, es blieb ihm nichts, als zu gehen. Zum erstenmal in seinem Leben als ein Geschlagener. Auf dem Rückweg gestand er sich, daß er doch schwach gewesen sei, wenn auch in anderm Sinne, als sein Verstand ihm vordem zuraunen wollte.

Wenn die Liebe und der Wunsch, seiner Frau wohlzutun, die sich eben aus so schweren Verirrungen zur Gesundheit emporzuretten begann, ihn nicht blind oder doch einseitig sehend gemacht hätten, würde seine Menschenkenntnis ihm doch haben sagen müssen: Vorsicht! Hier handelt es sich nicht um Anna allein! Diese beiden vornehmen, tiefen, sehr überempfindlich gewordenen Menschen wollen geschont sein.

Das war ein schwerer Rückweg für ihn. Er fürchtete, daß Anna das eben gewonnene Gleichgewicht ganz verlieren würde.

Und seine Furcht bestätigte sich ganz und gar.

Anna geriet außer sich.

Der stille, leidvolle und doch so unendlich würdevolle Stolz der beiden Menschen machte ihr ihr eigenes Wesen ganz verhaßt.

Und über diese hatte sie sich erhaben geglaubt!

Im Maße, wie sie noch wuchsen, wuchs auch ihre Scham vor ihnen.

Graf Burchard mußte ihr zureden, daß sie in Selbstvorwürfen nicht zu weit gehe.

Umsonst!

Und mit immer größerem Jammer wiederholte sie es: »Ich habe kein Recht auf Glück, solange ich diese Liebenden nicht glücklich weiß.«

Er sah es: in einer jungen, leidenschaftlichen Frauenseele geht viel vor, das der Logik spottet.

Aber aus seinem Gefühl heraus begriff er völlig, was Anna empfand: sie mußte, was sie sich selbst Übles getan hatte, gut machen, indem sie andern zum Glück verhalf!

Graf Burchard litt, weil er der geliebten Frau nicht helfen konnte. Er wußte wohl, für einen Menschen, der mit eben erwachtem Erkennen an sich arbeiten will, ist es viel wichtiger, daß er sich selbst verzeihen kann, als alle Verzeihung andrer. Und dann wußte er auch: wer, selbst noch ein Kämpfer, andern Glück zu verschaffen vermag, gewinnt daraus die Hoffnung, daß er für sich auch Glück finden werde.

Wie sollte er aber Anna zur Hilfe kommen, wie sie diesem marternden Seelenzustand entreißen?

Schon seine leisen Versuche, sie liebevoll und tröstend an sich zu ziehen, wehrte sie ängstlich ab.

Nein, sie habe kein Recht auf Glück ...Sie wurde stiller. In sich gekehrt ging sie einher, ein, zwei Tage lang.

Zuweilen schien es, als wollte sie ihrem Gatten etwas anvertrauen. Aber immer noch hielt sie sich zurück. Er sah, daß irgend ein geheimer Kampf in ihr der Entscheidung zuneigte.

Eine große Spannung bemächtigte sich seiner. Aber er bezwang sich und stand still wartend beiseite, um mit keinem Wort, mit keiner Frage vielleicht allzufrüh an das zu rühren, was da werden wollte.

Die beiden alten Schwestern des Grafen, die in diesen nächsten Tagen erst einmal die Behauptung Renatens, daß sie sich nie stritten, wahrzumachen bestrebt waren, fragten sich oft: »Was haben die beiden nur?«

Daß kein Unfriede zwischen den Gatten war, sahen sie wohl.

Aber sie sahen auch kein Glück, sondern eine unruhvolle, wehmütige Zurückhaltung, ein geheimes Sorgen und Leiden.

Sie bestrebten sich beide, Herdeke aus bekümmertem, liebevollem Herzen, Renate mit mehr äußerlicher Beflissenheit, die Mahlzeiten erträglich und unterhaltend zu machen und Anna mit Zärtlichkeit zu umgeben.

Anders nahm sie es hin als früher: mit dankbarem Lächeln, ja mit einem Ausdruck kindlicher Ergebenheit.

Graf Burchard fühlte es: nun waren alle Bedingungen des Glücks gegeben. Aber das Glück selbst stand noch immer auf der Schwelle und wartete vergebens auf Einlaß.

Wieder einmal hob ein neuer Tag an, und bedrückten Herzens stand Graf Burchard am Fenster des kleinen Wohnzimmers neben Annas Stube. Er wartete auf seine Frau. Sie nahmen nun hier ihr erstes Frühstück zusammen. Er sah hinaus. Es war ein so fröhlicher Morgen. In drei Farbenstrichen lag die Gegend vor ihm: erst das helle Grün der sich bis zum Rand der steilen Küste vorschiebenden Koppel, darüber der mächtige Streifen des dunkelblauen Meeres und darüber dann der hellblaue, ganz reine Himmel.

Gerade in der großartigen Einfachheit dieser drei scheinbar gar nicht nuancierten Farben und in der mächtigen Fülle, womit die Natur sie zu dem Gemälde verbraucht hatte, lag der majestätische und dennoch lachende Reiz des Bildes. –

Graf Burchard hörte die Tür gehen.

»Wie, Anna,« sagte er erstaunt, nachdem er ihr zum Morgengruß die Stirn geküßt, »schon zum Ausgehen angezogen?«

»Ja, ich möchte gleich nach dem Tee spazieren gehen,« sprach sie leise.

»Ist dir nicht wohl? Du siehst sehr blaß aus. Hast du nicht geschlafen?«

»Nein, ich habe nicht geschlafen.«

Sie schwiegen. Campell trug das Frühstück auf.

Anna schob bald die Tasse von sich. Er sah, daß ihre Hand unsicher war. Er hörte einen kurzen, schweren Seufzer.

»Was ist dir, Anna?«

Und da sagte sie es – mühsam – stockend –

»Ich will zu Sophie Schüler gehen und sie bitten...«

Diesem Entschluß also hatten in ihrer Seele die Kämpfe gegolten ...Dem Manne klopfte das Herz vor Freude. Sie ist gerettet. Sie hat sich vollends selbst bezwungen, dachte er.

»Gott gebe dir die rechten Worte, meine Anna,« sagte er bewegt, »der Gang kann dir nicht schwer werden; denn du gehst zu vornehmen Menschen.«

Und wenn sie über mich triumphieren, dachte Anna, als sie bald darauf den Weg der Demut ging, ich muß es ertragen! Ich hätte es verdient. –

Der Morgen war so schön. Die von würzigen Düften und moosigen Gerüchen fast dicke Luft, die aus dem Walde kam, ließ sich so köstlich einatmen.

Über die jungen Halme der Koppel strich der Wind, der nicht stark genug war, sie in einer Richtung niederzubeugen. Eine ruhelose Beweglichkeit ging durch die Millionen grüner Rispen, und das gab ein Flimmern und Zittern, daß es das Auge blendete.

Es kam Anna vor, als erleichterte ihr dieses frische Leben des Frühlingsmorgens den Gang. Die Natur trug gleichsam alle ihre Geschöpfe, anstatt sie niederzudrücken. Sie zeigte nur ermunternd ihre Kraft und gar nichts von ihren Gewalten.

Da kam das kleine, friedliche, weiße Haus in Sicht. Der frische grüne Ölanstrich der Läden und des Gitters gleißte im Sonnenschein.

Annas Herz begann schwer zu klopfen. Kehr um! sagte auf einmal der Hochmut, der getan hatte, als sei er besiegt.

Aber da war ihr, als sähe sie die klugen, gütigen Augen ihres Mannes auf sich gerichtet. So deutlich war sein Gesicht vor ihr – sie meinte, es verzöge sich vor Enttäuschung und Schmerz...

Mit entschlossener Hand öffnete sie die Tür.

Ein wunderlicher Zufall wollte, daß wieder ein Geruch von Petroleum in dem kleinen Raum webte, auf dessen rotem Ziegelboden als orangefarbener Streif die Sonnenstrahlen lagen, die zum Fenster hereinkamen. Aber die Lampen standen schon fertig auf dem Tisch, und niemand war im Flur.

Schnell klopfte Anna an die erste Tür rechts, und fast zugleich ward von innen aufgetan.

Das junge Mädchen fuhr zurück...

Sie sahen sich an – sekundenlang, stumm und fast atemlos.

Sie hatten eine gegen die andre viel Feindseligkeit im Herzen getragen, und dessen waren sie sich in diesem schwülen Augenblick deutlich bewußt.

Durch Sophiens Hirn wirbelten allerlei Fragen: Was will sie? Vater danken? Mir noch einmal als »Honorar« die Heirat mit Stephan antragen? Mich wieder quälen? Wieder demütigen?

Aber Fassung – Haltung!

Als Anna so in dies seine, vergrämte Mädchenantlitz sah, ward ihr wunderbar weich und doch auch ganz leicht ums Herz. Das Mitleid erhob sich stark und rein. Alles Demütigende war vergessen.

Ihr schien auf einmal, als sei es eine Schwesterseele, zu der sie sprechen wollte, eine, die gleich der ihren sich nach dem Glück sehnte, aber es sich nicht gönnen durfte. Innere Feinde hatten ihr selbst den Weg verbaut-äußere Hemmnisse den der andern...

Aber sie wollten den Weg zum Glück schon finden...

»Frau Gräfin suchen vielleicht meinen Vater,« begann Sophie, als könnte sie mit diesem Wort abwehren, daß man sie selbst suche...»Vater ist zu einer Kranken gerufen worden ...zum erstenmal im Dorf...«

Anna schüttelte den Kopf. Noch ein paar Herzschläge lang zögerte sie. Ihr Blick suchte den Sonnenschein draußen. Gerade vor dem Fenster stand ein Springenbusch, seine braunlila, noch unerschlossenen Knospen schwankten im Licht und in der Wärme, weil der leise Wind die Zweige anstieß. Ihre Blüte war nahe, morgen vielleicht hatten sie Farbe und Duft...

Und Anna hob an, sanft und einfach: »Ich bin gekommen, Sie um etwas zu bitten.«

»Mich?« fragte Sophie mit bitterem Lächeln, »was habe ich zu gewähren?« Und ihr Herz erzitterte vor der kränkenden Bitte, die sie hören würde, vor der Bitte: Schweige!

»Ich will um mein Glück bitten,« sprach Anna leise.

Sie sah das Mädchen an – in ihre Augen stiegen Tränen...

Vor diesem Ausdruck, vor diesen Worten, kaum verständlich, mit bebender Stimme vorgebracht, erschrak Sophie. »Wie könnten Sie sich Ihr Glück bei mir holen?« sagte sie zögernd.

Anna ergriff ihre Hand. »Wollen Sie mich anhören? Darf ich zu Ihnen sprechen – als spreche ich laut mit mir selbst?«

»Wenn Sie so viel Vertrauen...« Sophie wußte nicht auszusprechen, was an Gedanken sich überstürzend auf sie zukam.

»Nicht wie Sie bin ich in meiner Jugend von einem liebevoll wachsamen Vater geleitet worden,« sprach Anna. Sie begann mit sanfter Ruhe, nicht ohne gegen eine gewaltsam aufsteigende Rührung zu kämpfen. Aber es riß sie fort. Ihre leidenschaftliche Seele geriet in Flammen. »In meinem Elternhaus gab es Zustände und Charaktere, die ich ungewöhnlich und krankhaft nennen darf. Und mir selbst überlassen, erwuchs ich, während gerade ich eines starken Erziehers bedurft hätte. Und aus der leeren Stille meiner Jugend sehnte ich mich hinaus in die bunte Welt zu tragischen Ereignissen. Um äußerlicher Gründe willen ward ich das Weib des edelsten, klügsten, gütigsten aller Männer. Ich verging mich an ihm und an mir, denn auch in der ersten Zeit meiner Ehe sah ich nur das bißchen Glanz und Stellung und hatte ungemessene Vorstellungen von mir selbst und der Rolle, die ich spielen dürfe. Und durch allerlei Verknüpfungen kam es, daß ich mich endlich in trotzige Stimmungen hineinsteigerte und in ihnen jene törichte, jene lächerliche Tat beging, die Sie kennen.«

Anna preßte die Hand des in Verwirrung zuhörenden Mädchens und fuhr in heißer Erregung fort: »Keine Liebe hatte ich in meiner Jugend erfahren, und keine war in mir geweckt. So blieb mein Herz noch lange kalt und tot, selbst neben diesem Mann. Nun aber bin ich erwacht – nun sehe ich seinen Wert – ihn selbst – ohne den großen Rahmen von Gold und Glanz – und ich möchte Gott auf den Knien danken, daß ich sein, gerade sein geworden bin. Und ich möchte glücklich sein, mir zugleich mein Glück verdienend, Tag für Tag...«

Sie brach in Tränen aus.

»Was hindert Sie denn?« flüsterte Sophie. »Weinen Sie doch nicht so – o bitte – nicht so weinen!«

Scheu streichelte sie den Arm der Fassungslosen.

Plötzlich aber fiel Anna ihr um den Hals.

»Ich kann nicht glücklich sein – ich gebe mir nicht das Recht – ehe ich euch beide nicht glücklich weiß!« rief sie.

Sophie schloß die Augen. Ihr war, als würde sie schwindlig...

Nicht als Gnade warf man ihr das Glück hin ... Nein, als Gnade von ihr erbat man, daß sie es annähme ...

So kann auch ein stolzes Herz nehmen ... Mit beiden Händen konnte sie nun nach dem Glück greifen; denn das Glück zweier andrer Menschen hing damit zusammen. Und was sie für sich nahm, schenkte sie jenen beiden ...

Sie begriff auch, was es sagen wollte, daß Anna so zu ihr kam! Die Bitte gewann flammende Beredsamkeit durch das, was dieser Gang an Selbstüberwindung gekostet haben mußte ...

Das kann kein kleiner Mensch, dachte Sophie, und sie ist doch seiner wert!

»Soll ich noch mehr sagen,« rief Anna leidenschaftlich und richtete sich wieder auf, »habe ich doch nicht die rechten Worte gefunden?«

»Ja,« sagte Sophie leise, während die Tränen auch ihr über das Gesicht liefen, »ja, es waren die rechten Worte...«

Aufjubelnd umfaßte die andre sie. Und in die stille, noch immer fast ungläubige Seligkeit des jungen Mädchens hinein sprach Anna...

Ihre Worte – ihre Gedanken warf sie in namenloser Freude durcheinander.

Vielleicht zum erstenmal in ihrem Leben fühlte sie ganz jung – war sie ganz glücklich.

Und ihre ganze Seele drängte sich nach dem Mann ... Einst hatte sie sich durch seine Liebe wie auf einen Thron erhoben gefühlt... wie kläglich war sie aus jener künstlichen Höhe herabgestürzt! Nun dankte sie ihm andre Erhebung... die zum ehrlichen, bescheidenen Menschen...

Ihm danken, ihm immer wieder danken – durch ein ganzes Leben...

»Komm zu ihm ... komm, sei meine Freundin – sei mir Schwester – komm zu ihm...«

Ihr Feuer riß endlich die Stille und Zaghafte hin, und sie wagte es, an die Wirklichkeit dessen zu glauben, was sie erlebte.

Und nach wenigen Minuten schritten sie Hand in Hand in den Maimorgen hinein.

Ihre Augen leuchteten, und sie lächelten sich zu.

Sie wußten es beide: wie verschieden auch die Wege sein mochten, die das Leben sie noch führen konnte, es würden die Wege des Glückes sein.

www.ingramcontent.com/pod-product-compliance
Lightning Source LLC
LaVergne TN
LVHW050650200726
843506LV00010B/1443